CLÁSSICOS DA
LITERATURA UNIVERSAL

O RETRATO DE DORIAN GRAY

O livro é a porta que se abre para a realização do homem.

Jair Lot Vieira

OSCAR WILDE

O retrato de Dorian Gray

Posfácio
James Joyce

Tradução
Alexandre Barbosa de Souza

VIALEITURA

Copyright da tradução e desta edição © 2018 by Edipro Edições Profissionais Ltda.

Título original: *The Picture of Dorian Gray*. Publicado originalmente em Londres, em 1891, pela Ward, Lock and Company. Traduzido a partir da 1ª edição.

Todos os direitos reservados. Nenhuma parte deste livro poderá ser reproduzida ou transmitida de qualquer forma ou por quaisquer meios, eletrônicos ou mecânicos, incluindo fotocópia, gravação ou qualquer sistema de armazenamento e recuperação de informações, sem permissão por escrito do editor.

Grafia conforme o novo Acordo Ortográfico da Língua Portuguesa.

1ª edição, 5ª reimpressão 2023.

Editores: Jair Lot Vieira e Maíra Lot Vieira Micales
Coordenação editorial: Fernanda Godoy Tarcinalli
Produção editorial: Carla Bitelli
Assistente editorial: Thiago Santos
Tradução: Alexandre Barbosa de Souza
Edição de texto: Marta Almeida de Sá
Preparação: Thiago de Christo
Revisão: Tatiana Yumi Tanaka Dohe
Editoração eletrônica: Estúdio Design do Livro
Capa: Studio Mandragora

Dados Internacionais de Catalogação na Publicação (CIP)
(Câmara Brasileira do Livro, SP, Brasil)

Wilde, Oscar, 1854-1900.

O retrato de Dorian Gray / Oscar Wilde; tradução de Alexandre Barbosa de Souza; posfácio de James Joyce. – 1. ed. – São Paulo: Via Leitura, 2018.

Título original: The Picture of Dorian Gray.
ISBN 978-85-67097-57-2 (impresso)
ISBN 978-65-87034-01-0 (e-pub)

1. Ficção inglesa I. Joyce, James. II. Título.

18-14588   CDD-823

Índice para catálogo sistemático:
1. Ficção : Literatura inglesa : 823

Via Leitura

São Paulo: (11) 3107-7050 • Bauru: (14) 3234-4121
www.vialeitura.com.br • edipro@edipro.com.br
@editoraedipro   @editoraedipro

Prefácio

O artista é o criador de coisas belas.

Revelar a arte e esconder o artista é o objetivo da arte.

O crítico é aquele capaz de traduzir de outra maneira ou em outro material suas impressões sobre as coisas belas.

A forma mais elevada de crítica, assim como a mais baixa, é um tipo de autobiografia.

Aqueles que encontram significados feios nas coisas belas são corrompidos sem charme. Isso é um defeito.

Aqueles que encontram belos significados nas coisas belas são cultos. Para estes, há esperança.

Eles são os escolhidos para os quais as coisas belas significam apenas beleza.

Não existe isso de livro moral ou imoral. Há livros bem escritos, ou mal escritos. Isso é tudo.

A aversão do século XIX pelo Realismo é a fúria de Caliban ao ver o próprio rosto no espelho.

A aversão do século XIX pelo Romantismo é a fúria de Caliban ao não se ver refletido no espelho.

A vida moral do homem faz parte do tema-assunto do artista, mas a moralidade da arte consiste no uso perfeito de um meio imperfeito.

Nenhum artista quer provar nada. Até coisas verdadeiras podem ser provadas.

Nenhum artista tem simpatias éticas. Uma simpatia ética em um artista é um maneirismo de estilo imperdoável.

Nenhum artista jamais é mórbido. O artista é capaz de expressar tudo.

O pensamento e a linguagem são para o artista instrumentos de uma arte.

O vício e a virtude são para o artista materiais de uma arte.

Do ponto de vista da forma, o tipo perfeito de todas as artes é a arte do músico. Do ponto de vista do sentimento, o tipo perfeito é o ofício do ator.

Toda arte é ao mesmo tempo superfície e símbolo.

Aqueles que buscam algo por baixo da superfície fazem-no por conta e risco próprios.

É o espectador, e não a vida, que a vida realmente espelha.

A diversidade de opiniões sobre uma obra de arte mostra que a obra é nova, complexa e vital.

Quando os críticos discordam, o artista está de acordo consigo mesmo.

Podemos perdoar um homem por fazer uma coisa útil desde que ele não a admire. A única desculpa para se fazer uma coisa inútil é que a admiremos intensamente.

Toda arte é bastante inútil.

Oscar Wilde

Capítulo I

O estúdio estava repleto do exuberante odor de rosas, e quando a leve brisa do verão agitou as árvores do jardim, entrou pela porta aberta o forte aroma de lilases, e o perfume mais delicado do róseo espinheiro florido.

Do canto do divã de almofadas persas onde ele estava reclinado, fumando, como de costume, inúmeros cigarros, lorde Henry Wotton podia captar o brilho das flores do laburno, com cheiro e cor de mel, cujos galhos mal pareciam suportar o peso de sua própria beleza flamejante; e, de quando em quando, as fantásticas sombras dos pássaros voando através das longas cortinas de seda iridescente estendidas diante da imensa janela, produzindo uma espécie de efeito japonês momentâneo, e fazendo-o pensar naqueles pálidos pintores de Tóquio com seus semblantes de jade, que, através de uma arte que é necessariamente imóvel, buscam transmitir a sensação de agilidade e movimento. O murmúrio taciturno das abelhas enxameando seu caminho através da relva alta, ou circulando com monótona insistência em torno dos cornos dourados das madressilvas esparsas, parecia tornar a quietude mais opressiva. O rumor surdo de Londres era como o bordão grave de um órgão distante.

No centro do cômodo, preso a um cavalete montado, havia um retrato de corpo inteiro de um rapaz de extraordinária beleza pessoal, e diante do quadro, mantendo uma certa distância, estava sentado o próprio artista, Basil Hallward, cuja súbita desaparição alguns anos antes causara, na ocasião, grande alvoroço, e dera origem a muitas conjecturas estranhas.

Enquanto o pintor olhava para a forma graciosa e aprazível que tão habilidosamente espelhara em sua arte, um sorriso de satisfação percorreu seu semblante e aparentemente ali ficaria para sempre. Mas, subitamente, ele se sobressaltou, e, fechando os olhos, pôs os dedos sobre as pálpebras, como se tentasse aprisionar dentro do cérebro algum sonho curioso do qual temia despertar.

— Este é seu melhor trabalho, Basil, a melhor coisa que você já fez — disse lorde Henry, languidamente. — Você deve sem falta enviá-lo no ano que vem à galeria Grosvenor. A Academia é muito grande e vulgar. Sempre que vou lá, há tanta gente que não consigo ver as pinturas, o que é pavoroso, ou tantas pinturas que não consigo ver as pessoas, o que é ainda pior. A Grosvenor é de fato o "único lugar".

— Não creio que eu vá enviá-lo a parte alguma — ele respondeu, inclinando a cabeça para trás daquela maneira peculiar que fazia seus amigos rirem dele em Oxford. — Não: não o enviarei a lugar nenhum.

Lorde Henry ergueu as sobrancelhas e olhou para ele espantado através das finas guirlandas de fumaça azul que esvoaçavam em fantasiosas espirais de seu cigarro temperado de ópio.

— A lugar nenhum? Meu caro, por quê? Você tem algum motivo? Vocês, pintores, são sujeitos estranhos. Vocês fazem qualquer coisa no mundo para conquistar uma reputação. Assim que a conquistam, vocês parecem querer jogá-la fora. É uma tolice da sua parte, pois só existe uma coisa no mundo pior do que falarem de nós, que é não falarem de nós. Um retrato desses colocaria você muito acima de todos os jovens da Inglaterra e deixaria os velhos com bastante inveja, se é que os velhos são capazes de alguma emoção.

— Sei que você rirá de mim — ele respondeu —, mas eu realmente não posso expor esse quadro. Pus muito de mim mesmo nele.

Lorde Henry se ergueu no divã e deu risada.

— Sim, eu sabia que você riria de mim; mas é verdade mesmo assim.

— Muito de você nele! Juro, Basil, não sabia que você era tão vaidoso; e eu realmente não vejo nenhuma semelhança entre o seu rosto forte e rude, o seu cabelo preto-carvão, e esse jovem Adônis, que parece feito de marfim e roseiras. Ora, meu caro Basil, ele é um Narciso, e você, bem, é claro que você tem uma expressão intelectual, e tudo mais. Mas a beleza, de verdade, termina onde começa a expressão intelectual. O intelecto em si é uma forma de exagero, e destrói a harmonia de qualquer rosto. No momento em que começamos a pensar, viramos um nariz, ou uma testa, ou algo assim horrendo. Veja os homens bem-sucedidos de qualquer profissão erudita. Como eles são todos perfeitamente hediondos, com exceção, é claro, da Igreja. Mas na Igreja eles não pensam. O bispo continua dizendo aos oitenta o que aprendeu a dizer quando era um garoto de dezoito e, como consequência natural, conserva uma aparência absolutamente deliciosa. O seu jovem amigo misterioso, cujo nome você nunca me disse, mas cujo retrato realmente me fascina, nunca pensa. Tenho plena certeza disso. Ele é uma bela criatura desmiolada, que deveria estar sempre aqui no inverno quando não temos flores para olhar, e sempre no verão quando queremos refrescar nossa inteligência. Não se gabe, Basil; você não se parece nada com ele.

— Você não entendeu, Harry — respondeu o artista. — Claro que não me pareço com ele. Na verdade, eu lamentaria ser parecido com ele. Você dá de ombros? Estou falando a verdade. Existe uma certa fatalidade em toda distinção física e intelectual, um tipo de fatalidade que persegue os passos em falso dos reis ao longo da história. É melhor não ser diferente dos seus companheiros. O feio e o estúpido levam a melhor neste mundo. Eles podem ficar sentados boquiabertos e assistir tudo à vontade. Se não conhecem a vitória, ao menos são poupados da derrota. Vivem bem como todo mundo deveria viver, imperturbáveis, indiferentes, sem inquietações. Eles nem arruínam os outros, nem são arruinados por mãos alheias. A sua posição e a sua riqueza, Harry; o meu cérebro, assim como é — minha arte, o que quer que ela possa valer; a beleza de Dorian Gray — todos sofremos pelo que os deuses nos deram, sofremos terrivelmente.

— Dorian Gray? Esse é o nome dele? — perguntou lorde Henry, atravessando o estúdio em direção a Basil Hallward.

— Sim, é o nome dele. Não era minha intenção lhe contar.

— Mas por que não?

— Oh, eu não saberia explicar. Quando eu gosto imensamente de alguém nunca digo o nome a ninguém. Seria como abrir mão de uma parte da pessoa. Acabei amando o sigilo. Parece-me ser a única coisa capaz de tornar a vida moderna misteriosa ou maravilhosa para nós. A coisa mais corriqueira se torna uma delícia se a escondemos. Quando eu saio da cidade hoje em dia, nunca digo em casa aonde vou. Se eu contasse, perderia todo o prazer. É um costume tolo, admito, mas de alguma forma parece trazer um bocado de romance à vida da pessoa. Imagino que você esteja me achando um tremendo tolo por isso, não?

— De maneira nenhuma — respondeu lorde Henry —, longe disso, meu querido Basil. Você parece se esquecer de que eu sou casado, e a única graça do casamento é tornar uma vida de engodos algo absolutamente necessário para ambas as partes. Nunca sei onde está minha esposa, e minha esposa nunca sabe o que estou fazendo. Quando nos encontramos – eventualmente nos encontramos, quando jantamos juntos, ou vamos visitar o duque – contamos um ao outro as mais absurdas histórias com os semblantes mais sérios. Minha esposa é muito boa nisso – muito melhor, a bem da verdade, do que eu. Ela nunca se confunde com as datas, como eu sempre faço. Mas, quando me pega em alguma mentira, ela nunca faz escândalo. Às vezes eu bem gostaria que ela fizesse; mas ela só ri da minha cara.

– Odeio o modo como você fala da sua vida de casado, Harry – disse Basil Hallward, caminhando até a porta que dava para o jardim. – Acho que você é um marido realmente muito bom, mas tem uma vergonha terrível das próprias virtudes. Você é um sujeito extraordinário. Nunca vem com moralismo e nunca faz nada de errado. O seu cinismo é simplesmente uma pose.

– Ser espontâneo é simplesmente uma pose, e é a pose mais irritante que eu conheço – exclamou lorde Henry, dando risada; e os dois saíram juntos para o jardim e se aconchegaram em um longo banco de bambu que ficava à sombra de um alto loureiro. A luz do sol deslizava sobre as folhas lustrosas. Na relva, as margaridas brancas estavam trêmulas.

Após uma pausa, lorde Henry sacou o relógio.

– Receio que precise ir embora, Basil – ele murmurou –, mas, antes de ir, insisto que você me responda uma pergunta que lhe fiz alguns minutos atrás.

– O que é? – disse o pintor, com os olhos fixos no chão.

– Você sabe muito bem.

– Não sei, Harry.

– Bem, então vou lhe dizer o que é. Quero que você me explique por que não quer expor o retrato de Dorian Gray. Quero saber o verdadeiro motivo.

– Eu já lhe disse o verdadeiro motivo.

– Não, você não disse. Você disse que era porque havia posto muito de si mesmo no quadro. Ora, isso é muito infantil.

– Harry – disse Basil Hallward, olhando bem para os olhos dele –, todo retrato pintado com sentimento é um retrato do artista, não do modelo. O modelo é mero acidente, algo ocasional. Não é o modelo que é revelado pelo pintor; mas antes o pintor quem, na tela colorida, revela-se a si mesmo. O motivo de eu não expor esse retrato é que tenho medo de ter mostrado nele o segredo da minha própria alma.

Lorde Henry deu risada.

— E que segredo é esse? — ele perguntou.

— Vou lhe contar — disse Hallward; mas uma expressão de perplexidade percorreu seu semblante.

— Estou esperando, Basil — continuou o companheiro, olhando para ele.

— Oh, na verdade, não há quase nada para contar, Harry — respondeu o pintor —, e receio que você não vá entender. Talvez nem acreditar.

Lorde Henry sorriu e, abaixando-se, arrancou uma margarida de pétalas róseas da grama e a examinou.

— Tenho toda certeza de que vou entender — ele respondeu, contemplando absorto o disquinho dourado emplumado de branco —, e quanto a acreditar nas coisas, sou capaz de acreditar em qualquer coisa, desde que seja incrível o bastante.

O vento soltou algumas flores das árvores e pesados lilases, com seus cachos estrelados, esvoaçaram no ar lânguido. Um grilo começou a cricrilar junto ao muro, e como um fio azul uma longa e esguia libélula passou flutuando com suas asas de gaze marrom. Lorde Henry sentiu como se pudesse ouvir o coração de Basil Hallward bater e se perguntou sobre o que viria pela frente.

— A história é simplesmente a seguinte — disse o pintor após algum tempo. — Há dois meses fui a uma festa na casa de lady Brandon. Você sabe, nós, artistas pobres, precisamos aparecer na sociedade de quando em quando, só para lembrar ao público que não somos selvagens. De casaca e gravata branca, como você me disse uma vez, qualquer um, até um corretor da bolsa, pode conquistar a reputação de ser civilizado. Bem, quando eu já estava ali havia uns dez minutos, conversando com viúvas ricas e arrumadas demais e acadêmicos entediantes, de repente me dei conta de que havia alguém olhando para mim. Virei o rosto e vi Dorian Gray pela primeira vez. Quando nossos olhares se cruzaram, senti que fiquei pálido. Uma curiosa sensação de terror tomou conta de mim. Eu sabia que estava frente a frente com alguém cuja personalidade era tão fascinante que, se eu me deixasse levar, absorveria toda a minha natureza, toda a minha alma, até minha própria arte. Eu não queria nenhuma influência externa na minha vida. Você sabe, Harry, como eu sou independente por natureza. Sempre fui senhor de mim mesmo; ou, pelo menos, até conhecer Dorian Gray. Depois disso – bem, não sei como lhe explicar. Algo me dizia que eu estava prestes a entrar em uma crise terrível na minha vida. Tive a estranha sensação de que o Destino tinha me reservado alegrias e tristezas extremas. Fiquei com medo e me virei para ir embora. Não foi a consciência que me fez agir assim; foi uma espécie de covardia. Não quero me gabar por ter tentado fugir.

– Consciência e covardia são na verdade a mesma coisa, Basil. Consciência é o nome comercial da firma. Só isso.

– Eu não acredito nisso, Harry, e acho que nem você acredita nisso. No entanto, seja qual for o motivo – talvez até por orgulho –, o fato é que eu tentei chegar até a porta. Lá, evidentemente, deparei com lady Brandon. "Você não vai embora tão cedo, não é, senhor Hallward?", ela gritou. Sabe aquela voz curiosamente aguda que ela tem?

– Sei; ela é um verdadeiro pavão em tudo, menos na beleza – disse lorde Henry, despedaçando a margarida com os dedos longos e nervosos.

– Não consegui me livrar dela. Ela me apresentou a nobres e condecorados com estrelas e jarreteiras, velhas senhoras com gigantescas tiaras e narizes de papagaio. Falou de mim como seu amigo mais querido. Vira-me uma vez na vida, mas pôs na cabeça que iria me bajular. Imagino que algum quadro meu tivesse feito um grande sucesso na época, ou pelo menos foi comentado nos jornais populares, o que equivale à imortalidade nos padrões do século xix. De repente, bem ali na minha frente, o rapaz cuja personalidade me instigara de modo tão estranho. Estávamos muito próximos, quase nos tocando. Nossos olhares se cruzaram outra vez. Foi imprudente da minha parte, mas pedi que lady Brandon me apresentasse para ele. Talvez não fosse nem imprudência minha, afinal. Foi simplesmente inevitável. Teríamos nos falado mesmo que não nos apresentassem. Disso tenho certeza. Dorian me contou depois. Ele também sentiu que estávamos destinados a nos conhecer.

— E como lady Brandon descreveu esse maravilhoso rapaz? — perguntou o companheiro. — Sei que ela adora fazer um rápido *précis* de todos os convidados. Lembro que ela me apresentou a um velho cavalheiro, truculento e rubicundo, todo coberto de medalhas e fitas, e sussurrou no meu ouvido, com uma voz trágica que devia ser perfeitamente audível por todo mundo na sala, os detalhes mais escabrosos a respeito dele. Eu simplesmente saí correndo. Gosto de conhecer as pessoas sozinho. Mas lady Brandon trata seus convidados como um leiloeiro trata seus lotes. Ora ela explica a ponto de entregar todos os defeitos, ora diz tudo menos aquilo que se quer saber da pessoa.

— Pobre lady Brandon! Você está sendo duro com ela, Harry — disse Hallward, rispidamente.

— Meu caro colega, ela tentou abrir um *salon*, mas só conseguiu abrir um restaurante. Como eu poderia admirá-la? Mas me conte, o que ela disse sobre o senhor Dorian Gray?

— Oh, algo como "um encanto de menino, a coitada da mãe e eu somos absolutamente inseparáveis. Sempre esqueço o que ele faz; receio que não faça nada. Oh, sim, ele toca piano; ou será que é violino, querido senhor Gray?" — nenhum de nós conseguiu conter o riso e ficamos amigos imediatamente.

— O riso não é nada mal para começar e é disparado a melhor coisa para encerrar uma amizade — disse o jovem lorde, arrancando outra margarida.

Hallward balançou a cabeça.

— Você não sabe o que é amizade, Harry — ele murmurou —, nem o que é inimizade, a bem da verdade. Você gosta de todo mundo; ou seja, você é indiferente a todo mundo.

— Mas que injustiça horrível da sua parte! — exclamou lorde Henry, inclinando o chapéu para trás e olhando para as nuvenzinhas que, como meadas emaranhadas de lustrosos fios de seda branca, vagavam através do vazio turquesa do céu de verão. — Sim; uma injustiça horrível da sua parte. Faço enormes distinções entre as pessoas. Escolho os amigos pela aparência, os conhecidos pelo caráter e os inimigos pela inteligência. Todo cuidado é pouco ao escolher os inimigos. Entre meus inimigos, não há nenhum que seja tolo. São todos homens com certa potência intelectual e consequentemente todos têm apreço por mim. Seria muita futilidade minha? Creio que seja bastante fútil da minha parte.

— Eu diria que sim, Harry. Mas, segundo as suas categorias, então, eu deveria ser um mero conhecido seu.

— Meu velho e querido Basil, você é muito mais do que um conhecido.

— E muito menos que um amigo. Talvez uma espécie de irmão?

— Ora, irmãos! Não quero saber de irmãos. Meu irmão mais velho não morre nunca, e os mais novos parece que não sabem fazer outra coisa.

— Harry! — exclamou Hallward, franzindo o cenho.

— Meu caro, não estou falando sério. Mas não consigo deixar de detestar meus parentes. Talvez isso seja porque não suportamos outras pessoas com os mesmos defeitos que nós. Simpatizo muito com a revolta da democracia inglesa contra aquilo que eles chamam de vícios da classe alta. A plebe acha que a embriaguez, a estupidez e a imoralidade deveriam ser seu privilégio exclusivo, e, se algum de nós dá vexame, é como se estivesse invadindo território deles. Quando o pobre do Southwark foi ao Tribunal de Divórcio, a indignação deles foi algo de magnífico. E, no entanto, não creio que dez por cento do proletariado viva idoneamente.

— Não concordo com uma única palavra do que você disse e, mais do que isso, Harry, tenho certeza de que nem você.

Lorde Henry cofiou a ponta de sua barba castanha, e tocou a ponta de sua bota de couro com uma bengala de ébano com castão entalhado.

— Você é tão inglês, Basil! É a segunda vez que você faz esse comentário. Quando alguém expõe uma ideia a um legítimo inglês — sempre algo intempestivo de se fazer —, ele nunca sequer sonha em considerar se a ideia é acertada ou equivocada. A única coisa que ele considera importante é se a própria pessoa acredita no que disse. Ora, o valor de uma ideia não tem nada a ver com a sinceridade da pessoa que a expressa. Na verdade, a probabilidade maior é de que, quanto mais insincera for a pessoa, mais puramente intelectual seja a ideia, pois nesse caso ela não será colorida nem pelos interesses, nem pelos desejos, nem pelos preconceitos da pessoa. Seja como for, não pretendo discutir política, sociologia ou metafísica com você. Gosto mais de gente do que de princípios, e gosto de gente sem princípios mais do que qualquer outra coisa no mundo. Conte-me mais sobre o senhor Dorian Gray. Você o encontra com que frequência?

— Todos os dias. Eu não conseguiria ser feliz se não o visse todo dia. Ele é absolutamente necessário para mim.

— Que coisa extraordinária! Eu achava que você jamais se importaria com nada além da sua arte.

— Ele é toda a minha arte para mim agora — disse o pintor, gravemente. — Às vezes, Harry, acho que só existem duas eras importantes na história do mundo. A primeira é o surgimento de um novo meio para a arte, e a segunda é o surgimento também de uma nova personalidade para a arte. O que a invenção da pintura a óleo foi para os venezianos, o rosto de Antínoo foi para a escultura grega, e o rosto de Dorian Gray será um dia para mim. Não se trata meramente do fato de eu pintá-lo, desenhá-lo e de fazer esboços a partir dele. Claro que tudo isso eu já fiz. Mas ele é muito mais para mim que um modelo ou alguém que posa para mim. Não vou dizer que esteja insatisfeito com o que fiz a partir dele, ou que a beleza dele seja algo que a arte é incapaz de expressar. Não existe nada que a arte não possa expressar, e eu sei que os quadros que fiz, desde que conheci Dorian Gray, são bons, são os melhores que já fiz na vida. Mas de alguma forma curiosa — eu me pergunto se você poderá me entender — a personalidade dele me sugeriu um forma inteiramente nova de arte, um tipo de estilo inteiramente novo. Vejo as coisas de maneira diferente, penso nelas de maneira diferente. Agora sou capaz de recriar a vida de um modo que antes esteve oculto para mim. "Um sonho da forma em dias de pensamento" — quem foi que disse isso mesmo? — Esqueci; mas é o que Dorian Gray tem sido para mim. A mera presença visível desse rapaz — pois ele me parece pouco mais que um rapaz, embora na verdade ele tenha mais de vinte anos —, sua mera presença visível —, ah! Será que você se dá conta de tudo o que isso significa? Inconscientemente, ele define para mim as linhas de uma nova escola, uma escola que terá em si toda a paixão do espírito romântico e toda a perfeição do espírito grego. A harmonia da alma e do corpo — isso já seria muito! Nós, em nossa loucura, separamos as duas coisas e inventamos um realismo vulgar, um idealismo vazio. Harry, se você soubesse o que Dorian Gray é para mim! Você se lembra de uma paisagem que fiz, pela qual Agnew ofereceu um alto preço, mas da qual eu não quis me desfazer? É um dos melhores quadros que eu já fiz. E por quê? Porque enquanto eu estava pintando essa paisagem, Dorian Gray se sentou do meu lado. Alguma influência sutil passou dele para mim, e pela primeira vez na vida vi na simples floresta a maravilha que sempre procurei, sem nunca encontrar.

– Basil, isso é extraordinário! Preciso conhecer Dorian Gray.

Hallward se levantou do banco e ficou caminhando pelo jardim. Algum tempo depois, ele voltou.

– Harry – ele disse –, Dorian Gray é para mim simplesmente um motivo para a arte. Talvez você não veja nada de mais nele. Eu vejo tudo nele. Ele nunca está tão presente no meu trabalho como quando não há nenhuma imagem dele no quadro. Ele é uma sugestão, como eu disse, de um novo estilo. Eu o encontro nas curvas de certas linhas, na graça e na sutileza de certas cores. E isso é tudo.

– Então por que você não quer expor esse retrato? – perguntou lorde Henry.

– Porque, mesmo sem intenção, pus nesse retrato uma certa expressão de toda essa curiosa idolatria artística, sobre a qual, evidentemente, nunca quis falar com ele. Ele não sabe nada a esse respeito. Ele jamais ficará sabendo disso. Mas as outras pessoas talvez percebam; e não quero expor minha alma aos olhos rasos da bisbilhotice alheia. Meu coração jamais será posto no microscópio do mundo. Há muito de mim mesmo nisso, Harry – muito mesmo!

– Os poetas não têm tantos escrúpulos quanto você. Eles sabem muito bem como a paixão é útil para o mercado de livros. Hoje em dia um coração partido enseja muitas edições.

– É por isso que eu odeio os poetas – exclamou Hallward. – Um artista deve criar coisas belas, mas não deve colocar nada de sua própria vida nelas. Vivemos em uma época em que os homens tratam a arte como se fosse uma forma de autobiografia. Perdemos a noção abstrata da beleza. Algum dia mostrarei ao mundo o que isso significa; e por esse motivo ninguém jamais verá meu retrato de Dorian Gray.

– Acho que você está errado, Basil, mas não discutirei consigo. Diga-me, esse Dorian Gray gosta muito de você?

O pintor ponderou por alguns breves momentos.

– Ele gosta de mim – respondeu, após uma pausa –; sei que ele gosta de mim. É claro que eu o bajulo terrivelmente. Sinto um estranho prazer em dizer a ele coisas das quais sei que me arrependerei depois. Em geral, ele é encantador comigo, e ficamos no estúdio e conversamos sobre milhares de coisas. De quando em quando, contudo, ele é horrivelmente rude e parece sentir um prazer genuíno em me magoar. Então, Harry, sinto que entreguei totalmente minha alma a alguém que me trata como se eu fosse uma flor em sua lapela, um toque decorativo para enfeitar sua vaidade, um ornamento para um dia de verão.

– Os dias duram mais no verão, Basil – murmurou lorde Henry. – Talvez você se canse dele antes que ele de você. É uma coisa deprimente de se pensar, mas sem dúvida o gênio dura mais que a beleza. Isso explica o fato de todos nós nos empenharmos excessivamente com nossa própria educação. Na luta selvagem pela existência, queremos algo que perdure, e enchemos nossas cabeças com bagatelas e fatos, na vã esperança de mantermos nossa posição. O homem totalmente bem informado, eis o ideal moderno. E o espírito do homem totalmente bem informado é algo pavoroso. É como um bricabraque, repleto de monstros e pó, com o preço de todas as coisas muito acima do valor apropriado. Acho que você vai se cansar primeiro, seja como for. Um dia você vai olhar para o seu amigo, ele lhe parecerá mal desenhado, ou você não vai mais gostar do tom de sua cor, ou algo assim. Você o condenará amargamente dentro do seu próprio coração e pensará seriamente que ele agiu muito mal consigo. Da próxima vez que ele vier, você estará perfeitamente frio e indiferente. Será uma pena muito grande, pois você ficará alterado. O que você me contou é um verdadeiro romance, um romance de arte, por assim dizer, e a pior coisa de um romance é que acaba com o romantismo da pessoa.

– Harry, não fale assim. Enquanto eu viver, a personalidade de Dorian Gray terá domínio sobre mim. Você não sente as coisas como eu. Você é volúvel demais.

– Ah, meu caro Basil, é exatamente por isso que eu sei como você se sente. Os fiéis só conhecem o lado trivial do amor: os infiéis conhecem as tragédias do amor – e lorde Henry riscou um fósforo em uma delicada caixa de prata e começou a fumar um cigarro com ar apreensivo e satisfeito, como se houvesse resumido o mundo em uma frase. Ouviu-se um farfalhar de pardais pipilantes nas folhas laqueadas de verde da hera, e as sombras azuladas das nuvens se perseguindo sobre a relva como andorinhas. Que agradável estava o jardim! E como eram deliciosas as emoções dos outros! – muito mais do que as ideias dos outros, segundo ele. A nossa própria alma e as paixões dos nossos amigos – era o que havia de fascinante na vida. Ele imaginou com silenciosa diversão o entediante almoço que perdera ficando tanto tempo com Basil Hallward. Se tivesse ido à casa da tia, certamente teria encontrado lorde Goodbody e teriam falado o tempo todo sobre alimentar os pobres e sobre a necessidade dos albergues de caridade. Cada classe pregaria a importância de virtudes que não precisavam praticar em suas próprias vidas. Os ricos falariam sobre o valor da frugalidade, e os ociosos arengariam eloquentemente sobre a dignidade do trabalho. Era fascinante ter escapado de tudo isso! Enquanto pensava na tia, aparentemente teve uma ideia súbita. Virou-se para Hallward e disse:

– Meu caro, acabei de me lembrar.

– O que foi, Harry?

– De onde foi que ouvi o nome Dorian Gray.

– Onde foi? – perguntou Hallward, franzindo um pouco o cenho.

– Não me olhe assim irritado, Basil. Foi na casa da minha tia, lady Agatha. Ela me disse ter conhecido um rapaz maravilhoso, que a ajudaria no East End, e que o nome dele era Dorian Gray. Devo dizer que ela nunca mencionou que ele era bonito. As mulheres não valorizam a boa aparência; pelo menos não as boas senhoras. Ela disse que era um sujeito muito sincero e que era ótima pessoa. Imediatamente imaginei uma criatura de óculos e cabelo escorrido, sardas horrendas, vagando pesadamente por aí com pés enormes. Quem dera eu soubesse que ele era seu amigo.

– Fico muito contente por você não saber, Harry.

– Ora, por quê?

– Não quero que você o conheça.

– Você não quer que eu o conheça?

– Não.

– Senhor, o senhor Dorian Gray está no estúdio – disse o mordomo, chegando ao jardim.

– Você vai me apresentar agora – exclamou lorde Henry, dando uma risada.

O pintor se virou para o criado, que franzia os olhos ao sol.

– Peça para o senhor Gray esperar, Parker. Estarei lá daqui a pouco – o criado fez uma mesura e voltou pelo mesmo caminho.

Então ele olhou para lorde Henry.

– Dorian Gray é meu amigo mais querido – ele disse. – Ele é mesmo uma ótima pessoa. A sua tia tem toda razão. Não o bajule. Não tente influenciá-lo. A sua influência seria má. O mundo é grande, e nele existem pessoas maravilhosas. Não me tire a única pessoa que dá à minha arte o único fascínio que ela tem; minha vida como artista depende dele. Lembre-se, Harry, estou confiando em você – ele disse isso muito lentamente, e as palavras pareciam lhe escapar quase contra sua vontade.

– Quanta bobagem você diz! – disse lorde Henry, sorrindo e, pegando Hallward pelo braço, praticamente o conduziu para dentro de casa.

Capítulo II

Assim que eles entraram, viram Dorian Gray. Ele estava sentado ao piano, de costas para eles, virando páginas de um volume das *Cenas da floresta de Schumann*. – Você tem que me emprestar essas, Basil – ele exclamou. – Quero aprender a tocá-las. São perfeitamente encantadoras.

– Isso só vai depender de como você posar hoje, Dorian.

– Oh, cansei de posar, não quero um retrato meu em tamanho natural – respondeu o rapaz, rodopiando no banco do piano, de maneira contrariada e petulante. Quando ele se deu conta da presença de lorde Henry, um discreto rubor coloriu suas faces por um momento e ele se sobressaltou. – Perdão, Basil, mas eu não sabia que você tinha companhia.

– Este é lorde Henry Wotton, Dorian, um velho amigo meu dos tempos de Oxford. Eu estava justamente contando para ele que você é um grande modelo, e agora você estragou tudo.

– Você não estragou o meu prazer em conhecê-lo, senhor Gray – disse lorde Henry, dando um passo à frente e estendendo a mão. – Minha tia me falou muito de você. Você é um de seus favoritos e, receio, também uma de suas vítimas.

– No momento, estou na lista negra de lady Agatha – respondeu Dorian, com expressão divertida de penitência. – Prometi que iria com ela a um clube em Whitechapel na terça-feira passada e, na verdade, me esqueci completamente. Iríamos tocar um dueto – três duetos, na verdade. Nem sei o que ela me dirá. Estou até com medo de ir visitá-la.

– Ora, farei as pazes entre vocês. Ela o tem em alta conta. Não creio que tenha importância que você não tenha ido. O público provavelmente pensou que era mesmo um dueto. Quando a tia Agatha senta ao piano, ela faz barulho suficiente para duas pessoas tocando.

– Que coisa horrível para se dizer dela e quão pouco lisonjeiro para mim – respondeu Dorian, dando risada.

Lorde Henry olhou para ele. Sim, ele era sem dúvida maravilhosamente lindo, com lábios vermelhos bem delineados, francos olhos azuis e crespos cabelos louros. Havia algo em seu rosto que fazia que se confiasse nele instantaneamente. Toda a candura da juventude estava ali, assim como toda a pureza apaixonada da juventude. Tinha-se a sensação de que ele se mantivera imaculado pelo mundo. Não era de se estranhar que Basil Hallward o idolatrasse.

– Você é muito encantador para se dedicar à filantropia, senhor Gray, encantador demais mesmo. – Lorde Henry se atirou no divã e abriu a cigarreira.

O pintor estava muito ocupado misturando suas cores e aprontando seus pincéis. Parecia preocupado e, quando ouviu a última frase de lorde Henry, olhou para ele, hesitou por um momento e, então, disse: – Harry, quero terminar hoje este retrato. Você acharia muito rude da minha parte se eu pedisse para você ir embora?

Lorde Henry sorriu e olhou para Dorian Gray. – Devo me retirar, senhor Gray? – ele perguntou.

– Oh, por favor, não vá, lorde Henry. Estou vendo que o Basil hoje está de mau humor; e eu não suporto quando ele fica assim. Além do mais, quero que você me diga por que eu não deveria me dedicar à filantropia.

– Não sei como lhe dizer, senhor Gray. É um assunto tão entediante que seria preciso falar seriamente a respeito. Mas seguramente não irei embora correndo, agora que você me pediu para ficar. Você realmente não se importa, não é, Basil? Você sempre diz que gosta que seus modelos tenham alguém com quem conversar.

Hallward se conteve. – Se o Dorian quiser, claro que você pode ficar. Os caprichos do Dorian são verdadeiras leis para todo mundo, exceto para ele mesmo.

Lorde Henry pegou o chapéu e as luvas. – Você é muito imperioso, Basil, mas receio que precise ir. Prometi encontrar um sujeito no Orleans. Adeus, senhor Gray. Venha visitar-me qualquer dia, à tarde, em Curzon Street. Estou quase sempre em casa às cinco. Escreva avisando quando quiser aparecer. Seria uma pena se houvesse desencontro.

– Basil – exclamou Dorian Gray –, se lorde Henry for embora, eu também vou. Você nunca abre a boca quando está pintando, e é terrivelmente maçante ficar parado em uma plataforma e tentar parecer simpático. Peça para ele ficar. Eu faço questão.

– Fique, Harry, para agradar ao Dorian e por mim também – disse Hallward, fitando absorto sua pintura. – É bem verdade, nunca falo quando estou trabalhando e nunca escuto tampouco, e deve mesmo ser pavorosamente entediante para meus pobres modelos. Eu lhe peço que fique.

– Mas o que eu faço com meu compromisso no Orleans?

O pintor deu risada. – Não creio que isso seja um problema. Sente-se, Harry. E agora, Dorian, suba na plataforma e não fique se mexendo muito, nem preste atenção ao que lorde Henry diz. Ele é uma péssima influência para todos os seus amigos, com uma única exceção, que sou eu mesmo.

Dorian Gray subiu no praticável, com ar de um jovem mártir grego, e fez um muxoxo de descontentamento para lorde Henry, por quem já estava um tanto apaixonado. Ele era muito diferente de Basil. Formavam um delicioso contraste. E tinha uma voz muito bonita. Alguns momentos depois, ele lhe disse: – Você realmente é uma má influência, lorde Henry? Tão má quanto Basil está dizendo?

– Não existem boas influências, senhor Gray. Toda influência é imoral – imoral do ponto de vista científico.

– Por quê?

– Porque influenciar alguém é lhe dar a própria alma. A pessoa não pensa mais seus próprios pensamentos, nem arde das próprias paixões. Suas virtudes deixam de ser reais para ela. Seus pecados, se é que existe tal coisa, são emprestados. Ela se torna um eco da música de alguém, um ator em um papel que não foi escrito para ele. O objetivo da vida é o autodesenvolvimento. Perceber perfeitamente a própria natureza, é para isso que cada um de nós está aqui. As pessoas têm medo de si mesmas hoje em dia. Esqueceram-se do mais alto dos deveres, o dever que a pessoa tem para consigo mesma. É claro que são caridosas. Dão de comer aos famintos e de vestir aos mendigos. Mas suas próprias almas morrem de fome e estão nuas. A coragem debandou da nossa raça. Talvez jamais tenhamos sido corajosos de verdade. O terror da sociedade, que é a base da moral, o terror diante de Deus, que é o segredo da religião, são essas as duas coisas que nos governam. E no entanto...

– Apenas vire a cabeça um pouco para a direita, Dorian, seja um bom menino – disse o pintor, concentrado em seu trabalho, consciente apenas de que surgira no semblante do rapaz uma expressão que ele nunca tinha visto antes.

– E no entanto – continuou lorde Henry, em sua voz baixa, musical, e com um gracioso gesto com a mão tão tipicamente seu, e que ele tinha desde a época de estudante em Eton –, acredito que se a pessoa viver a vida plena e completamente, se der forma a todo sentimento, expressão a todo pensamento, realidade a cada sonho, creio que o mundo ganharia um impulso novo de alegria, que nos faria esquecer todas as enfermidades do medievalismo, e voltaríamos ao ideal helênico – ou algo mais refinado, talvez mais rico que o ideal helênico. Porém, os mais corajosos dentre nós têm medo de si mesmos. A mutilação dos selvagens tem sua trágica sobrevivência na negação de si mesmos que macula as nossas vidas. Somos castigados pelas nossas recusas. Cada impulso que tentamos estrangular é incubado no espírito e nos envenena. O corpo peca uma vez e se esquece de seu pecado, pois a ação é uma forma de purificação. Nada permanece depois além da recordação de um prazer, ou da luxúria de um arrependimento. A única maneira de se livrar de uma tentação é cedendo a ela. Resista à paixão, e a sua alma adoecerá com os anseios pelas coisas a que se proibiu, com o desejo daquilo que suas leis monstruosas tornaram monstruoso e ilegal. Dizem que os grandes acontecimentos do mundo ocorrem no cérebro. É também no cérebro, e apenas no cérebro, que os grandes pecados acontecem. Até mesmo você, senhor Gray, com a rosa vermelha da sua juventude e a rosa branca da sua meninice, deve ter tido paixões que o amedrontaram, pensamentos que o encheram de terror, devaneios e sonhos que a mera lembrança o faria corar de vergonha.

– Pare – exaltou-se Dorian Gray –, pare! Assim você me deixa confuso. Não sei o que dizer. Sei que tenho uma resposta para lhe dar, mas não consigo encontrá-la agora. Não diga mais nada. Deixe-me pensar. Ou melhor, deixe-me não pensar em nada.

Durante quase dez minutos, ele ficou ali, parado, com os lábios entreabertos e um brilho estranho nos olhos. Tinha uma pálida consciência de que influências inteiramente novas agiam agora dentro de si. No entanto, na verdade, tinha a impressão de que advinham de si mesmo. As poucas palavras que o amigo de Basil lhe dissera ao acaso, sem dúvida, contendo dolosos paradoxos, tocaram alguma corda secreta jamais tocada antes dentro de si, mas que ele sentia agora vibrar e latejar em pulsos curiosos.

A música já o havia abalado assim. A música o deixara perturbado muitas vezes. Mas a música não era articulada. Não se tratava de um mundo novo, mas de um novo caos, que a música criava dentro de nós. Palavras! Meras palavras! Como eram terríveis! Como eram claras, vívidas e cruéis! Não se podia escapar delas. E, no entanto, que magia sutil elas continham! Pareciam ser capazes de dar uma forma plástica a coisas informes e possuírem uma música própria, suave como a da gamba ou do alaúde. Meras palavras! Haveria algo tão real quanto as palavras?

Sim; ocorreram coisas em sua infância que ele não havia entendido. Entendia-as agora. A vida de repente ganhava cores flamejantes. Pareceu-lhe estar caminhando dentro do fogo. Por que não se dera conta disso antes?

Com seu sorriso sutil, lorde Henry o observava. Ele soube o momento psicológico preciso de se calar. Sentiu-se intensamente interessado. Ficara perplexo com a súbita impressão que suas palavras haviam causado e, lembrando-se de um livro que lera aos dezesseis anos, um livro que lhe revelara muita coisa que não conhecia, perguntou-se se Dorian Gray não estaria passando por uma experiência semelhante. Ele havia simplesmente disparado uma flecha no ar. Teria acertado o alvo? Que rapaz fascinante!

Hallward pintava absorto, com aquele maravilhoso toque de ousadia, que possuía o verdadeiro refinamento e a perfeita delicadeza que, na arte, em qualquer medida, advêm apenas da força. Ele não se dera conta desse silêncio.

— Basil, estou cansado de posar — reclamou Dorian Gray, subitamente —, preciso sair e sentar no jardim. Aqui está muito abafado.

— Meu caro, sinto muito. Quando estou pintando, não consigo pensar em mais nada. Mas você posou hoje melhor do que nunca. Você ficou perfeitamente imóvel. E consegui captar o efeito que eu queria — dos lábios entreabertos e do brilho nos olhos. Não sei o que o Harry estava lhe dizendo, mas certamente ele fez você ficar com uma expressão maravilhosa. Imagino que ele o estivesse elogiando. Você não deve acreditar em nenhuma palavra do que ele diz.

– Garanto que ele não estava me elogiando. Talvez por isso eu não tenha acreditado em nada do que ele disse.

– Você sabe que acreditou em tudo – disse lorde Henry, olhando para ele com seu olhar sonhador e lânguido. – Também vou ao jardim com você. Está um calor horrível aqui no estúdio. Basil, sirva-nos alguma coisa gelada, algo com morangos.

– Perfeitamente, Harry. É só tocar a sineta e, quando Parker vier, eu digo o que você quer. Preciso terminar esse fundo e me juntarei a vocês depois. Não retenha o Dorian por muito tempo. Nunca me senti melhor para pintar do que hoje. Este quadro será minha obra-prima. Já é minha obra-prima no ponto em que está.

Lorde Henry foi ao jardim e encontrou Dorian Gray com o rosto mergulhado em grandes lilases frescos, febrilmente inspirando seu perfume como se fosse um vinho. Ele se aproximou e pôs a mão em seu ombro. – Você tem toda razão em fazer isso – ele murmurou. – Nada cura melhor a alma do que os sentidos, assim como nada cura melhor os sentidos do que a alma.

O rapaz se assustou e recuou. Estava sem chapéu, e as folhas haviam desmanchado seus cachos rebeldes e embaraçado suas madeixas douradas. Havia uma expressão de medo em seus olhos, como a de alguém que é acordado de repente. Suas narinas benfeitas estremeceram, e algum nervo oculto espantou o escarlate de seus lábios e os deixou trêmulos.

– Sim – continuou lorde Henry –, este é um dos grandes segredos da vida, curar a alma através dos sentidos, e os sentidos por meio da alma. Você é uma criatura maravilhosa. Você sabe mais do que pensa que sabe, assim como sabe menos do que quer vir a saber.

Dorian Gray franziu o cenho, se virou para o outro lado. Não conseguiu evitar de gostar do alto, gracioso sujeito de pé a seu lado. Seu rosto romântico bronzeado e sua expressão exaurida o interessaram. Havia algo em sua voz baixa, lânguida, que era absolutamente fascinante. Até suas mãos frias, brancas, florais, tinham um encanto curioso. Elas se moviam, quando ele falava, como música, e pareciam possuir uma linguagem própria. Mas ele estava com medo e com vergonha desse medo. Por que coubera a um desconhecido revelá-lo para si mesmo? Ele conhecia Basil Hallward fazia meses, mas a amizade entre eles jamais o transformara assim.

De repente, surgia alguém em sua vida que parecia ter lhe revelado o mistério da vida. E, no entanto, o que havia para se temer? Ele não era mais um garotinho da escola ou uma garotinha. Era absurdo se apavorar assim.

— Vamos até ali e nos sentemos à sombra — disse lorde Henry. — Parker trouxe as bebidas e, se você ficar mais um minuto nesse sol, acabará se arruinando, e Basil nunca mais poderá pintá-lo. Você realmente não deveria se expor ao sol. Seria indesejável.

— Que importância isso tem? — exclamou Dorian Gray, rindo, sentando-se no fundo do jardim.

— Deveria ser a coisa mais importante para você, senhor Gray.

— Por quê?

— Porque a sua juventude é a coisa mais maravilhosa, e a juventude é a única coisa que vale a pena se ter.

— Eu não acho que seja assim, lorde Henry.

— Não, você não acha isso agora. Algum dia, quando você estiver velho e encarquilhado e feio, quando o pensamento tiver vincado a sua testa com suas rugas, e a paixão lhe tiver crestado os lábios com suas labaredas hediondas, você entenderá, você sentirá isso terrivelmente. Hoje, aonde quer que vá, você fascina a todos. Será sempre assim?... Você tem um rosto maravilhosamente belo, senhor Gray. Não franza o cenho. Você tem mesmo. E a beleza é uma forma de gênio — uma forma ainda mais elevada que o gênio, na verdade, pois não precisa de explicação. É uma das grandes verdades da vida, como a luz do sol, ou a primavera, ou o reflexo em águas escuras daquela concha prateada que chamamos de lua. Ela não pode ser questionada. Ela possui um direito divino à soberania. Ela transforma em príncipes aqueles que a possuem. Você ri? Ah! Depois de perdê-la, você não sorrirá mais assim... As pessoas dizem às vezes que a beleza é apenas superficial. Pode ser. Mas pelo menos não é tão superficial quanto o pensamento. Para mim, a beleza é a maravilha das maravilhas. Apenas as pessoas superficiais não julgam pela aparência. O verdadeiro mistério do mundo é o visível, não o invisível... Sim, senhor Gray, os deuses foram bons com você. Mas aquilo que os deuses dão, rapidamente eles mesmos tomam de volta. Você tem apenas alguns anos para viver realmente, perfeitamente, plenamente. Quando a juventude passa, a beleza vai junto e, de repente, você descobre que não há mais nenhum triunfo pela frente, ou precisa se contentar com míseros triunfos que a lembrança do passado tornará mais amargos que derrotas. A cada mês que passa, ela diminui e traz você para mais perto de algo pavoroso. O tempo tem ciúmes de você e está em guerra contra os seus lírios e rosas. Sua pele ficará amarelada, suas faces encovadas, seus olhos opacos. Você sofrerá horrivelmente... Ah! aproveite a sua juventude enquanto você a tem. Não esbanje o ouro dos seus dias dando ouvidos aos tediosos, tentando remediar o fracasso inevitável, ou desperdiçando a vida com os ignorantes, medianos e vulgares. Esses são os objetivos doentios, os falsos ideais, da nossa época. Viva! Viva a vida maravilhosa que você tem dentro de si! Não deixe passar nada. Esteja sempre em busca de sensações novas. Não tenha medo de nada... Um novo hedonismo – é isso que o nosso século quer. Você pode ser o símbolo visível disso. Com a sua personalidade, não há nada que você não possa fazer. O mundo pertence a você por uma temporada... No momento em que o conheci, vi que você era bastante inconsciente daquilo que você realmente é, daquilo que você realmente pode vir a ser. Foram tantas coisas que me fascinaram em você que senti que devia lhe dizer alguma coisa sobre você mesmo. Pensei na tragédia que seria deixá-lo desperdiçar seu tempo. Pois a sua juventude durará pouco tempo – pouquíssimo tempo. As flores comuns fenecem, mas voltam a florir. O laburno estará tão amarelo no próximo junho quanto está agora. Dentro de um mês, haverá estrelas roxas nas clemátis e, ano após ano, a noite verde de suas folhas conservará a púrpura de suas estrelas. Porém jamais teremos de volta a nossa juventude. O pulso de alegria que bate dentro de nós aos vinte fica preguiçoso. Nossos membros fraquejam, nossos sentidos apodrecem. Degeneramos em marionetes hediondas, assombrados pela lembrança das paixões das quais tivemos medo demais, e das deliciosas tentações às quais não tivemos coragem de ceder. Juventude! Juventude! Não existe absolutamente nada no mundo além da juventude!

Dorian Gray ouviu, de olhos arregalados e abismado. O ramo de lilás caiu de sua mão sobre o cascalho. Um zangão veio e zumbiu em volta por um momento. Depois começou a escalar o globo estrelado das minúsculas flores. Ele ficou observando aquilo que o estranho interesse pelas coisas triviais que tentamos criar produz quando coisas muito importantes nos apavoram, ou quando somos agitados por uma nova emoção para a qual não conseguimos encontrar expressão, ou quando algum pensamento que nos aterroriza subitamente arrebata o nosso cérebro e nos obriga a ceder. Algum tempo depois o mamangá saiu voando. Ele viu o zangão lentamente entrar na trompa manchada de uma ipomeia púrpura. A flor estremeceu e depois balançou delicadamente.

De repente o pintor apareceu na porta do estúdio, e fez sinais em *staccato* para que eles entrassem. Eles se entreolharam e sorriram.

– Já estou esperando – ele exclamou. – Entrem. A luz está praticamente perfeita, e vocês podem trazer as bebidas.

Eles se levantaram e seguiram juntos pelo caminho. Duas borboletas verdes e brancas passaram por eles, e na pereira do canto do jardim um tordo começou a cantar.

– Você ficou contente de me conhecer, senhor Gray – disse lorde Henry, olhando para ele.

– Sim, agora estou. Mas me pergunto: será sempre assim?

– Sempre?! Mas que palavra horrível. Estremeço sempre que dizem. As mulheres adoram usá-la. Elas estragam todo romance tentando fazer com que seja eterno. Essa é outra palavra sem sentido. A única diferença entre um capricho e uma paixão eterna é que o capricho dura um pouco mais.

Quando entravam no estúdio, Dorian Gray pôs a mão no braço de lorde Henry. – Nesse caso, que a nossa amizade seja um capricho – ele murmurou, corando com a própria ousadia, e então subiu na plataforma e retomou sua pose.

Lorde Henry se deixou em uma grande poltrona de vime e observou-o. Os raspões e traços do pincel na tela eram os únicos sons a interromper a quietude, exceto quando, volta e meia, Hallward recuava para olhar o trabalho com certa distância. Nos raios oblíquos infiltrados pela porta aberta, a poeira dançava, dourada. Um forte perfume de rosas parecia pairar sobre tudo.

Quinze minutos depois, Hallward parou de pintar, olhou para Dorian Gray por um bom tempo e depois, por outro bom tempo, para a pintura, mordendo o cabo de um de seus imensos pincéis, franzindo o cenho. – Está pronto – ele exclamou por fim e se abaixou e escreveu seu nome em longas letras vermelhas no canto esquerdo da tela.

Lorde Henry se aproximou e examinou o retrato. Era certamente uma obra de arte maravilhosa e guardava uma maravilhosa semelhança ao mesmo tempo.

— Meu caro, meus calorosos parabéns — ele disse. — É o melhor retrato dos tempos modernos. Senhor Gray, venha, veja a si mesmo.

O rapaz se surpreendeu, como se despertasse de um sonho. — Está mesmo pronto? — ele murmurou, descendo da plataforma.

— Está pronto — disse o pintor. — E você hoje posou esplendidamente. Sou terrivelmente grato.

— Isso se deve inteiramente a mim — interrompeu lorde Henry. — Não é verdade, senhor Gray?

Dorian não disse nada, mas passou apaticamente diante de seu retrato e se virou para ele. Ao vê-lo, recuou, e as maçãs de seu rosto coraram de prazer por um momento. Uma expressão de alegria se formou em seus olhos, como se tivesse se reconhecido pela primeira vez. Ficou ali parado, maravilhado, remotamente consciente de que Hallward estava falando consigo, mas sem entender o sentido das palavras. Ele se deu conta da própria beleza como uma revelação. Nunca tinha sentido isso antes. Os elogios de Basil Hallward sempre lhe soaram meras lisonjas exageradas de amigo. Ouvira-os, dera risada, depois os esquecera. Não haviam influenciado sua natureza. Então viera lorde Henry Wotton com aquele estranho panegírico da juventude e terríveis alertas sobre sua brevidade. Aquilo mexeu com ele na hora, e agora, ao contemplar a sombra de sua própria graça, a plena realidade da descrição atravessou-o com um lampejo. Sim, um dia seu rosto estaria enrugado e encarquilhado, seus olhos, opacos e sem cor, e o encanto de seu corpo, quebrado, desfigurado. O escarlate partiria de seus lábios, e o ouro se furtaria de seus cabelos. A vida que fizera sua alma arruinaria seu corpo. Ele se tornaria pavoroso, hediondo e grosseiro.

Quando pensou nisso, uma pontada aguda de dor penetrou-o como uma faca e fez cada fibra delicada de sua natureza estremecer. Seus olhos ficaram fundos como ametistas e, sobre eles, se formou uma aragem de lágrimas. Sentiu como se uma mão de gelo pousasse em seu coração.

— Você não gostou? — exclamou Hallward enfim, um tanto ressentido com o silêncio do rapaz, sem entender o que significava.

– Claro que ele gostou – disse lorde Henry. – Quem não gostaria? É uma das melhores obras da arte moderna. Pago quanto você quiser por ele. Preciso tê-lo.

– Não pertence a mim, Harry.

– Pertence a quem então?

– Ao Dorian, é claro – respondeu o pintor.

– Ele tem muita sorte.

– Como é triste! – murmurou Dorian Gray, com os olhos fixos no próprio retrato. – Como é triste que eu tenha de envelhecer, ficar horrível e pavoroso. Mas este retrato continuará sempre jovem. Ele jamais envelhecerá além deste dia em particular de junho... Se fosse justamente o contrário! Se fosse eu eternamente jovem, e só o retrato envelhecesse! Por isso – por isso – eu daria tudo! Sim, não há nada no mundo que eu não daria! Eu entregaria minha alma por isso!

– Dificilmente você gostaria de um trato desses, Basil – exclamou lorde Henry, dando risada. – Seria um bocado ruim para o seu trabalho.

– Eu faria fortíssimas objeções, Harry – disse Hallward.

Dorian Gray se virou e olhou para ele. – Eu imagino mesmo que você faria, Basil. Você gosta mais da sua arte do que dos seus amigos. Eu não passo de um estátua de bronze oxidado para você. Ouso dizer que nem isso.

O pintor o encarava perplexo. Não era comum que Dorian falasse assim. O que haveria acontecido? Ele parecia bastante irritado. Seu rosto estava vermelho e suas faces ardiam.

– Sim – ele continuou –, para você, sou menos que o seu Hermes de marfim ou que o seu Fauno de prata. Você gostará deles para sempre. Por quanto tempo você gostará de mim? Até surgir minha primeira ruga, imagino. Sei, agora, que quando se perde a boa aparência, seja quem for, perde-se tudo. O seu quadro me ensinou isso. Lorde Henry Wotton está inteiramente certo. A juventude é a única coisa que vale a pena ter. Quando eu perceber que estou envelhecendo, vou me suicidar.

Hallward ficou lívido e segurou a mão dele. – Dorian! Dorian! – ele exclamou –, não fale assim. Nunca tive um amigo como você e nunca mais terei outro. Você não tem ciúmes de coisas materiais, tem? – você é mais belo que qualquer uma delas!

– Tenho ciúme de tudo cuja beleza não morre. Estou com ciúme do retrato que você fez de mim. Por que ele há de conservar aquilo que eu hei de perder? Cada momento que passa leva embora algo de mim e dá algo a ele. Oh, se ao menos fosse o contrário! Se o quadro pudesse mudar, e eu pudesse ser sempre o que sou agora! Por que você o pintou? Algum dia ele há de zombar de mim – zombar horrivelmente! – Lágrimas quentes brotaram de seus olhos; ele afastou a mão do amigo e, atirando-se no divã, afundou o rosto nas almofadas, como se estivesse rezando.

– Isso é culpa sua, Harry – disse o pintor, amargamente.

Lorde Henry deu de ombros. – Esse é o verdadeiro Dorian Gray – apenas isso.

– Não é.

– Se não é, o que eu tenho a ver com isso?

– Você devia ter ido embora quando eu pedi – ele murmurou.

– Eu fiquei quando você me pediu para ficar – foi a resposta de lorde Henry.

– Harry, não quero brigar com os meus dois melhores amigos de uma vez, mas vocês dois me fizeram odiar o melhor quadro que eu já fiz, e agora vou destruí-lo. O que é um quadro além de tela e tinta? Não deixarei que esse retrato se interponha entre nós três e prejudique as nossas vidas.

Dorian Gray ergueu a cabeça dourada da almofada e, com rosto pálido e olhos marejados de lágrimas, olhou para ele, enquanto ele caminhava até a mesa de pintura que ficava embaixo de uma janela de longas cortinas. O que ele estava fazendo ali? Seus dedos tateavam, entre restos de bisnagas de alumínio e pincéis secos, em busca de alguma coisa. Sim, era a espátula longa da paleta, com sua lâmina fina de aço flexível. Finalmente encontrou-a. Ele iria rasgar a tela.

Contendo um soluço, o rapaz se ergueu do divã e, correndo até Hallward, arrancou a espátula da mão dele e atirou-a do outro lado do estúdio. – Não, Basil, não! – ele exclamou. – Seria um crime!

– Fico contente que você goste finalmente do meu quadro, Dorian – disse o pintor, friamente, depois de se recuperar da surpresa. – Pensei que você jamais gostaria dele.

– Gostar? Eu estou apaixonado por ele, Basil. Ele é uma parte de mim. Eu sinto isso.

– Bem, assim que você secar, será envernizado, emoldurado e enviado para casa. Lá você poderá fazer o que quiser consigo mesmo. – Ele atravessou o estúdio e tocou a sineta para pedir o chá. – Você também quer chá, não, Dorian? E você também, Harry? Ou você tem alguma objeção aos prazeres mais simples?

– Adoro os prazeres mais simples – disse lorde Henry. – Eles são o último refúgio dos mais complexos. Mas eu não gosto de cenas, exceto no teatro. Como vocês são absurdos, vocês dois! Eu gostaria de saber quem foi que disse que o homem é um animal racional. Foi a definição mais prematura jamais formulada. O homem pode ser muitas coisas, mas não é racional. Ainda bem que não é, aliás; mas vocês não deveriam brigar por causa do quadro. Seria muito melhor que você me deixasse ficar com ele, Basil. Esse menino bobo não quer efetivamente o quadro, e eu efetivamente quero.

– Se você der para qualquer pessoa além de mim, Basil, jamais o perdoarei! – exclamou Dorian Gray –; e eu não permito que me chamem de menino bobo.

– Você sabe muito bem que o quadro é seu, Dorian. Eu lhe dei antes mesmo de pintá-lo.

– E você sabe que foi um pouco tolo, senhor Gray, e que, na verdade, você não se importa de ser lembrado de que é extremamente jovem.

– Eu deveria ter feito objeção hoje pela manhã, lorde Henry.

– Ah! Esta manhã! Você começou a viver de lá para cá.

Bateram na porta, e o mordomo entrou com uma bandeja de chá carregada e a deixou sobre uma pequena mesa japonesa. Ouviu-se o entrechocar das xícaras e pires e o ciciar de um bule canelado georgiano. Dois pratos de porcelana em forma de globos foram trazidos por um pajem. Dorian Gray foi até lá e serviu o chá. Os dois passaram languidamente à mesa e examinaram o que havia sob as redomas.

– Vamos ao teatro hoje à noite – disse lorde Henry. – Deve haver alguma coisa em cartaz, em algum lugar. Prometi jantar no White's, mas é apenas um velho amigo, de modo que posso telegrafar avisando que estou doente, ou que não poderei ir por ter marcado um compromisso para depois. Creio que seria uma bela desculpa: teria toda a surpresa da candura.

— É tão maçante vestir casaca — murmurou Hallward. — E, depois que a vestimos, é sempre um horror.

— Sim — respondeu lorde Henry, sonhadoramente —, a indumentária do século XIX é detestável. É tão sombria, tão deprimente. O pecado é o único elemento colorido real que sobrou na vida moderna.

— Você realmente não deveria dizer essas coisas na frente do Dorian, Harry.

— Na frente de qual Dorian? O que está nos servindo o chá, ou o do quadro?

— De nenhum deles.

— Eu gostaria de ir ao teatro com você, lorde Henry — disse o rapaz.

— Então você irá; e você vai também, não é, Basil?

— Na verdade, não posso. Nem poderei tão cedo. Tenho muito trabalho a fazer.

— Bem, então, você e eu vamos sozinhos, senhor Gray.

— Eu realmente adoraria.

O pintor se conteve e caminhou, com a xícara na mão, até o quadro. — Ficarei com o verdadeiro Dorian — ele disse, tristonho.

— Será mesmo esse o verdadeiro Dorian? — exclamou o original do retrato, aproximando-se do artista. — Eu sou realmente assim?

— Sim; você é exatamente assim.

— Que maravilha, Basil!

— Pelo menos na aparência, você é. Mas este não se transformará nunca — suspirou Hallward. — Já é alguma coisa.

— As pessoas fazem tanto estardalhaço sobre a fidelidade! — exclamou lorde Henry. — Ora, até mesmo o amor é puramente uma questão de fisiologia. Não tem nada a ver com a nossa vontade. Os jovens querem ser fiéis e não são; os velhos querem ser infiéis e não conseguem: isso é tudo o que se pode dizer.

— Não vá ao teatro hoje à noite, Dorian — disse Hallward. — Passe aqui e jante comigo.

— Não posso, Basil.

— Por quê?

— Porque prometi ao lorde Henry Wotton sair com ele.

— Ele não vai gostar mais de você por manter sua promessa. Ele sempre descumpre as dele. Eu imploro: não vá.

Dorian Gray deu risada e balançou a cabeça.

— Eu suplico.

O rapaz hesitou e olhou para lorde Henry, que os observava da mesa de chá com um sorriso divertido.

— Preciso ir, Basil — ele respondeu.

— Muito bem — disse Hallward; e ele deu alguns passos e depôs a xícara na bandeja. — Está ficando tarde e, como vocês precisam se trocar, é melhor não perderem mais tempo. Adeus, Harry. Adeus, Dorian. Venha me ver logo. Venha amanhã.

— Certamente.

— Você não vai esquecer?

— Não, é claro que não — exclamou Dorian.

— E... Harry!

— Sim, Basil?

— Lembre-se do que eu lhe pedi, quando estávamos no jardim esta manhã.

— Eu me esqueci.

— Confio em você.

— Quem dera eu confiasse em mim mesmo — disse lorde Henry, dando risada. — Vamos, senhor Gray, minha carruagem está lá fora e posso deixá-lo em sua casa. Adeus, Basil. Foi uma tarde muito interessante.

E, quando a porta se fechou atrás deles, o pintor se atirou no sofá, e uma expressão de dor se formou em seu semblante.

Capítulo III

Ao meio-dia e meia do dia seguinte, lorde Henry Wotton caminhou de Curzon Street até o Albany para visitar seu tio, lorde Fermor, um velho solteirão, simpático, ainda que algo brutal, que o mundo exterior julgava egoísta porque não tirava dele nenhum benefício, mas que era considerado generoso pela alta sociedade, pois ele alimentava quem o divertia. O pai dele havia sido embaixador em Madri quando Isabel era jovem, e não se cogitava o general Prim, mas se aposentara do Serviço Diplomático em um momento caprichoso de irritação, ao não lhe ser oferecida a embaixada em Paris, posto a que julgava ter direito por seu nome, por sua indolência, pelo bom inglês de seus despachos e sua desordenada paixão pelo prazer. O filho, que havia sido secretário do pai, demitira-se com o chefe, um tanto impensadamente, como se comentou na época, e ao sucedê-lo meses depois no título, pusera-se a estudar seriamente a grande arte aristocrática de não fazer absolutamente nada. Tinha duas casas grandes na cidade, mas preferia morar em quartos de hotel, pois dava menos trabalho, e fazia a maioria das refeições no clube. Dedicava alguma atenção à administração de suas minas de carvão em Midland, perdoando-se essa nódoa de indústria com o argumento de que a única vantagem de ser dono de mina era que permitia a um cavalheiro a decência de usar lenha na própria lareira. Em política, era um tóri, exceto quando os tóris estavam no poder, período em que ele abertamente os criticava por serem um bando de radicais. Era um herói para seu valete, que lhe tratava mal, e um terror para a maioria de seus conhecidos, que por sua vez era ele quem maltratava. Somente a Inglaterra poderia produzir alguém como ele, e ele sempre dizia que o país estava indo ladeira abaixo. Seus princípios eram antiquados, mas havia muito o que dizer sobre seus preconceitos.

Quando lorde Henry entrou no recinto, encontrou o tio sentado, com um rústico casaco de caça, fumando um charuto e resmungando com o *Times* aberto. — Bem, Harry — disse o velho cavalheiro —, o que o traz aqui tão cedo? Eu achava que vocês, dândis, nunca se levantavam antes das duas e que não saíam de casa antes das cinco.

— Pura afeição familiar, eu lhe garanto, tio George. Eu queria lhe pedir uma coisa.

— Dinheiro, imagino — disse lorde Fermor, com expressão contrariada. — Bem, sente-se e conte-me do que se trata. Os jovens hoje em dia pensam que o dinheiro é tudo na vida.

— Sim — murmurou lorde Henry, fechando um botão do casaco —; e quando envelhecem, eles têm certeza. Mas eu não quero dinheiro. Só as pessoas que pagam as próprias contas precisam de dinheiro, tio George, e eu nunca pago as minhas contas. O crédito é o capital de um filho caçula, e vive-se muito bem assim. Além do mais, eu negocio sempre com os intermediários do Dartmoor, e consequentemente ninguém nunca me cria problemas. O que eu preciso é de informação; não de informações úteis, é claro; informações inúteis.

— Bem, posso lhe dizer tudo o que já foi publicado nos *Livros Azuis do Parlamento*, Harry, embora esses sujeitos hoje em dia escrevam um bocado de bobagens. Quando eu estava na diplomacia, as coisas eram muito melhores. Mas ouvi dizer que agora eles entram por exame. O que você pode esperar disso? Exames, meu caro, são puro embuste, do começo ao fim. Se o sujeito for um cavalheiro, ele já sabe o suficiente e, se não for, tudo o que souber será ruim para ele.

— O senhor Dorian Gray não está nesses *Livros Azuis*, tio George — disse lorde Henry, languidamente.

— Dorian Gray? Quem é ele? — perguntou lorde Fermor, cofiando suas volumosas sobrancelhas brancas.

— Era isso que eu vim aqui saber, tio George. Ou melhor, eu sei quem ele é. Ele é o neto mais novo de lorde Kelso. A mãe era Devereux; lady Margaret Devereux. Eu queria que o senhor me falasse sobre a mãe dele. Como ela era? Com quem ela se casou? O senhor conheceu praticamente todo mundo da sua época, e talvez a tenha conhecido. Estou muito interessado no senhor Gray no momento. Acabei de conhecê-lo.

— Neto do Kelso! — ecoou o velho cavalheiro. — Neto do Kelso!... Mas é claro... conheci intimamente a mãe desse rapaz. Acho que fui até no batizado. Era uma menina extraordinariamente bonita, Margaret Devereux; e todos os homens ficaram loucos quando ela fugiu com um rapaz que não tinha onde cair morto; um joão-ninguém, meu caro, um subalterno da infantaria, ou coisa que o valha. Sem dúvida. Lembro como se fosse ontem. O pobre coitado foi morto em um duelo em Spa, poucos meses depois do casamento. Foi uma história horrível. Dizem que Kelso contratou um malandro aventureiro, um brutamontes belga, para ofender o genro em público; que pagou o sujeito, meu caro, pagou para ele fazer isso; e que o sujeito baleou o coitado como se fosse um pombo. A coisa foi abafada, mas, ora, Kelso comeu suas costeletas sozinho no clube por um bom tempo depois disso. Ele trouxe a filha de volta, segundo me disseram, e ela nunca mais falou com o pai. Oh, sim; foi um mau negócio. A menina morreu também; morreu no mesmo ano. Quer dizer que ela deixou um filho? Eu tinha me esquecido disso. Como é esse menino? Se for como a mãe, deve ser um rapaz bonito.

– Ele é muito bonito – concordou lorde Henry.

– Espero que ele esteja em boas mãos – continuou o velho. – Ele deve ter herdado um bocado de dinheiro, se Kelso fez o que é certo. A mãe também tinha muito dinheiro. Toda a propriedade de Selby ficou para ela, pelo lado do avô. O avô odiava o Kelso, achava-o um cão mesquinho. Ele era mesmo. Ele veio a Madri uma vez quando eu estava lá. Credo, fiquei com vergonha dele. A rainha chegou a me perguntar sobre aquele nobre inglês que sempre regateava o preço da corrida com os cocheiros. Criou-se uma confusão com isso. Não tive coragem de dar as caras na corte por um mês. Espero que ele tenha tratado o neto melhor do que tratava os boleeiros.

– Eu não sei – respondeu lorde Henry. – Imagino que o rapaz seja rico. Ele ainda não tem idade. Ele é dono de Selby, isso eu sei. Porque ele me disse. E... a mãe dele era muito bonita?

– Margaret Devereux foi uma das criaturas mais adoráveis que eu já conheci, Harry. O que a levou a fazer o que ela fez, eu nunca consegui entender. Ela poderia ter se casado com quem quisesse. Carlington estava louco atrás dela. Mas ela era romântica. Todas as mulheres da família eram. Os homens eram de dar dó, mas as mulheres eram maravilhosas. Carlington ficou de joelhos por ela. Ele mesmo me contou. Ela deu risada dele, e na época não havia uma garota em Londres que não estivesse interessada nele. E por falar em casamentos absurdos, Harry, que palhaçada é essa que seu pai contou de o Dartmoor querer se casar com uma americana? As garotas inglesas não são boas o bastante para ele?

— Está na moda agora se casar com americana, tio George.

— Eu defenderei sempre as inglesas contra o resto do mundo, Harry — disse lorde Fermor, batendo na mesa com o punho.

— As apostas agora estão com as americanas.

— Elas não duram muito, ouvi dizer — murmurou o tio.

— Elas se cansam dos longos relacionamentos, mas são ótimas nas provas com obstáculos. Captam tudo no ar. Não creio que Dartmoor tenha a menor chance.

— Quem são os pais dela? — resmungou o velho cavalheiro. — Ela tem família?

Lorde Henry balançou a cabeça. — As americanas são tão boas em esconder os pais quanto as inglesas em esconder o próprio passado — ele disse, levantando-se para ir embora.

— Devem ser comerciantes de porco, imagino?

— Espero que sim, tio George, pelo bem do Dartmoor. Ouvi dizer que o comércio de porco é o negócio mais lucrativo na América, depois da política.

— Ela é bonita?

— Ela age como se fosse bonita. A maioria das americanas faz isso. É o segredo do encanto delas.

— Por que essas americanas não ficam no país delas? Sempre ouço dizer que lá é o paraíso das mulheres.

— É mesmo. É por isso que, como Eva, elas estão sempre aflitas para saírem de lá — disse lorde Henry. — Adeus, tio George. Vou me atrasar para o almoço, se demorar mais. Obrigado por me dar a informação de que eu precisava. Eu sempre gosto de saber tudo sobre meus novos amigos e nada sobre os velhos amigos.

— Onde você vai almoçar, Harry?

— Na tia Agatha. Eu me convidei com o senhor Gray. Ele é o novo *protégé* dela.

— Arre! Diga a sua tia Agatha, Harry, que não me peça mais doações para as caridades dela. Estou cheio disso. Ora, ela pensa que eu não tenho nada para fazer além de preencher cheques para esses caprichos idiotas.

— Está certo, tio George, vou dizer a ela, mas isso de nada adiantará. Os filantropos perdem toda a sensibilidade humanitária. Essa é a característica que os distingue.

O velho cavalheiro grunhiu em aprovação e tocou a sineta para chamar o criado. Lorde Henry passou pelo arco baixo e chegou a Burlington Street, então direcionou seus passos para Berkeley Square.

Então essa era a história da família de Dorian Gray. Com toda crueza com que lhe fora contada, ainda assim o abalara pelo que continha de sugestão de um romance estranho, quase moderno. Uma bela mulher arriscando tudo por uma louca paixão. Algumas poucas semanas de felicidade interrompidas por um crime hediondo e traiçoeiro. Meses de uma agonia muda, e depois uma criança nascida com dores. A mãe levada subitamente pela morte, o menino deixado à solidão e à tirania de um velho sem amor. Sim; eram antecedentes interessantes. Posicionavam o rapaz, tornando-o mais perfeito ainda. Por trás de cada coisa bela existente, havia algo de trágico. Era preciso o trabalho de mundos inteiros para que a mínima flor pudesse brotar... E como ele estivera encantador no jantar da noite passada, como, com olhos arregalados e lábios entreabertos de prazer assustado, ele se sentara à sua frente no clube, a penumbra avermelhada das luminárias esmaecendo em um rosa mais claro o alumbramento recém-desperto de seu rosto. Conversar com ele era como tocar um magnífico violino. Ele respondia a cada toque e a cada excitação do arco... Havia algo terrivelmente cativante no exercício da influência. Não havia outra atividade igual. Projetar a própria alma dentro de alguma forma graciosa e deixar que se demorasse ali por um momento; ouvir as próprias opiniões intelectuais ecoando de volta acrescidas de toda a música da paixão e da juventude; transferir o próprio temperamento para um outro como se fosse um fluido sutil ou um estranho perfume; havia uma alegria genuína naquilo – talvez a alegria mais satisfatória que nos restou em uma era tão limitada e vulgar como a nossa, uma era grosseiramente carnal em seus prazeres e grosseiramente banal em seus objetivos... Ele era também um tipo maravilhoso, aquele rapaz que por curioso acaso encontrara no estúdio do Basil; ou alguém que poderia ser transformado em um tipo maravilhoso, de todo modo. Tinha a graça natural e a alva pureza da meninice, e uma beleza como só a que nos foi conservada nos mármores gregos. Não havia nada que não se pudesse fazer dele. Ele daria um titã ou um brinquedo. Que pena de tanta beleza fadada a perecer! E quanto a Basil? Do ponto de vista psicológico, como ele era interessante! O novo estilo da arte, o modo novo de olhar a vida, sugerido tão estranhamente pela mera presença visível de alguém inteiramente inconsciente disso; o espírito silencioso que vivia na penumbra do bosque, e caminhava invisível no campo aberto, de repente se mostrara, como uma dríade, sem medo, pois na alma daquele que a persegue havia despertado a maravilhosa visão para a qual só as coisas maravilhosas se revelam; e os meros formatos e padrões das coisas se tornavam refinados e ganhavam uma espécie de valor simbólico, como se fossem eles mesmos padrões de alguma outra forma mais perfeita cuja sombra eles tornavam real: como era estranho tudo aquilo! Ele se lembrava de algo parecido na história. Não teria sido Platão, artista do pensamento, o primeiro a analisar aquilo? Não teria sido Buonarotti que esculpira aquilo nos mármores coloridos de um soneto? Mas em nosso próprio século aquilo era estranho... Sim; ele tentaria ser para Dorian Gray o que, sem saber, o rapaz fora para o pintor que fizera o maravilhoso retrato. Tentaria dominá-lo – tinha já, na verdade, meio caminho andado. Tornaria seu aquele maravilhoso espírito. Havia algo fascinante naquele filho do amor e da morte.

De repente parou e olhou para as casas. Descobriu que havia passado um pouco da casa da tia e, sorrindo consigo mesmo, voltou. Quando entrou no vestíbulo um tanto sombrio, o mordomo lhe disse que já haviam se sentado para almoçar. Ele entregou a cartola e a bengala ao criado e passou à sala de jantar.

– Atrasado como sempre, Harry – exclamou a tia, balançando a cabeça para ele.

Ele inventou uma desculpa qualquer, e, sentando-se na cadeira vaga ao lado dela, olhou ao redor para ver quem estava lá. Dorian fez uma tímida mesura da ponta da mesa, e um rubor involuntário de prazer se instalou em suas maçãs. Do outro lado da mesa, estava a duquesa de Harley; dama amável e bem-humorada, querida por todos que a conheciam, e senhora daquelas amplas proporções arquitetônicas, que, em mulheres que não são duquesas, os historiadores contemporâneos descrevem como corpulência. Ao lado dela, à direita, sir Thomas Burdon, radical do Parlamento, que seguia seu líder na vida pública e, na vida privada, seguia os melhores cozinheiros, jantando com os tóris e pensando com os liberais, segundo uma regra sábia e bem conhecida. O lugar à esquerda dela estava ocupado pelo senhor Erskine de Treadley, um velho cavalheiro de consideráveis encanto e cultura, que adquirira, no entanto, o mau hábito do silêncio, depois de, como explicou uma vez a lady Agatha, ter dito tudo o que tinha para dizer antes dos trinta. Vizinha a ele, estava a senhora Vandeleur, uma das amigas mais antigas da tia, uma perfeita santa entre as mulheres, mas tão pavorosamente vestida que lembrava um hinário de igreja mal encadernado. Para sorte dele, ela tinha do outro lado lorde Faudel, um medíocre de meia-idade muito inteligente, calvo como um pronunciamento ministerial na Câmara dos Comuns, com quem ela estava conversando à sua maneira intensamente franca que era o único erro imperdoável, como ele observou consigo mesmo, que todas as pessoas boas de verdade sempre cometem e nunca conseguem evitar cometer.

— Estamos falando sobre o pobre do Dartmoor, lorde Henry — exclamou a duquesa, com uma mesura simpática do outro lado da mesa. — Você acha que ele vai mesmo casar com essa jovem fascinante?

— Acho que ela já se decidiu a pedir a mão dele, duquesa.

— Que horror! — exclamou lady Agatha. — Francamente, alguém deveria intervir.

— Sei, de fonte fidedigna, que o pai dela tem um armazém americano — disse sir Thomas Burdon, com ar de superioridade.

— Meu tio já sugeriu comerciante de porco, sir Thomas.

— Armazém americano! O que é afinal um armazém americano? — perguntou a duquesa, erguendo espantada suas mãos grandes, acentuando o verbo.

— Romances americanos — respondeu lorde Henry, servindo-se de codorna.

A duquesa parecia intrigada.

— Não o leve a sério, minha querida — sussurrou lady Agatha. — Ele nunca fala nada a sério.

— Quando a América foi descoberta — disse o radical, e começou a fornecer dados entediantes. Como toda pessoa que tenta esgotar um assunto, ele esgotou a paciência de seus ouvintes. A duquesa suspirou e excerceu seu privilégio de interrompê-lo.

— Quem dera nunca tivesse sido descoberta! — exclamou ela.

— Realmente, nossas garotas não têm a menor chance hoje em dia. É muita injustiça.

— Talvez, afinal, a América nunca tenha sido descoberta — disse o senhor Erskine. — Eu diria que ela foi meramente detectada.

— Oh, mas eu já vi alguns espécimes de seus habitantes — respondeu a duquesa, com vagueza. — Devo confessar que a maioria é extremamente bela. E elas também se vestem muito bem. Só compram vestidos em Paris. Quem dera eu pudesse fazer o mesmo.

— Dizem, quando os bons americanos morrem, que eles vão a Paris — gargalhou sir Thomas, dono de todo um arsenal de velhas tiradas.

— Realmente! E aonde vão os americanos maus quando morrem? — inquiriu a duquesa.

— Eles vão à América — murmurou lorde Henry.

Sir Thomas franziu o cenho. — Receio que seu sobrinho tenha preconceito contra esse grande país — ele disse a lady Agatha. — Eu viajei pelo país inteiro, em carros fornecidos pelos diretores, que, nesses casos, são extremamente corretos. Eu lhe garanto que é uma visita muito educativa.

— Mas será mesmo preciso conhecer Chicago para sermos educados? — perguntou o senhor Erskine, com voz descontente. — Não me sinto disposto a tanta viagem.

Sir Thomas fez um gesto com a mão. — O senhor Erskine de Treadley tem o mundo em suas estantes. Nós, homens práticos, gostamos de ver as coisas, não de ler sobre elas. Os americanos são um povo extremamente interessante. Eles são absolutamente sensatos. Creio que é sua principal característica. Sim, senhor Erskine, um povo absolutamente sensato. Eu lhe asseguro que os americanos não têm nada de absurdo.

— Que coisa pavorosa! — exclamou lorde Henry. — Eu posso aceitar a força bruta, mas a razão bruta é absolutamente insuportável. É um pouco injusta a forma de seu uso. É um golpe baixo intelectual.

— Não consigo entendê-lo — disse sir Thomas, ficando um tanto corado.

— Eu consigo, lorde Henry — murmurou o senhor Erskine, com um sorriso.

— Os paradoxos têm lá sua graça... — retomou o baronete.

— Mas será que isso era um paradoxo? — perguntou o senhor Erskine. — Eu acho que não. Talvez. Bem, o caminho da verdade passa pelos paradoxos. Para testar a realidade devemos vê-la na corda bamba. Quando as verdades se tornam acrobatas, podemos julgá-las.

— Ai, meu Deus! — disse lady Agatha —, como vocês, homens, discutem! Não vou entender nunca do que vocês estão falando. Oh, Harry, estou muito chateada com você. Por que você tentou convencer o nosso simpático senhor Dorian Gray a desistir do East End? Eu lhe garanto que ele seria de um valor inestimável. Eles adorariam ouvi-lo tocar.

— Eu quero que ele toque para mim — exclamou lorde Henry, sorrindo; olhou para os convidados e notou um olhar esfuziante de resposta.

— Mas a vida é tão triste lá em Whitechapel — continuou lady Agatha.

— Sou capaz de me solidarizar com tudo, menos com o sofrimento — disse lorde Henry, dando de ombros. — Não consigo ter compaixão pelo sofrimento. É feio demais, horrível demais, aflitivo demais. Há algo de terrivelmente mórbido na compaixão moderna pela dor. Deveríamos nos solidarizar com a cor, com a beleza, com a alegria de viver. Quanto menos falarmos das feridas da vida, melhor.

— Ainda assim o East End é um problema muito sério — observou sir Thomas, com um grave meneio de cabeça.

— Muito — respondeu o jovem lorde. — É o problema da escravidão, e nós tentamos resolvê-lo divertindo os escravos.

O político arregalou os olhos para ele. — Então que mudança você propõe que se faça? — ele perguntou.

Lorde Henry deu risada. — Não desejo mudar nada na Inglaterra, exceto o clima — ele respondeu. — Eu me contento com a contemplação filosófica. Mas, como o século xix foi à bancarrota pelo excesso de gastos com solidariedade, eu sugeriria que recorrêssemos à ciência para nos mostrar o caminho certo. A vantagem das emoções é que elas nos desviam do caminho, e a vantagem da ciência é que ela não é emocional.

— Mas nós temos responsabilidades muito sérias — arriscou a senhora Vandeleur, timidamente.

— Terrivelmente sérias — ecoou lady Agatha.

Lorde Henry olhou para o senhor Erskine. – A humanidade se leva a sério demais. Este é o pecado original de todo mundo. Se o homem das cavernas tivesse aprendido a rir, a história teria sido diferente.

– É muito reconfortante que você diga isso – gorjeou a duquesa. – Sempre me sinto culpada quando venho visitar a sua querida tia, pois não tenho nenhum interesse no East End. Futuramente conseguirei olhar para ela sem corar de vergonha.

– Um pouco de rubor lhe cai bem, duquesa – observou lorde Henry.

– Apenas quando se é jovem – ela respondeu. – Quando uma velha como eu cora, é um sinal muito ruim. Ah! Lorde Henry, queria que você me dissesse como fazer para voltar a ser jovem.

Ele pensou por um momento. – A senhora se lembra de algum grande erro que tenha cometido na juventude, duquesa? – ele perguntou, olhando para ela do outro lado da mesa.

– Receio que muitos – ela exclamou.

– Pois então cometa-os mais uma vez – ele disse, gravemente. – Para recuperar a juventude, basta repetir as próprias loucuras.

– Que teoria deliciosa! – ela exclamou. – Preciso colocá-la em prática.

– Que teoria perigosa! – ouviu-se dos lábios franzidos de sir Thomas. Lady Agatha balançou a cabeça, mas não pôde evitar de achar graça. O senhor Erskine ficou ouvindo.

– Sim – ele continuou –, esse é um dos grandes segredos da vida. Hoje em dia a maioria das pessoas morre de uma espécie rasteira de bom senso e descobre tarde demais que as únicas coisas das quais nunca nos arrependemos são os erros que cometemos.

Todos à mesa riram.

Ele se divertiu com a ideia e ficou inspirado; lançou-a no ar e a transformou; deixou-a escapar e a recapturou; tornou-a iridescente de imaginação, alada com paradoxos. O elogio da loucura, conforme ele prosseguiu, voou rumo à filosofia, e a própria filosofia se tornou jovem e, captando a música louca do prazer, trajando, como se podia imaginar, seu vestido manchado de vinho e sua coroa de hera, dançou como uma bacante nas colinas da vida e zombou do lento Sileno por estar sóbrio. Os fatos fugiam diante dela como seres assustados da floresta. Seus pés brancos pisavam a imensa prensa onde o sábio Omar se sentava, até que o sumo fervilhante das uvas chegou às suas pernas nuas em ondas de bolhas purpúreas, ou transbordou em espuma vermelha, gotejando, pelos flancos inclinados da tina negra. Foi uma improvisação extraordinária. Ele sentia que os olhos de Dorian Gray fitavam-no fixamente, e a consciência de que entre seus ouvintes havia um cujo temperamento ele desejava fascinar parecia aguçar sua sagacidade e emprestar cor à sua imaginação. Ele foi brilhante, fantástico, irresponsável. Encantou seus ouvintes, atraindo-os para fora de si mesmos, e eles seguiram sorridentes seu flautim. Dorian Gray não tirou os olhos dele, mas ficou sentado como em transe, deixando escapar sorrisos dos lábios, e o deslumbramento foi ficando mais grave, escurecendo seus olhos.

Por fim, trajando a libré da época, a realidade entrou na sala na forma de um criado que avisou a duquesa de que sua carruagem havia chegado. Ela trançou os dedos fingindo desespero. – Que pena! – ela exclamou. – Preciso ir. Devo encontrar meu marido no clube, para levá-lo a uma reunião descabida em Willi's Rooms, onde ele vai presidir uma sessão. Se eu me atrasar, certamente ele ficará furioso, e eu não posso ir com esse arranjo. É muito delicado. Uma palavra ríspida seria capaz de arruiná-lo. Não, preciso ir, querida Agatha. Adeus, lorde Henry, você é uma delícia de pessoa e terrivelmente desconcertante. Não sei nem o que dizer sobre as suas opiniões. Você precisa aparecer e jantar conosco algum dia desses. Terça-feira? Você está livre na terça?

– Pela senhora, eu desmarcaria qualquer compromisso, duquesa – disse lorde Henry, com uma mesura.

– Ah! Que bom e que feio da sua parte – ela exclamou –; pois então venha – e ela deixou a sala, seguida por lady Agatha e as outras senhoras.

Quando lorde Henry voltou a sentar, o senhor Erskine se aproximou e, sentando na cadeira ao lado dele, pôs a mão em seu braço.

– Você fala melhor que muitos livros – ele disse –; por que você não escreve um?

– Gosto demais de ler para me dar ao trabalho de escrever, senhor Erskine. Certamente eu gostaria de escrever um romance; um romance que fosse tão adorável e tão irreal quanto um tapete persa. Mas não existe um público literário na Inglaterra, exceto para jornais, catecismos e enciclopédias. De todos os povos do mundo, o inglês é o que tem menos noção da beleza da literatura.

– Receio que você esteja certo – respondeu o senhor Erskine. – Eu mesmo costumava ter ambição literária, mas desisti há muitos anos. E hoje, meu querido jovem amigo, se você me permitir chamá-lo assim, posso saber se você realmente acredita em tudo o que disse no almoço?

– Eu praticamente me esqueci do que falei – sorriu lorde Henry. – Eu disse algo muito ruim?

– Muito ruim mesmo. A bem dizer, considero-o extremamente perigoso, e se algo acontecer à nossa boa duquesa, todos o consideraremos o principal responsável. Mas eu gostaria de conversar com você sobre a vida. A minha geração era muito entediante. Um dia desses, quando você estiver cansado de Londres, venha me visitar em Treadley e me explicar a sua filosofia do prazer, regada ao admirável borgonha que tenho a sorte de possuir na adega.

– Será um prazer. Visitá-lo em Treadley seria uma grande honra. É um lugar perfeito e com uma biblioteca perfeita.

– Você irá completá-la – respondeu o velho cavalheiro, com uma mesura cortês. – E agora devo me despedir de sua excelente tia. Estão me esperando no Athenaeum. É a hora do nosso cochilo por lá.

– Vocês todos, senhor Erskine?

– Quarenta membros, em quarenta poltronas. Estamos praticando para ingressar na Academia Inglesa de Letras.

Lorde Henry deu risada e se levantou. – Vou ao parque – ele exclamou.

Quando ele estava saindo pela porta, Dorian Gray tocou seu braço. – Deixe-me ir com você – ele murmurou.

– Mas pensei que você havia prometido ao Basil Hallward ir visitá-lo – respondeu lorde Henry.

– Eu preferiria ir com você; sim, sinto que devo ir com você. Deixe-me ir junto. E você promete que falará comigo o tempo inteiro? Ninguém fala tão maravilhosamente quanto você.

– Ah! Eu já falei o suficiente por hoje – disse lorde Henry, sorrindo. – Tudo o que eu quero agora é olhar a vida. Você pode vir e olhar comigo, se quiser.

Capítulo IV

Certa tarde, um mês depois, Dorian Gray estava reclinado em uma luxuosa poltrona, na pequena biblioteca da casa de lorde Henry em Mayfair. Era, à sua maneira, um ambiente muito encantador, revestido com altos painéis de carvalho com manchas verde-oliva, frisos creme e teto em relevos de gesso entalhado, carpete de feltro em tom tijolo juncado de tapetes persas de seda de longas franjas. Em uma minúscula mesinha de mogno, havia uma estatueta de Clodion e, ao lado dela, um exemplar de *Les cent nouvelles*, encadernado para Marguerite de Valois por Clovis Ève e salpicado das margaridas douradas que a rainha escolheu para sua divisa. Alguns jarros grandes de porcelana azul e tulipas estavam alinhados sobre o console, e através dos caixilhos de chumbo dos vidros da janela infiltrava-se a luz adamascada de um dia de verão londrino.

Lorde Henry ainda não havia chegado. Ele estava sempre, por princípio, atrasado, sendo este princípio o de que a pontualidade era ladra do tempo. De modo que o rapaz tinha o semblante um tanto acabrunhado, enquanto com dedos inquietos virava as páginas de um edição sofisticadamente ilustrada de *Manon Lescaut* que havia encontrado em uma das estantes. O toque formal e monótono do relógio à Luís XIV o irritou. Pensou uma ou duas vezes em ir embora.

Por fim, ouviu passos do lado de fora, e a porta se abriu.

— Você está muito atrasado, Harry! — ele murmurou.

— Receio que não seja o Harry, senhor Gray — respondeu uma voz estridente.

Rapidamente, ele olhou para o lado e se levantou.

— Eu sinto muito. Pensei que...

— Você pensou que fosse o meu marido. É apenas a esposa. Permita-me que eu me apresente. Já o conheço bem por fotografias. Creio que meu marido tenha umas dezessete fotografias do senhor.

— Não podem ser dezessete, lady Henry!

— Bem, umas dezoito, então. E eu o vi com ele outra noite na ópera — ela riu nervosamente enquanto falava e o observou com seus vagos olhos azuis de miosótis. Era uma mulher curiosa, cujos vestidos sempre pareciam ter sido cortados em um acesso de fúria e vestidos durante uma tempestade. Geralmente, estava apaixonada por alguém e, como sua paixão nunca era correspondida, ela guardara para si todas as suas ilusões. Tentava parecer pitoresca, mas só conseguia ficar desarrumada. Seu nome era Victoria e tinha uma verdadeira mania de frequentar a igreja.

– Creio então que foi no Lohengrin?

– Sim; foi no meu adorado Lohengrin. Gosto da música de Wagner acima de qualquer outra. É tão alta que se pode conversar o tempo inteiro que ninguém mais ouve o que a gente diz. É uma grande vantagem: o senhor também não acha, senhor Gray?

O mesmo riso nervoso em *staccato* escapou dos lábios finos dela, e seus dedos começaram a brincar com uma longa espátula para cartas de casco de tartaruga.

Dorian sorriu e balançou a cabeça: – Receio que não, lady Henry. Eu nunca converso durante a música, pelo menos durante a boa música. Quando se ouve música ruim, é um dever afogá-la em conversas.

– Ah! eis uma opinião do Harry, não é, senhor Gray? Sempre ouço opiniões do Harry da boca de seus amigos. É a única maneira de eu ficar sabendo o que ele pensa. Mas não vá pensar que eu não aprecio a boa música. Eu adoro, mas tenho medo. Ela me deixa romântica demais. Eu simplesmente idolatro pianistas – às vezes mais de um ao mesmo tempo, segundo o Harry. Não sei o que eles têm. Talvez seja porque eles são estrangeiros. São todos estrangeiros, não é? Mesmo os nascidos na Inglaterra, depois de algum tempo viram estrangeiros, não é? É tão inteligente da parte deles, e um verdadeiro elogio à arte. Torna a arte algo bastante cosmopolita, não? O senhor nunca esteve nas minhas festas, não é, senhor Gray? Você precisa vir. Não tenho dinheiro para orquídeas, mas não faço economia com estrangeiros. Eles tornam nossos ambientes muito pitorescos. Mas o Harry chegou! Harry, entrei procurando você, para lhe pedir alguma coisa que esqueci o que era e encontrei o senhor Gray. Tivemos uma adorável conversa sobre música. Temos ideias muito parecidas. Não; creio que nossas ideias sejam muito diferentes. Mas ele foi muito simpático. Fiquei contente ao vê-lo.

– Que bom, meu amor, que bom – disse lorde Henry, erguendo as sobrancelhas escuras e arqueadas e olhando para ambos com um sorriso divertido. – Sinto muito pelo atraso, Dorian. Fui atrás de um velho brocado em Wardour Street e precisei ficar horas negociando o preço. Hoje em dia as pessoas sabem o preço de tudo e o valor de nada.

– Infelizmente preciso ir – exclamou lady Henry, rompendo um silêncio constrangido com seu riso tolo e repentino. – Prometi que sairia com a duquesa. Adeus, senhor Gray. Adeus, Harry. Imagino que você vá jantar fora, não? Eu vou. Talvez nos encontremos na casa de lady Thornbury.

– Certamente, querida – disse lorde Henry, fechando a porta atrás dela, enquanto, como uma ave-do-paraíso que passou a noite inteira na chuva, ela saía da sala, deixando no ar um discreto odor de jasmim-manga. Então ele acendeu um cigarro e se atirou no sofá.

– Nunca se case com uma mulher de cabelos cor de palha, Dorian – ele disse, após algumas tragadas.

– Por quê, Harry?

– Porque elas são muito sentimentais.

– Mas eu gosto de pessoas sentimentais.

– Jamais se case, Dorian. Os homens se casam porque ficam cansados; as mulheres, porque são curiosas; ambos acabam se frustrando.

– Não é provável que eu vá me casar, Henry. Estou apaixonado demais para isso. Esse é outro dos seus aforismos. Estou colocando-o em prática, como faço com tudo o que você diz.

– Por quem você está apaixonado? – perguntou lorde Henry, depois de uma pausa.

– Por uma atriz – disse Dorian Gray, corando.

Lorde Henry deu de ombros. – É um clichê e tanto para um *début* amoroso.

– Você não diria isso se a visse, Harry.

– Quem é ela?

– O nome dela é Sibyl Vane.

– Nunca ouvi falar.

– Ninguém a conhece. Mas um dia as pessoas a conhecerão. Ela é genial.

— Meu caro menino, nenhuma mulher é genial. As mulheres são um sexo decorativo. Nunca têm nada para dizer, mas sempre dizem com certa graça. As mulheres representam o triunfo da matéria sobre o intelecto, assim como os homens representam o triunfo do intelecto sobre a moral.

— Harry, como você pode dizer isso?

— Meu caro Dorian, é a pura verdade. Estou atualmente estudando as mulheres, de modo que eu deveria saber do que estou falando. O tema não é tão absurdo quanto achei que seria. Descobri que, em última análise, existem dois tipos de mulheres, as comuns e as pintadas. As mulheres comuns são muito úteis. Se você quer conquistar uma reputação de respeitabilidade, basta convidá-las para jantar. As outras mulheres são muito encantadoras. Mas cometem um equívoco. Elas se pintam para tentar parecer jovens. Nossas avós se pintavam para tentar conversar com brilhantismo. *Rouge* e *esprit* costumavam combinar. Hoje isso tudo acabou. Contanto que a mulher consiga parecer dez anos mais jovem do que a própria filha, ela ficará plenamente satisfeita. Quanto à conversa, só existem cinco mulheres em Londres com quem vale a pena conversar, e duas delas não são admitidas na alta sociedade. No entanto, fale-me mais sobre esse gênio que você conheceu. Há quanto tempo você a conhece?

— Ah! Harry, as suas opiniões me aterrorizam.

— Não se incomode com isso. Há quanto tempo você a conhece?

— Há umas três semanas.

— E onde você a conheceu?

— Vou lhe contar, Harry; mas você não pode ser tão impiedoso nesse caso. Afinal, nada disso teria acontecido se eu não tivesse conhecido você. Você me encheu de um desejo incontrolável de conhecer tudo sobre a vida. Durante alguns dias depois de conhecer você, parecia haver algo pulsando nas minhas veias. Quando eu me sentava no parque, ou passeava por Piccadilly, costumava olhar para todos que passavam e me perguntava, com louca curiosidade, que tipo de vida aquelas pessoas levavam. Algumas me fascinavam. Outras me enchiam de terror. Havia no ar um veneno peculiar. Senti uma paixão por sensações... Bem, certa noite, por volta das sete horas, resolvi sair em busca de alguma aventura. Senti que nessa nossa Londres, cinzenta e monstruosa, com miríades de pessoas, sórdidos pecadores e seus esplêndidos pecados, como você disse um dia, devia haver algo reservado para mim. Fantasiei mil coisas. O mero perigo me deu uma sensação de prazer. Lembrei-me do que você me disse naquela noite em que jantamos juntos pela primeira vez, sobre a busca da beleza ser o verdadeiro segredo da vida. Não sei o que eu esperava, mas saí e perambulei rumo ao leste e logo me perdi em um labirinto de ruas sujas e escuras, praças barrentas, sem gramado. Por volta das oito e meia, passei por um teatrinho absurdo, com grandes luminosos de gás e cartazes espalhafatosos. Um judeu hediondo, com o colete mais bizarro que já vi na vida, estava parado na entrada, fumando um charuto barato. Ele usava anéis seboso e um enorme diamante cintilava no peito da camisa manchada. "Camarote, meu lorde?" — ele disse ao me ver, e tirou a cartola com um ar de magnífica submissão. Havia algo no sujeito, Harry, que me entreteve. Ele era um verdadeiro monstro. Você pode até rir, eu sei, mas a verdade é que entrei e paguei um guinéu pelo camarote vizinho ao palco. Até hoje não sei por que fiz isso; e, no entanto, se eu não o fizesse... meu caro Harry, eu teria perdido o maior romance da minha vida. Estou vendo que você está rindo. Que horrível da sua parte!

— Não estou rindo, Dorian; pelo menos não de você. Mas você não deveria dizer que é o maior romance da sua vida. Você devia dizer que é o primeiro romance da sua vida. Você sempre será amado e sempre se apaixonará pelo amor. Uma *grande passion* é privilégio das pessoas que não têm nada para fazer. Essa é a única utilidade das classes ociosas de um país. Não tenha medo. Você terá coisas magníficas pela frente. Isso é só o começo.

— Você me considera uma pessoa tão superficial assim? — exclamou Dorian Gray, irritadiço.

— Não, considero você uma pessoa profunda.

— Como assim?

— Meu caro menino, as pessoas que só amam uma vez na vida é que são na verdade superficiais. Aquilo que elas chamam de lealdade e fidelidade, eu chamo de letargia do hábito ou de falta de imaginação. A fidelidade é na vida emocional o que a coerência é na vida intelectual — mera confissão do fracasso. Fidelidade! Um dia preciso estudar isso. A paixão pela propriedade está incluída nela. Quantas coisas não jogaríamos fora se não tivéssemos medo de que outras pessoas fossem recolhê-las? Mas não quero interrompê-lo. Continue a história.

– Bem, eu me vi sentado em um pequeno camarote horrível, com um pano de cena vulgar me encarando de frente. Desviei o olhar da cortina e avaliei o teatro. Era muito espalhafatoso, cheio de cupidos e cornucópias, parecia um bolo de casamento de terceira categoria. A galeria e o fosso estavam lotados, mas as duas fileiras de poltronas escusas estavam praticamente vazias, e também não havia ninguém naquilo que imagino que eles chamassem de mezanino. Passavam mulheres vendendo laranjas e cerveja de gengibre, e havia um consumo desenfreado de amendoins.

– Deve ter sido um espetáculo digno do apogeu do drama inglês.

– Exatamente, imagino, e muito deprimente. Comecei a me peguntar o que diabos eu devia fazer, quando deparei com o cartaz. Que peça você acha que era, Harry?

– Eu diria *O menino idiota*, ou *Parvo mas inocente*. Creio que nossos pais costumavam gostar desse tipo de peça. Quanto mais eu vivo, Dorian, mais agudamente sinto que tudo o que era bom o suficiente para os nossos pais não é bom o suficiente para nós. Em arte, em política, *les grandpères ont toujours tort* [os avós estão sempre errados].

– Mas a peça era uma de que ainda gostamos, Harry. Era *Romeu e Julieta*. Devo admitir que fiquei um tanto contrariado com a ideia de assistir Shakespeare encenado naquela maldita espelunca. Ainda assim, eu me interessei, de certa maneira. De todo modo, decidi esperar pelo primeiro ato. Havia uma orquestra pavorosa, regida por um jovem judeu sentado a um piano estropiado, que quase me faz levantar e ir embora, mas por fim a cortina subiu e a peça começou. Romeu era um parrudo cavalheiro de idade, com sobrancelhas de carvão, uma voz rouca trágica e o perfil de um barril de cerveja. Mercúcio era tão ruim ou pior que Romeu. Era interpretado por um comediante popular, que introduzira sua próprias piadas e tratava com intimidade a plateia. Ambos eram tão grotescos quanto o cenário, que parecia ter saído de uma barraca de feira. Mas Julieta! Harry, imagine uma menina, menos de dezessete anos, com um rosto que parece uma florzinha, uma pequena cabeça grega de cachos trançados castanho-escuros, olhos que são dois poços violetas de paixão, lábios que eram pétalas de rosa. Ela é a coisa mais adorável que eu já vi na vida. Você me disse uma vez que a compaixão não o comovia, mas que a beleza, a mera beleza, era capaz de levá-lo às lágrimas. Pois eu lhe digo, Harry, mal conseguia enxergar a garota, tamanho o nevoeiro de lágrimas que se formou em mim. E aquela voz — ela tem uma voz como nunca ouvi. Muito baixa a princípio, com notas graves e suaves, que pareciam feitas apenas para o nosso ouvido. Depois ficou um pouco mais alta e soou como uma flauta ou um oboé distante. Na cena do jardim, tinha todo o êxtase trêmulo que se ouve pouco antes da alvorada quando estão cantando os rouxinóis. Em alguns momentos, mais adiante, tinha a louca paixão dos violinos. Você sabe como uma voz é capaz de nos abalar. A sua voz e a voz de Sibyl Vane são duas coisas de que jamais me esquecerei. Quando fecho os olhos, posso ouvi-las, e cada uma delas diz uma coisa diferente. Não sei a qual seguir. Por que eu não deveria amá-la? Harry, eu a amo. Ela é tudo para mim na vida. Tenho ido assisti-la toda sessão. Uma noite ela é Rosalinda e, na noite seguinte, Imogênia. Já a vi morrer na escuridão de um túmulo italiano, tomando o veneno dos lábios do amante. Assisti quando ela perambulou pela floresta de Arden, disfarçada de um belo menino de bragas e gibão e touca. Ela já foi louca, já esteve na presença de um rei culpado, fazendo-o vestir o remorso e provar ervas amargas. Já foi inocente, e as mãos negras do ciúme esmagaram sua garganta de junco. Já a vi com todas as idades e com todos os trajes. As mulheres comuns não me falam à imaginação. Estão limitadas a seu século. Nenhum fascínio jamais as transfigura. Conhecemos seus espíritos conhecendo seus chapéus. Sempre se pode encontrá-las. Não há nenhum mistério em nenhuma delas. Elas cavalgam pelo parque de manhã e conversam durante o chá da tarde. Possuem sorrisos estereotipados e modos elegantes. São muito óbvias. Mas uma atriz! Como as atrizes são diferentes! Harry! Por que você não me disse que a única coisa que valia a pena amar era uma atriz?

— Porque eu já amei muitas delas, Dorian.

— Oh, sim, pessoas horríveis com cabelos tingidos e rostos maquiados.

— Não fale mal dos cabelos tingidos e rostos maquiados. Às vezes, elas têm um encanto extraordinário — disse lorde Henry.

– Agora me arrependi de ter contado sobre Sibyl Vane.

– Você não teria como evitar de me contar, Dorian. Você me contará tudo o que fizer pelo resto da vida.

– Sim, Harry, acredito que seja verdade. Não consigo evitar de lhe contar as coisas. Você tem sobre mim uma influência curiosa. Se um dia eu cometer algum crime, virei aqui confessá-lo. Você me entenderia.

– Pessoas como você – obstinados raios de sol da vida – não cometem crimes, Dorian. Mas eu agradeço muito o elogio, da mesma forma. E agora me diga – passe-me os fósforos, como um bom menino: obrigado – qual é a sua relação efetiva com Sibyl Vane?

Dorian Gray se pôs de pé num salto, com as faces coradas e os olhos ardentes. – Harry! Sibyl Vane é sagrada!

– As coisas sagradas são as únicas que valem a pena tocar, Dorian – disse lorde Henry, com uma estranha pungência na voz. – Mas por que você se incomoda? Imagino que ela vá ser sua algum dia. O apaixonado sempre começa enganando a si mesmo e sempre acaba enganando o outro. É isso que as pessoas chamam de romance. Você a conhece pessoalmente, ao menos, imagino?

– É claro que a conheço. Na primeira noite em que fui ao teatro, o velho judeu horrendo veio ao camarote depois do espetáculo e ofereceu me levar aos bastidores e me apresentar a ela. Fiquei furioso com ele, e disse que Julieta havia morrido séculos atrás, e que seu corpo jazia num túmulo de mármore em Verona. Creio que, pela expressão de espanto no rosto dele, ele deve ter ficado com a impressão de que eu bebera champanhe demais, ou coisa que o valha.

– Não me surpreende.

– Então ele me perguntou se eu escrevia para algum jornal. Eu disse que nem lia jornal. Ele pareceu terrivelmente desapontado com isso e me confessou que todos os críticos tinham um complô contra ele, e que eram todos uns vendidos.

– Não duvido de que nisso ele tenha razão. Mas, por outro lado, a julgar pela aparência dos críticos, a maioria não devia cobrar muito.

– Bem, o velho parecia achá-los caros demais – riu Dorian. – A essa altura, no entanto, as luzes se apagaram no teatro e precisei sair. Ele queria que eu experimentasse alguns charutos que recomendou enfaticamente. Declinei. Na noite seguinte, é claro, voltei ao local. Quando ele me viu, fez uma longa mesura e me disse que eu era um magnânimo patrono das artes. O sujeito era ofensivamente grosseiro, embora tivesse uma paixão extraordinária por Shakespeare. Disse-me, com certo ar de orgulho, que suas cinco falências foram exclusivamente por causa do "Bardo", como ele insistia em chamá-lo. Parecia considerar aquilo uma distinção.

— É uma distinção, meu caro Dorian — uma grande distinção. A maioria vai à bancarrota por investir demais na prosa da vida. Arruinar-se com poesia é uma honra. Mas quando foi a primeira vez que você falou com a senhorita Sibyl Vane?

— Na terceira noite. Ela havia feito Rosalinda. Não pude evitar de ir aos bastidores. Eu havia jogado flores, e ela havia olhado para mim; pelo menos foi o que imaginei. O velho judeu era persistente. Parecia decidido a me levar ao camarim, então consenti. Você não acha curioso que eu não tenha desejado conhecê-la logo?

— Não; não acho.

— Mas, meu caro Harry, por quê?

— Posso lhe dizer noutro momento. Agora quero saber sobre a garota.

— Sibyl? Oh, ela é tão tímida e tão delicada. Ela tem algo de criança. Seus olhos ficaram arregalados com um deslumbramento delicioso quando eu disse o que achara da apresentação dela, e ela me pareceu inconsciente do próprio poder. Creio que estávamos ambos bastante nervosos. O velho judeu ficou sorrindo, parado na entrada da coxia empoeirada, fazendo rebuscados discursos sobre nós dois, enquanto nós ficamos nos olhando como duas crianças. Ele insistia em me chamar de "meu lorde", de modo que precisei dizer a Sibyl que eu não era nada daquilo. Ela simplesmente me disse o seguinte: "Você parece mais um príncipe. Vou chamá-lo de Príncipe Encantado".

— Uma coisa é certa, Dorian, a senhorita Sibyl sabe fazer um elogio.

— Você não a entendeu, Harry. Ela me considera meramente um personagem em uma peça de teatro. Ela não sabe nada da vida. Mora com a mãe, uma velha cansada que fizera o papel de Lady Capuleto usando uma espécie de cafetã magenta na primeira noite, e que parece já ter tido uma vida melhor.

– Sei como é essa aparência. É algo que me deprime – murmurou lorde Henry, examinando os próprios anéis.

– O judeu quis me contar a história dela, mas não me interessei.

– Você agiu bem. Existe sempre algo de infinitamente cruel nas tragédias alheias.

– Só me interesso pela Sibyl. Que me importa de onde ela vem? De sua cabecinha a seu pezinho, ela é absoluta e inteiramente divina. Todas as noites da minha vida vou assisti-la atuar, e a cada noite ela está mais maravilhosa.

– Imagino que seja por isso que você nunca mais jantou comigo. Achei mesmo que você deveria estar envolvido em algum romance curioso. E você está de fato; mas não é bem o que eu tinha em mente.

– Meu caro Harry, nós almoçamos ou ceamos juntos todos os dias, e fui à ópera com você diversas vezes desde então – disse Dorian, abrindo seus olhos azuis com espanto.

– Você sempre tem chegado terrivelmente atrasado.

– Bem, não consigo evitar de ir assistir Sibyl em cena – ele exclamou –, nem que seja um único ato. Sinto fome da presença dela; e quando penso na alma maravilhosa escondida naquele corpinho de marfim, sinto-me cheio de um temor reverente.

– Você pode jantar comigo hoje à noite, não é, Dorian?

Ele balançou a cabeça. – Hoje à noite ela será Imogênia – ele respondeu –, e amanhã será Julieta.

– Quando ela é Sibyl Vane?

– Nunca.

– Meus parabéns.

– Que horror você dizer isso! Ela é todas as grandes heroínas do mundo em uma única pessoa. Ela é mais que um indivíduo. Você ri, mas estou lhe dizendo que ela é genial. Eu a amo e preciso fazer que ela me ame. Você, que conhece todos os segredos da vida, diga-me como faço para Sibyl Vane se apaixonar por mim! Quero deixar Romeu com ciúmes. Quero que os amantes mortos do mundo ouçam nossas risadas e se entristeçam. Que o sopro da nossa paixão inspire consciência no pó, desperte as cinzas desses amantes e as converta em dor. Meu Deus, Harry, como eu a idolatro! – Ele caminhava para lá e para cá enquanto falava. Manchas vermelhas febris ardiam em suas faces. Ele estava terrivelmente excitado.

Lorde Henry observava-o com uma sensação sutil de prazer. Quanta diferença do menino tímido e assustado que ele conhecera no estúdio de Basil Hallward! Sua natureza se desenvolvera como uma flor, dando origem a flamejantes florações escarlates. A alma deixara lentamente seu esconderijo secreto, e o desejo viera encontrá-la no caminho.

— E o que você pretende fazer agora? — disse lorde Henry, enfim.

— Quero que você e Basil venham comigo uma noite dessas e a vejam atuar. Não tenho nenhum medo do resultado. Você certamente reconhecerá a genialidade dela. Depois precisaremos livrá-la das mãos do judeu. Ela tem um contrato de três anos com ele — pelo menos dois anos e oito meses. Evidentemente, deverei pagar alguma coisa ao sujeito. Quando tudo estiver acertado, alugarei um teatro no West End e a lançarei como se deve. Ela enlouquecerá todo mundo como fez comigo.

— Mas isso seria possível, meu querido menino?

— Sim, ela conseguirá. Ela não tem apenas arte, um instinto artístico consumado, dentro de si, ela também tem personalidade; e muitas vezes você disse que são as personalidades, e não os princípios, que movimentam a nossa época.

— Bem, e quando iremos vê-la?

— Deixe-me ver. Hoje é terça-feira. Vamos marcar para amanhã. Amanhã ela fará Julieta.

— Está bem. No Bristol, às oito horas; e eu vou buscar o Basil.

— Oito, não, Harry, por favor. Seis e meia. Precisamos estar lá antes de abrirem a cortina. Você precisa vê-la no primeiro ato, quando ela conhece Romeu.

— Seis e meia! Mas que horário! Será praticamente um ajantarado, ou como ler um romance inglês. O ideal seria às sete. Nenhum cavalheiro janta antes das sete. Você se encontrará com o Basil antes disso? Ou será melhor que eu escreva para ele?

— Querido Basil! Não o vejo há uma semana. É um tanto horrível da minha parte, uma vez que ele mandou me entregar meu retrato em uma moldura maravilhosa, feita especialmente por ele, e, embora eu tenha ficado um pouco enciumado do retrato, por ser um mês mais jovem do que eu, devo admitir que adorei. Talvez seja melhor você escrever para ele. Não quero encontrá-lo sozinho. Ele diz coisas que me irritam. Quer me dar bons conselhos.

Lorde Henry sorriu. — As pessoas gostam de dar aquilo de que elas mesmas mais precisam. É o que eu chamo de generosidade profunda.

— Oh, o Basil é o melhor sujeito que eu conheço, mas ele me parece um pouco filisteu. Desde que conheci você, Harry, descobri isso.

— O Basil, meu caro menino, coloca tudo o que tem de encantador em seu trabalho. A consequência é que não sobra nada para a vida dele, além dos preconceitos, princípios e senso comum. Os únicos artistas que conheci, que são pessoalmente adoráveis, são maus artistas. Os bons artistas só existem naquilo que fazem, e consequentemente são totalmente desinteressantes naquilo que são. Um grande poeta, um poeta realmente grande, é a criatura menos poética que existe. Mas os poetas inferiores são absolutamente fascinantes. Quanto piores são as rimas, mais pitoresca sua aparência. O simples fato de haver publicado um livro de sonetos de segunda categoria torna um homem irresistível. Ele vive a poesia que é incapaz de escrever. Os outros escrevem a poesia que não ousam realizar.

— Será que isso é realmente assim, Harry? — disse Dorian Gray, derramando em seu lenço um pouco de perfume de um grande frasco de tampa dourada que estava na mesa. — Se você está dizendo, deve ser. E agora vou embora. Imogênia me espera. Não se esqueça de amanhã. Adeus.

Assim que ele saiu da sala, as pálpebras pesadas de lorde Henry se fecharam, e ele começou a pensar. Seguramente poucas pessoas o interessavam tanto quanto Dorian Gray, e, no entanto, a louca adoração do rapaz por outra pessoa não lhe causava sequer uma pontada de irritação ou ciúme. Ficou contente com aquilo. Tornava-o um caso ainda mais interessante de estudo. Sempre tivera um fascínio pelos métodos das ciências naturais, mas os temas dessas ciências lhe pareciam triviais e sem importância. E assim, desde então, ele passara à dissecação de si mesmo, depois de muita dissecação alheia. A vida humana — eis a única coisa que lhe parecia valer a pena investigar. Comparado a isso, nada mais tinha qualquer valor. Era verdade que, quando se observa a vida em seu curioso crisol de dor e prazer não se pode usar uma máscara de vidro sobre o rosto, nem evitar que os vapores sulfurosos perturbem o cérebro, tornando a imaginação turva de monstruosas fantasias e sonhos disformes. Havia venenos tão sutis que, para conhecer suas propriedades, era preciso deles adoecer. Havia doenças tão estranhas que era preciso passar por elas para entender sua natureza. E, no entanto, que grande recompensa se recebia! Que maravilhoso o mundo se tornava! Reparar na curiosa lógica dura da paixão e na emotiva e colorida vida do intelecto – observar onde ambas se encontravam e onde se separavam, onde estavam em uníssono e em que ponto discordavam – nisso havia um prazer! Que importância tinha o preço disso? Nenhuma sensação seria cara demais.

Ele tinha consciência – e esse pensamento trouxe um laivo de prazer a seus olhos de Agatha castanhos – de que havia sido com palavras suas, palavras musicais, ditas com voz musical, que a alma de Dorian Gray se voltara para aquela menina branca e se curvara em adoração diante dela. Em grande medida, o rapaz era uma criação sua. Ele o tornara precoce. Isso já era alguma coisa. As pessoas comuns esperavam a vida revelar seus segredos, mas aos raros, aos eleitos, os mistérios da vida eram revelados antes que o véu fosse removido. Às vezes, isso era efeito da arte e, principalmente, da arte da literatura, que lidava imediatamente com as paixões e com o intelecto. Mas, de quando em quando, uma personalidade complexa tomava seu lugar e assumia o posto da arte; era de fato, à sua maneira, uma verdadeira obra de arte, a vida fazendo suas elaboradas obras-primas, assim como a poesia faz as suas, ou a escultura, ou a pintura.

Sim, o rapaz era precoce. Ele estava fazendo sua colheita quando ainda era primavera. O pulso e a paixão da juventude estavam dentro dele, mas ele vinha se tornando consciente disso. Era delicioso observá-lo. Com seu belo rosto e sua bela alma, ele era uma coisa deslumbrante. Não importava como tudo terminaria, ou como estava destinado a acabar. Ele era como uma dessas figuras graciosas em um cortejo ou em uma peça, cujas alegrias parecem remotas para nós, mas cujas tristezas abalam nossa ideia de beleza, e cujas feridas são como rosas vermelhas.

Alma e corpo, corpo e alma – como eram misteriosos! Havia uma animalidade na alma, e o corpo tinha seus momentos de espiritualidade. Os sentidos podiam ser refinados, e o intelecto podia se degradar. Quem diria onde cessava o impulso carnal, ou começava o impulso físico? Como eram rasas as definições arbitrárias dos psicólogos comuns! E, no entanto, como era difícil escolher entre as afirmações das diversas escolas! Será que a alma era uma sombra pousada na casa do pecado? Ou será que era o corpo, na verdade, que habitava a alma, como pensava Giordano Bruno? A separação entre o espírito e a matéria era um mistério, e a união entre o espírito e a matéria também era um mistério.

Ele começou a se perguntar se um dia seríamos capazes de criar uma psicologia tão absolutamente científica que cada mínima fonte de vida nos seria revelada. Na realidade, nunca nos entendemos e raramente entendemos os outros. A experiência não tinha nenhum valor ético. Era apenas um nome que os homens davam aos próprios erros. Os moralistas, em geral, consideravam a experiência uma espécie de alerta, reivindicavam-lhe uma certa eficácia ética na formação do caráter, elogiavam-na como algo que nos mostrava o caminho a seguir e o que evitar. Mas não havia uma força motriz na experiência. Era uma causa ativa tão fraca quanto a própria consciência. Tudo o que ela demonstrava na verdade era que nosso futuro seria igual ao nosso passado, e que o pecado que cometemos uma vez, com repulsa, nós o cometeríamos ainda muitas vezes, com alegria.

Estava claro para ele que o método experimental era o único método pelo qual se podia chegar a uma análise científica das paixões; e certamente Dorian Gray era um tema sob medida para ele, e parecia prometer resultados ricos e frutíferos. Aquele súbito amor por Sibyl Vane era um fenômeno psicológico de grande interesse. Não havia dúvida de que a curiosidade tinha muito a ver com aquilo, a curiosidade e o desejo de novas experiências; embora não fosse uma paixão simples, mas muito complexa. O que era puramente um instinto sensual da adolescência se transformara, por obra da imaginação, em algo que, ao próprio rapaz, parecia algo distante da razão e, por isso mesmo, ainda mais perigoso. Eram as paixões sobre cuja origem nos iludíamos que nos tiranizavam mais fortemente. Nossas motivações mais fracas eram aquelas de cuja natureza tínhamos consciência. Amiúde, quando achamos que estamos fazendo experiências com os outros, na verdade estamos experimentando a nós mesmos.

Enquanto lorde Henry sonhava com essas coisas, bateram na porta, e seu criado entrou, e lembrou que estava na hora de se vestir para o jantar. Ele se levantou e olhou pela janela. O pôr do sol pintara de ouro rubro as janelas altas das casas do outro lado da rua. Os vidros cintilavam como placas de metal aquecido. O céu parecia uma rosa fenecida. Ele pensou na vida em cores flamejantes de seu jovem amigo, e se perguntou como tudo aquilo acabaria.

Quando ele chegou em casa, por volta da meia-noite e meia, viu um telegrama na mesa da entrada. Abriu-o, e viu que era de Dorian Gray. Escrevia-lhe para avisar que iria se casar com Sibyl Vane.

Capítulo V

— Mamãe, mamãe, estou tão feliz! — sussurrou a menina, afundando o rosto no colo da mulher envelhecida e cansada, que, com as costas voltadas para a luz estridente e intrusiva, estava sentada na única poltrona que a sala escura continha. — Estou tão feliz! — ela repetia —, e você também deveria ficar feliz!

A senhora Vane franziu o cenho e pôs as mãos branqueadas de bismuto sobre a cabeça da filha. — Feliz! — ela ecoou. — Só fico feliz, Sibyl, quando a vejo atuar. Você só deveria pensar na sua atuação. O senhor Isaacs tem sido muito bom para nós, e devemos dinheiro a ele.

A menina virou o rosto e ficou amuada. — Dinheiro, mamãe? — ela exclamou. — O que importa o dinheiro? O amor é maior que o dinheiro.

— O senhor Isaacs nos adiantou cinquenta libras para pagarmos nossas dívidas e para arranjarmos roupas adequadas para o James. Você não pode se esquecer disso, Sibyl. Cinquenta libras é uma quantia muito alta. O senhor Isaacs tem tido muita consideração conosco.

— Ele não é um cavalheiro, mamãe, e eu odeio o modo como ele fala comigo — disse a menina, pondo-se em pé, e indo até a janela.

— Não sei como eu teria feito sem ele — respondeu a senhora, queixosamente.

Sibyl Vane jogou a cabeça para trás e deu risada. — Nós não queremos mais nada com ele, mamãe. O meu Príncipe Encantado mandará na nossa vida agora — então ela fez uma pausa. Uma rosa se agitou em seu sangue e sombreou suas faces. A respiração ofegante separou as pétalas de seus lábios. Estremeceram. Algum vento meridional de paixão percorreu seu corpo e buliu com as pregas delicadas de seu vestido. — Eu o amo — ela disse, simplesmente.

— Menina boba! Menina boba! — foi a frase papagueada em resposta. A agitação dos dedos tortos e ornados de joias falsas emprestou um tom grotesco às palavras.

A menina tornou a rir. Havia em sua voz a alegria de um pássaro engaiolado. Seus olhos captaram a melodia e ecoaram-na com radiâncias; então se fecharam por um momento, como se tentassem ocultar seus próprios segredos. Quando se abriram, a bruma de um sonho havia passado por eles.

A sabedoria dos lábios cruéis lhe falou desde a velha poltrona, sugerindo prudência, citando daquele livro da covardia que o autor macaqueia com o nome de senso comum. Ela não deu ouvidos. Ela estava livre em sua prisão da paixão. Seu príncipe, o Príncipe Encantado, estava consigo. Ela recorreu à memória para reconstruí-lo. Mandara sua alma procurar por ele e sua alma o trouxera de volta. O beijo dele ardeu novamente em sua boca. Suas pálpebras ficaram quentes com o hálito dele.

Então a sabedoria mudou de método e falou em observação e descoberta. Aquele rapaz podia ser rico. Se fosse, o casamento devia ser considerado. Contra a concha de seus ouvidos, chocaram-se as ondas da astúcia mundana. As flechas do artifício se cravaram ao seu lado. Ela viu aqueles lábios finos se movendo e sorriu.

De repente, ela sentiu necessidade de falar. Aquele silêncio palavroso a incomodou. – Mamãe, mamãe – ela exclamou –, por que ele me ama tanto assim? Eu sei por que o amo. Amo-o porque ele é tudo aquilo que o amor deveria ser. Mas o que ele vê em mim? Não o mereço. E, no entanto, não sei por que, embora eu me sinta muito abaixo dele, não me sinto humilde. Sinto-me orgulhosa, terrivelmente orgulhosa. Mamãe, a senhora amava o meu pai como eu amo o meu Príncipe Encantado?

A senhora ficou pálida por baixo da grossa camada de pó que empoava suas faces, e seus lábios secos estremeceram com um espasmo de dor. Sibyl acudiu a mãe, prontamente a abraçou e a beijou. – Perdão, mamãe. Sei que a senhora não gosta de falar sobre o papai. Mas a senhora sofre porque o amava demais. Não fique tão triste. Estou tão feliz agora quanto a senhora há vinte anos. Ah! Deixe-me ser feliz para sempre!

– Minha filha, você é muito jovem para pensar em se apaixonar. Além do mais, o que você sabe sobre esse rapaz? Você nem sabe o nome dele. Realmente, essa história toda é muito inconveniente, agora que o James está indo embora para a Austrália, e eu tenho que pensar em tanta coisa, devo dizer que você deveria mostrar mais consideração por mim. No entanto, como eu disse, se ele for rico...

– Ah! Mamãe, mamãe, deixe-me ser feliz!

A senhora Vane olhou para ela e, com um daqueles falsos gestos teatrais que amiúde se tornam uma espécie de segunda natureza para uma atriz, abraçou subitamente a filha. Nesse momento, a porta se abriu, e um jovem rapaz de cabelos castanhos desgrenhados entrou na sala. Era um sujeito corpulento, e suas mãos e pés também eram grandes, e seus movimentos pareciam um tanto desajeitados. Não era tão bem-apessoado quanto a irmã. Dificilmente alguém adivinharia o íntimo parentesco que existia entre os dois. A senhora Vane olhou fixamente para ele e reforçou o sorriso. Mentalmente, elevava o filho à dignidade de uma plateia. Ela tinha certeza de que o *tableau* era interessante.

– Acho que você poderia guardar alguns desses beijos para mim, Sibyl – disse o rapaz, com um resmungo bem-humorado.

– Ah! Mas você nunca gostou de ser beijado, Jim – ela exclamou. – Você sempre foi um velho urso mal-humorado – e ela correu até ele e o abraçou.

James Vane olhou para a irmã com ternura. – Venha, Sibyl, quero dar uma volta com você. Acho que não verei mais essa Londres horrorosa. Certamente não vou querer mais voltar aqui.

– Meu filho, não diga uma coisa horrível dessas – murmurou a senhora Vane, apanhando um chamativo vestido de cena, com um suspiro, e começando a remendá-lo. Ficara um pouco frustrada por ele não se juntar à trupe. A presença dele teria acentuado o dramático pitoresco da situação.

– Por que não, mamãe? É justamente minha intenção.

– Você me magoa assim, meu filho. Espero que você volte da Austrália em uma posição afluente. Imagino que não exista nenhum tipo de sociedade nas colônias, nada que se possa chamar de sociedade; de modo que, depois de fazer fortuna, você deve voltar e se afirmar em Londres.

– Sociedade! – murmurou o rapaz. – Não quero nem saber dessas coisas. Quero ganhar dinheiro para tirar a senhora e a Sibyl do teatro. Odeio essa vida.

– Oh, Jim! – disse Sibyl, rindo. – Que maldade! Mas você quer mesmo dar uma volta comigo? Eu adoraria! Eu temia que você quisesse se despedir de alguns amigos – do Tom Hardy, que lhe deu aquele cachimbo horroroso, ou do Ned Langton, que zomba de você por fumá-lo. É muita gentileza sua passar comigo a sua última tarde. Aonde podemos ir? Vamos ao parque.

– Estou todo desarrumado – ele respondeu, franzindo o cenho. – Só tem gente elegante no parque.

– Bobagem, Jim – ela sussurrou, ajeitando a manga do paletó do irmão.

Ele hesitou por um momento. – Pois bem – ele disse enfim –, mas não demore muito para se vestir. Ela saiu dançando da sala. Podia-se ouvi-la cantar enquanto subia correndo as escadas. Seus pezinhos sapateavam no andar de cima.

Ele deu duas ou três voltas pela sala. Então se virou para a figura imóvel na poltrona. – Mãe, as minhas coisas estão prontas? – ele perguntou.

– Estão, James – ela respondeu, cabisbaixa, sem tirar os olhos da costura. Havia alguns meses que ela vinha se sentindo incomodada quando ficava sozinha com a rispidez de seu filho mais duro. O lado superficial e secreto da mãe se perturbava quando cruzavam o olhar. Ela se perguntava se ele desconfiava de alguma coisa. O silêncio, pois ele não dissera mais nada, ficou insuportável para ela. Começou a reclamar. As mulheres se defendem atacando, assim como atacam por meio de súbitas e estranhas rendições. – Espero que você fique satisfeito, James, com essa vida marítima – ela disse. – Você não se esqueça de que foi escolha sua. Você podia ter entrado em um escritório de advocacia. Os advogados são uma classe muito respeitável, e no interior geralmente jantam com as melhores famílias.

– Odeio escritórios, odeio advogados – ele respondeu. – Mas a senhora tem razão. Foi uma escolha minha. A única coisa que lhe peço é que cuide da Sibyl. Não deixe que nada de mal lhe aconteça. Mãe, a senhora precisa cuidar dela.

– James, é realmente estranho você dizer isso. É claro que vou cuidar da Sibyl.

– Ouvi dizer que há um cavalheiro que aparece toda noite no teatro e depois vai ao camarim conversar com ela. É isso mesmo? O que a senhora sabe a respeito disso?

– Você está falando de uma coisa sobre a qual você não entende nada, James. Nesse meio, estamos acostumadas a receber um bocado de atenção de pessoas muito gratas. Eu mesma costumava receber muitos buquês ao mesmo tempo. Isso no tempo em que as pessoas realmente entendiam de teatro. Quanto à Sibyl, no momento não sei se esse relacionamento dela é sério ou não. Mas não tenha dúvida de que o rapaz em questão é um perfeito cavalheiro. Sempre muito educado comigo. Além disso, ele parece ser rico, e as flores que ele envia são adoráveis.

— Então a senhora nem sabe o nome dele — disse o rapaz, bruscamente.

— Não — respondeu a mãe, com uma expressão plácida no semblante. — Ele ainda não revelou seu verdadeiro nome. Acho que é muito romântico da parte dele. Provavelmente pertence à aristocracia.

James Vane se calou.

— Cuide da Sibyl, mãe — ele exclamou —, cuide dela.

— Meu filho, você me deixa muito triste. Sibyl está sempre sendo bem cuidada por mim. É claro, se esse cavalheiro for rico, não haveria motivo para ela não contrair compromisso com ele. Creio se tratar de um aristocrata. Devo dizer que ele tem toda a aparência de ser. Seria um casamento perfeito para Sibyl. Formariam um par lindo. A beleza do moço é realmente notável; não há quem não repare nos dois.

O rapaz murmurou algo consigo mesmo e tamborilou na janela com os dedos grosseiros. Ele havia acabado de se virar para dizer alguma coisa quando a porta se abriu, e Sibyl entrou correndo na sala.

— Como vocês estão sérios! — ela exclamou. — Qual é o problema?

— Nada — ele respondeu. — Imagino que às vezes é preciso ser sério. Adeus, mãe; jantarei às cinco. Está tudo na mala, exceto as camisas, então não precisa se preocupar.

— Adeus, meu filho — ela respondeu, com uma mesura de esforçada dignidade. Estava extremamente irritada com o tom que o filho adotara consigo, e havia algo na expressão dele que lhe dava medo.

— Beije-me, mamãe — disse a menina. Seus lábios de flor tocaram a face ressequida da mãe, e lhe aqueceram o gelo.

— Minha menina! minha menina! — exclamou a senhora Vane, olhando para o teto como se visse camarotes imaginários.

– Vamos, Sibyl – disse o irmão, impaciente. Odiava as afetações da mãe.

Eles saíram à luz do sol bruxuleante ao vento e caminharam pela triste Euston Road. Os transeuntes olhavam espantados para o taciturno rapaz que, em roupas rústicas e mal-ajambradas, passeava na companhia de uma menina tão graciosa e refinada. Parecia um pobre jardineiro passeando com uma rosa.

De quando em quando, Jim franzia o cenho ao notar o olhar inquisitivo de algum desconhecido. Ele tinha aquele ódio de ser encarado que os gênios só sentem no final da vida, e que as pessoas comuns nunca deixam de sentir. Sibyl, no entanto, não parecia ter consciência do efeito que estava causando. Seu amor estremecia em risos em seus lábios. Ela estava pensando no Príncipe Encantado e, ainda que estivesse pensando nele, não falava sobre ele, mas tagarelava sobre o navio em que Jim iria zarpar, sobre o ouro que certamente iria encontrar, sobre a maravilhosa herdeira que o irmão salvaria dos cruéis renegados de camisas vermelhas. Pois ele não haveria de continuar na marinha mercante para sempre, como supervisor de carga, ou coisa que o valha. Oh, não! A vida de marujo é pavorosa. Imagine-se preso em um navio horrendo, com as ondas imensas rugindo, tentando entrar, e um vento negro derrubando os mastros e rasgando as velas em longas tiras tremulantes! Ele desembarcaria em Melbourne, daria um educado adeus ao capitão e partiria imediatamente rumo às minas de ouro. No máximo dentro de uma semana, ele encontraria uma grande pepita de ouro puro, a maior pepita jamais descoberta, e a levaria para a costa em uma carroça protegida por seis policiais montados. Os renegados atacariam três vezes e seriam derrotados em um grande massacre. Ou não. Ele não iria a mina de ouro nenhuma. Eram todos lugares horrendos, onde os homens se intoxicavam e se baleavam nos bares e usavam termos chulos. Ele seria, isso sim, um simpático criador de ovelhas, e uma tarde, enquanto voltava para casa a cavalo, veria uma bela herdeira sendo raptada por um ladrão em um cavalo preto, e o perseguiria e a salvaria. Evidentemente, ela se apaixonaria por ele, e ele por ela, e eles se casariam, e voltariam, e viveriam em uma imensa casa em Londres. Sim, o futuro ainda lhe reservava coisas magníficas. Mas ele precisaria ser muito bom e não perder a cabeça, nem gastar seu dinheiro estupidamente. Ela era apenas um ano mais velha que ele, mas conhecia muito mais da vida. Ele deveria também lhe escrever sempre e sem falta e rezar toda noite antes de dormir. Deus era muito bom e olharia por ele. Ela também rezaria pelo irmão e, dentro de alguns poucos anos, ele voltaria muito rico e feliz.

O rapaz a ouviu desconsoladamente e não disse nada em resposta. Estava sofrendo por ir embora de casa.

Mas não era apenas isso que o deixava tristonho e melancólico. Mesmo inexperiente como era, tinha uma forte noção do perigo da posição de Sibyl. Aquele jovem dândi apaixonado não podia ter nenhuma boa intenção com ela. Tratava-se de um cavalheiro, e ele o odiava por isso, odiava-o por um curioso instinto racial que não saberia explicar, e que justamente por esse motivo era ainda mais dominante dentro de si. Ele conhecia também a futilidade e a vaidade da mãe e nisso enxergava um risco infinito para Sibyl e para a felicidade de Sibyl. As crianças começam amando os pais; conforme vão ficando mais velhas, passam a julgá-los; e às vezes os perdoam.

A mãe! Ele tinha algo para lhe perguntar, algo que ficara ruminando por muitos meses em silêncio. Uma frase entreouvida por acaso no teatro, um comentário maldoso sussurrado que lhe chegara aos ouvidos certa noite enquanto esperava na entrada das coxias, desencadeara uma série de pensamentos horríveis. Ficara com aquilo gravado como o vergão de um chicote de caça em seu rosto. Suas sobrancelhas se juntaram formando um único sulco na testa, e com um esgar de dor ele mordeu o lábio inferior.

– Você não ouviu uma palavra do que eu estou falando, Jim – exclamou Sibyl –,e estou fazendo planos maravilhosos para o seu futuro. Diga alguma coisa.

– O que você quer que eu diga?

– Oh! Que você será um bom menino e não se esquecerá de nós – ela respondeu, sorrindo para ele.

Ele deu de ombros.

– É mais provável você se esquecer de mim do que eu de você, Sibyl.

Ela enrubesceu.

– Como assim, Jim? – ela perguntou.

— Fiquei sabendo que você tem um novo amigo. Quem é ele? Por que você não me contou nada sobre ele? Ele não tem nenhuma boa intenção com você.

— Pare, Jim! — ela exclamou. — Você não pode dizer nada contra ele. Eu o amo.

— Ora, mas você nem sabe o nome dele — respondeu o rapaz. — Quem é ele? Eu tenho o direito de saber.

— Ele se chama Príncipe Encantado. Você não gostou do nome? Oh!, seu menino bobo! Você jamais esqueceria. Se você o conhecesse, acharia que é a pessoa mais maravilhosa do mundo. Algum dia você o conhecerá: quando você voltar da Austrália. Você gostará demais dele. Todo mundo gosta dele, e eu... sou apaixonada por ele. Quem dera você pudesse ir hoje ao teatro. Ele estará lá, e eu farei Julieta. Oh! como a interpretarei! Imagine, Jim, estar apaixonada e fazer Julieta! Com ele sentado ali! Atuar para agradá-lo! Receio até assustar a trupe, assustar ou cativar. Amar é superar a si mesmo. O pobre e pavoroso senhor Isaacs gritará "genial" a seus fregueses no bar. Ele me apregoou como um dogma; hoje me anunciará como uma revelação. Já posso sentir. E isso tudo se deve a ele, apenas a ele, o Príncipe Encantado, meu namorado maravilhoso, meu deus das graças. Mas eu sou pobre ao lado dele. Pobre? Que importa? Quando a pobreza entra pela porta, o amor sai voando pela janela. Nossos provérbios precisam ser reescritos. Eles foram feitos no inverno e agora é verão; para mim é primavera, uma verdadeira dança das flores no céu azul.

— Ele é um cavalheiro — disse o rapaz, soturnamente.

— Um príncipe! — ela exclamou, musicalmente. — O que mais você quer?

— Ele pretende escravizá-la.

— Estremeço só de pensar em ser livre.

— Quero que você tome cuidado.

— Basta vê-lo para idolatrá-lo; conhecê-lo, para confiar nele.

— Sibyl, você ficou louca por esse rapaz.

Ela deu risada e tomou o braço do irmão. — Meu velho e querido Jim, você fala como se tivesse cem anos de idade. Algum dia você também vai se apaixonar. Então vai saber do que estou falando. Não seja tão ranzinza. Você deveria estar contente porque, apesar de você estar indo embora, vai me deixar mais feliz do que eu já fui na vida. A vida foi dura para nós dois, terrivelmente dura e difícil. Mas agora será diferente. Você vai para um novo mundo, e eu também descobri um. Eis aqui duas cadeiras; vamos nos sentar e olhar as pessoas elegantes que passam.

Sentaram-se em meio a uma multidão de observadores. Os canteiros de tulipas margeando a rua flamejavam como anéis de fogo pulsantes. Uma poeira branca, parecendo uma nuvem trêmula de pó de raiz de lírio, pairava no ar pesado. Sombrinhas de cores berrantes subiam e desciam como uma dança de monstruosas borboletas.

Ela obrigou o irmão a falar de si mesmo, de suas esperanças, suas perspectivas. Ele falava lentamente e com esforço. Trocavam palavras como jogadores durante uma partida trocam peças. Sibyl se sentiu oprimida. Não conseguia lhe comunicar sua alegria. Um discreto sorriso curvando aquela boca sombria foi o único eco que ela conseguiu obter dele. Depois de algum tempo, ela se calou. Subitamente, ela viu de relance uma cabeleira dourada e uns lábios sorridentes, e, numa carruagem aberta com duas mulheres, Dorian Gray passou.

Ela se pôs de pé de repente. – Lá está ele! – ela exclamou.

– Quem? – disse Jim Vane.

– O Príncipe Encantado – ela respondeu, procurando a carruagem.

Ele se ergueu com um pulo e a agarrou bruscamente pelo braço.

– Mostre-me quem é. Qual deles? Aponte. Preciso vê-lo! – ele exclamou, mas, nesse exato momento, a carruagem de quatro cavalos do duque de Berwick se interpôs e, quando finalmente se moveu, a outra carruagem havia saído do parque.

– Ele foi embora – murmurou Sibyl, tristemente. – Queria que você o tivesse visto.

– Eu queria tê-lo visto, pois tão certamente quanto existe Deus no céu, se ele algum dia lhe fizer algum mal, vou matá-lo.

Ela olhou para o irmão horrorizada. Ele repetiu as últimas palavras. Elas cortaram o ar como uma faca. As pessoas ao redor se voltaram boquiabertas. Uma senhora parada ao lado dela tentou conter o riso.

– Vamos, Jim; vamos embora – ela sussurrou. Ele a seguiu obstinadamente, passando através da multidão. Estava satisfeito com o que dissera à irmã.

Quando eles chegaram à estátua de Aquiles, ela se virou. Havia uma compaixão em seus olhos, que se tornou sorriso em seus lábios. Ela balançou a cabeça diante dele. – Jim, você é um bobo; completamente bobo; um menino briguento, só isso. Como você pode dizer essas coisas horríveis? Você não sabe do que está falando. Você é simplesmente ciumento e cruel. Ah! Queria que você também se apaixonasse. O amor torna as pessoas boas, e o que você disse foi maldade.

– Tenho dezesseis anos – ele respondeu –, e sei o que digo. A mamãe não vai lhe ajudar em nada. Ela não sabe cuidar de você. Agora eu queria não ir mais para a Austrália. Tive um grande trabalho para deixar tudo acertado. Eu cancelaria tudo se meus papéis já não tivessem sido assinados.

– Ora, não seja tão sério, Jim. Você parece aqueles heróis daqueles melodramas bobos em que a mamãe gostava tanto de atuar. Não vou brigar com você. Eu o vi e, oh! Poder vê-lo é a felicidade total. Não vamos brigar. Sei que você jamais machucaria alguém que eu amo, não é mesmo?

– Não, enquanto você o amar, imagino – foi a resposta taciturna.

– Vou amá-lo para sempre! – ela exclamou.

– E ele?

– Também me amará para sempre!

– É melhor que ame mesmo.

Ela se afastou repugnada. Então deu risada e pôs a mão no braço dele. Ele não passava de um menino.

No Marble Arch, eles tomaram um ônibus, que os deixou bem perto da velha casa da Euston Road. Já passava das cinco, e Sibyl precisava descansar algumas horas antes de entrar em cena. Jim insistiu que ela o fizesse. Disse que preferiria se despedir dela sem que a mãe estivesse presente. Seguramente ela faria uma cena, e ele detestava qualquer tipo de encenação.

No quarto de Sibyl, eles se despediram. Havia ciúmes no coração do rapaz, e um ódio feroz, assassino do desconhecido que aparentemente se interpusera entre eles. No entanto, quando os braços dela envolveram seu pescoço, e ela passou os dedos por seus cabelos, ele amoleceu e a beijou com genuína afeição. Havia lágrimas nos olhos dele quando desceu as escadas.

A mãe o esperava lá embaixo. Ela reclamou da falta de pontualidade do filho, assim que ele entrou na sala. Ele não disse nada, mas sentou para fazer uma parca refeição. As moscas zuniam em volta da mesa e se amontoavam sobre a toalha suja. Em meio ao rumor dos ônibus e o estardalhaço dos bondes, ele ficou ouvindo aquela voz sonolenta devorando cada minuto que lhe restava.

Após algum tempo, ele afastou o prato e levou as mãos à cabeça. Sentia que tinha direito de saber. Deviam ter lhe contado antes, se fosse como ele suspeitava. Carregada de medo, a mãe o observava. As palavras caíram mecanicamente de seus lábios. Um lenço rendado poído se retorcia entre seus dedos. Quando o relógio bateu seis horas, ele se levantou e foi em direção à porta. Então ele se virou e olhou para ela. Seus olhos se encontraram. Nos dela, ele viu um louco apelo por compaixão. Aquilo o enfureceu.

– Mãe, tenho uma coisa para lhe perguntar – ele disse. Os olhos dela divagaram pela sala. Ela não disse nada. – Diga-me a verdade. Eu tenho direito de saber. Você foi casada com meu pai?

Ela deixou escapar um suspiro profundo. Foi um suspiro de alívio. O momento terrível, o momento que noite e dia, por semanas e meses, a deixara apavorada, finalmente havia chegado e, no entanto, ela não sentia mais terror algum. Na verdade, em certa medida, foi uma decepção para ela. A franqueza vulgar da pergunta exigia uma resposta franca. A situação não havia se modificado gradualmente até um clímax. Fora brusca. Parecia um ensaio ruim.

– Não – ela respondeu, refletindo sobre a dura simplicidade da vida.

– Meu pai foi um canalha então? – exclamou o rapaz, cerrando os punhos.

Ela negou com a cabeça. – Eu sabia que ele não era solteiro. Nós nos amávamos muito. Se ele tivesse sobrevivido, teria nos deixado bem de vida. Não fale mal dele, meu filho. Ele era seu pai, e um cavalheiro. Na verdade, ele tinha conexões com a alta sociedade.

Uma praga saiu dos lábios dele. – Não me importo comigo – ele exclamou –, mas não deixe que a Sibyl... Esse outro também é um cavalheiro, esse que está apaixonado por ela, ou diz que está, não é? Muito bem relacionado, também, imagino.

Por um momento, a mãe sentiu uma humilhação medonha. Baixou os olhos. Enxugou-os com as mãos trêmulas. – A Sibyl tem mãe – ela murmurou. – Eu nunca tive.

O rapaz se comoveu. Foi até ela, ajoelhou-se diante dela e a beijou. – Sinto muito por magoá-la perguntando sobre meu pai – ele disse –, mas eu não pude evitar. Preciso ir agora. Adeus. Não se esqueça de que você só tem mais uma filha para cuidar, e pode acreditar que se esse sujeito fizer mal à minha irmã, vou descobrir quem ele é, encontrá-lo e matá-lo como a um cão. Juro.

A insensatez exacerbada da ameaça, o gesto passional que a acompanhou, as loucas palavras melodramáticas pareceram tornar-lhe a vida mais vívida. Ela estava familiarizada com aquela atmosfera. Respirou mais livremente e, pela primeira vez em muitos meses, ela realmente admirou o filho. Teria preferido continuar a cena na mesma escala emocional, mas ele a interrompeu. Precisava descer os baús e procurar os cachecóis. O carregador ficava entrando e saindo. Houve uma negociação com o cocheiro. O momento se perdeu em detalhes vulgares. Foi com renovada sensação de frustração que ela acenou com o velho lenço rendado da janela, enquanto o filho ia embora. Ela se deu conta de que uma grande oportunidade fora desperdiçada. Ela se consolou dizendo a Sibyl como sentia que sua vida seria desolada, agora que só tinha uma filha para cuidar. Lembrou-se da frase dele. Tinha gostado daquela frase. Sobre a ameaça, ela não disse nada. Foi uma frase dita de modo vívido e dramático. Na hora, ela sentiu que um dia dariam risada daquilo.

Capítulo VI

— Imagino que você já tenha ouvido a novidade, Basil? — disse lorde Henry naquela noite, enquanto Hallward era introduzido em uma pequena sala reservada no Bristol, onde a mesa do jantar havia sido posta para três.

— Não, Harry — respondeu o artista, dando o chapéu e o casaco ao garçom que se inclinava. — O que foi? Nada de política, espero? Isso não me interessa. Não há uma única pessoa na Câmara dos Comuns que valha a pena pintar; embora muitos deles merecessem um pouco de cal.

— Dorian Gray está noivo — disse lorde Henry, observando-o enquanto falava.

Hallward teve um sobressalto e depois franziu o cenho. — Dorian está noivo! — ele exclamou. — É impossível!

— É a pura verdade.

— De quem?

— Uma atrizinha qualquer.

— Não acredito. Dorian é sensível demais.

— Dorian é inteligente demais para não cometer nenhuma tolice de quando em quando, meu caro Basil.

— O casamento não é algo que se possa fazer de quando em quando, Harry.

— Exceto na América — retomou lorde Henry, languidamente. — Mas eu não disse que ele se casou. Disse que estava noivo. Existe uma grande diferença. Tenho uma clara lembrança de ter me casado, mas não me lembro de nenhum noivado. Creio que nunca fiquei noivo na vida.

— Mas imagine alguém com o berço, a posição e a riqueza do Dorian. Seria absurdo se casar com alguém tão abaixo.

— Se você quer que ele se case com essa menina, diga exatamente isso a ele, Basil. Então certamente ele se casará. Quando um homem faz uma coisa completamente estúpida, é sempre pelos motivos mais nobres.

— Espero que seja uma boa moça, Harry. Não quero ver o Dorian preso a uma criatura vil, capaz de degradar sua natureza e arruinar seu intelecto.

– Oh, ela é mais do que boa, ela é bonita – murmurou lorde Henry, bebericando uma taça de vermute e bíter cítrico. – Dorian disse que ela é bonita e ele não costuma errar nesse tipo de coisa. O retrato aguçou sua percepção da aparência das outras pessoas. Esse foi um efeito excelente, entre outros. Vamos assisti-la hoje à noite, se o menino não esquecer nosso compromisso.

– Você está falando sério?

– Muito sério, Basil. Seria uma desgraça se um dia eu fosse mais sério do que estou sendo neste momento.

– Mas você aprova esse casamento, Harry? – perguntou o pintor, andando pela sala, tentando se controlar. – Você não pode aprovar. Trata-se de uma paixão tola.

– Hoje em dia eu nunca aprovo nem desaprovo nada. Trata-se de uma atitude absurda diante da vida. Não somos postos no mundo para externar nossos preconceitos morais. Jamais presto atenção ao que dizem as pessoas comuns, e jamais interfiro no que as pessoas encantadoras fazem. Se uma personalidade me fascina, qualquer modo de expressão que essa personalidade escolhe é absolutamente delicioso para mim. Dorian Gray se apaixonou por uma menina bonita que faz Julieta e quer se casar com ela. Por que não? Se ele estivesse noivo de Messalina não seria menos interessante. Você sabe que eu não sou exatamente um paladino do casamento. A única desvantagem do casamento é que torna a pessoa menos egoísta. E as pessoas sem egoísmo perdem a cor. Falta-lhes individualidade. Ainda assim, existem certos temperamentos que o casamento torna mais complexos. Eles conservam seu egoísmo e acrescentam muitos outros egos. São obrigados a ter mais de uma vida. Tornam-se altamente organizados, e ser altamente organizado é, a meu ver, o objetivo da existência de um homem. Além do mais, toda experiência tem seu valor, e, diga-se o que se disser contra o casamento, certamente é uma experiência. Espero que Dorian Gray faça dessa menina sua esposa, que ele a adore apaixonadamente por seis meses e depois, subitamente, fique fascinado por outra pessoa. Seria um objeto de estudo maravilhoso.

– Você não acredita em nenhuma palavra disso, Harry. Se a vida de Dorian Gray fosse desperdiçada, ninguém lamentaria mais que você. Você é muito melhor do que finge ser.

Lorde Henry deu risada. – O motivo pelo qual gostamos de pensar bem dos outros é que tememos por nós mesmos. A base do otimismo é o puro terror. Pensamos ser generosos porque atribuímos ao vizinho a posse de virtudes que provavelmente seriam benéficas para nós. Louvamos o banqueiro para que possamos sacar além do que temos em conta, e encontramos qualidades no assaltante na esperança de que não mexa no nosso bolso. Acredito em tudo o que eu disse. Tenho o maior desprezo pelo otimismo. Quanto à vida desperdiçada, o único desperdício é interromper o crescimento de uma vida. Se você quer estragar uma pessoa, basta tentar consertá-la. Quanto ao casamento, evidentemente que seria uma tolice, mas existem outros vínculos, mais interessantes, entre homens e mulheres. Certamente irei encorajá-los. Eles possuem o encanto da moda. Mas eis que chega o próprio Dorian. Ele lhe dirá melhor do que eu.

– Meu querido Harry, meu querido Basil, vocês dois precisam me cumprimentar! – disse o rapaz, tirando a capa com abas debruadas em cetim, apertando as mãos, alternadamente, de seus amigos.

– Nunca estive tão feliz. Claro, foi de repente; todas as coisas realmente deliciosas são súbitas. E ao mesmo tempo me parece ser justamente aquilo que estive a vida inteira procurando. – Ele estava corado de excitação e prazer e extraordinariamente belo.

– Espero que você seja sempre muito feliz, Dorian – disse Hallward –, mas não sei se conseguirei perdoar você não ter me contado do noivado. Você contou ao Harry.

– E eu não perdoo você ter se atrasado para o jantar – interveio lorde Henry, com a mão no ombro do rapaz, e sorrindo enquanto falava. – Venha, vamos nos sentar e provar que tal é o novo chefe, e depois você nos conta como foi que tudo aconteceu.

– Na verdade, não há muito o que contar – exclamou Dorian, enquanto se sentavam em volta da pequena mesa redonda. – O que aconteceu foi simplesmente o seguinte. Depois que saí da sua casa ontem à noite, Harry, troquei de roupa, jantei em um pequeno restaurante italiano na Rupert Street que você me apresentou e desci às oito para o teatro. Sibyl estava fazendo Rosalinda. É claro que o cenário era horrível, e o Orlando absurdo. Mas a Sibyl! Vocês precisavam vê-la! Quando entrou em cena com roupas de menino, ela estava perfeitamente maravilhosa. Ela estava com um justilho cor de musgo de veludo e mangas cor de canela, calça justa marrom com amarrações cruzadas nas pernas, um belo chapeuzinho verde com uma pena de gavião presa em uma joia e uma capa com capuz debruado em vermelho-claro. Nunca a vi tão elegante. Tinha toda a graça delicada daquela estatueta de Tânagra que você tem no estúdio, Basil. O cabelo preso ao redor do rosto como as folhas escuras de uma rosa clara. Quanto à boa atuação, vocês a verão hoje à noite. Ela é simplesmente uma artista nata. Fiquei sentado naquele camarote sujo absolutamente extasiado. Esqueci que estava em Londres e no século xix. Eu estava fora com minha amada em uma floresta onde nenhum homem jamais esteve. Depois da apresentação, fui ao camarim e falei com ela. Quando estávamos sentados conversando, de repente notei nos olhos dela uma expressão que nunca tinha visto ali antes. Meus lábios se aproximaram dos dela. Nós nos beijamos. Não saberia descrever o que senti naquele momento. Parecia que a minha vida inteira havia se estreitado até um único ponto perfeito de uma alegria cor-de--rosa. Seu corpo inteiro estremeceu e se agitou como um narciso branco. Então ela se pôs de joelhos e beijou minhas mãos. Sinto que não deveria lhes contar tudo isso, mas não posso evitar. Claro que nosso noivado é totalmente secreto. Ela não contou ainda nem para a própria mãe. Não sei o que meus tutores vão dizer. Lorde Radley certamente ficará furioso. Não me importa. Chegarei à maioridade em menos de um ano e depois poderei fazer o que quiser da vida. Eu fiz bem de encontrar o amor na poesia e descobrir minha esposa em peças de Shakespeare, não é, Basil? Lábios que Shakespeare ensinou a falar sussurraram seu segredo no meu ouvido. Os braços de Rosalinda me abraçaram e beijei Julieta na boca.

— Sim, Dorian, acho que você fez bem — disse Hallward, lentamente.

— Você a viu hoje? — perguntou lorde Henry.

Dorian Gray negou com a cabeça. — Deixei-a na floresta de Arden, devo encontrá-la em um pomar em Verona.

Lorde Henry bebericou seu champanhe de modo meditativo. — Em que contexto exatamente você mencionou a palavra casamento, Dorian? E o que ela respondeu? Talvez você tenha se esquecido de toda essa parte.

— Meu querido Harry, não tratei isso como uma transação comercial e não fiz nenhuma proposta formal. Eu disse que a amo, e ela disse que era indigna de ser minha esposa. Indigna! Ora, a própria palavra não significa nada se comparada a ela.

— As mulheres são maravilhosamente práticas — murmurou lorde Henry —, muito mais práticas do que nós. Em situações desse tipo, nós geralmente nos esquecemos de falar em casamento, e elas sempre fazem questão de nos lembrar.

Hallward pôs a mão no braço dele. — Não, Harry. Você deixou o Dorian aborrecido. Ele não é como os outros homens. Ele jamais causaria mal a ninguém. Tem uma natureza delicada demais para isso.

Lorde Henry olhou para o outro lado da mesa. — Dorian nunca se aborrece comigo — ele respondeu. — Perguntei, aliás, pela melhor das razões, pelo único motivo, na verdade, que permite que alguém faça qualquer pergunta — por pura curiosidade. Tenho uma teoria de que é sempre a mulher quem nos propõe, e de que não somos nós que pedimos a mulher em casamento. Exceto, é claro, na classe média. Mas, bem, a classe média não é moderna.

Dorian Gray deu risada e balançou a cabeça para trás. — Você é incorrigível, Harry; mas não se preocupe. É impossível ficar bravo com você. Quando você vir Sibyl Vane, entenderá que um homem capaz de lhe fazer mal seria um animal, um animal sem coração. Não compreendo como alguém pode querer envergonhar aquilo que ama. Amo Sibyl Vane. Desejo colocá-la em um pedestal de ouro e ver o mundo adorar a mulher que é minha. O que é o casamento? Um juramento irrevogável. Você zomba disso. Ah!, eu não zombo. A confiança dela em mim me dá fé, e a sua crença em mim me torna bom. Quando estou com ela, lamento tudo o que você me ensinou. Fico diferente daquilo que você sabe que eu sou. Estou mudado, e um simples toque da mão de Sibyl Vane me faz esquecer de você e de todas as suas teorias equivocadas, fascinantes, venenosas e deliciosas.

— E quais seriam elas? — perguntou lorde Henry, servindo-se de salada.

— Oh, as suas teorias sobre a vida, as suas teorias sobre o amor, as suas teorias sobre o prazer. Todas as suas teorias, na verdade, Harry.

— O prazer é a única coisa sobre a qual vale a pena ter uma teoria — ele respondeu, com sua voz lenta e melodiosa. — Mas receio não poder reivindicar essa teoria como minha. Ela pertence à Natureza, não a mim. O prazer é a prova da Natureza, seu sinal de aprovação. Quando estamos felizes, sempre somos bons, mas quando somos bons nem sempre estamos felizes.

— Ah, mas o que você entende por bons? — exclamou Basil Hallward.

— Exatamente — ecoou Dorian, recostando-se na cadeira, e olhando para lorde Henry por cima dos pesados ramos de íris de lábios roxos postados no centro da mesa —, o que você quer dizer com bons, Harry?

— Ser bom é estar em harmonia consigo mesmo — ele respondeu, tocando a haste fina de sua taça com seus dedos pálidos e afilados. — Dissonante é ser forçado a estar em harmonia com os outros. O importante é a nossa própria vida. Quanto à vida do vizinho, se ele quer ser pudico ou puritano, podemos alardear nossas próprias opiniões morais sobre ele, mas não temos nada com isso. Além do mais, o individualismo possui na verdade uma meta mais elevada. A moralidade moderna consiste em aceitar o padrão da própria época. Na minha opinião, para um homem culto, aceitar o padrão da própria época é a mais grosseira imoralidade.

— Mas, sem dúvida, paga-se um preço terrível para se viver exclusivamente para si mesmo, não é, Harry? — sugeriu o pintor.

— Sim, pagamos demais por tudo hoje em dia. Eu diria que a verdadeira tragédia do pobre é que a única coisa a que ele pode se permitir é a negação de si mesmo. Os belos pecados, como todas as coisas belas, são privilégio dos ricos.

— Pode-se pagar de outras maneiras além do dinheiro.

— De que maneira, Basil?

— Oh! Eu diria que com remorso, com sofrimento, bem... com a consciência da degradação.

Lorde Henry deu de ombros. — Meu caro colega, a arte medieval é encantadora, mas as emoções medievais estão fora de moda.

Podemos usá-las, é claro, na ficção. Mas afinal as únicas coisas que podemos usar na ficção são coisas que deixaram de existir na realidade. Acredite, o homem civilizado jamais lamenta um prazer, e o selvagem jamais saberá o que é o prazer.

– Eu sei o que é o prazer – exclamou Dorian Gray. – É adorar alguém.

– Isso é certamente melhor do que ser adorado – ele respondeu, brincando com as frutas. – Ser adorado é incômodo. As mulheres nos tratam como a humanidade trata seus deuses. Elas nos idolatram e estão sempre nos pedindo para fazer alguma coisa.

– Eu diria que tudo o que as mulheres nos pedem elas nos deram primeiro – murmurou o rapaz, gravemente. – Elas criam o amor dentro de nós. Elas têm direito de exigi-lo de volta.

– Isso é absoluta verdade, Dorian – exclamou Hallward.

– Nada é absolutamente verdade – disse lorde Henry.

– Isso é – interrompeu Dorian. – Você há de admitir, Harry, que as mulheres dão aos homens o ouro de suas vidas.

– Provavelmente – ele suspirou –, mas invariavelmente elas querem esse ouro de volta. Trocado em notas bem pequenas. Eis a questão. As mulheres, como disse um francês muito sagaz, nos inspiram o desejo de fazer obras-primas e sempre nos impedem de fazê-las.

– Harry, você é horrível! Não sei por que eu gosto tanto de você.

– Você sempre gostará de mim, Dorian – ele respondeu. – Vocês vão querer café, meus caros? Garçom, traga café, e um bom champanhe, e alguns cigarros. Não: não precisa de cigarro; eu trouxe. Basil, não posso permitir que você fume charuto. Você tem que fumar cigarro. O cigarro é o tipo perfeito de um prazer perfeito. É delicioso, e deixa o fumante insatisfeito. O que mais se pode querer? Sim, Dorian, você sempre gostará de mim. Eu represento para você todos os pecados que você nunca teve coragem de cometer.

– Que absurdo você está dizendo, Harry! – exclamou o rapaz, usando a chama de um dragão de prata que o garçom deixara na mesa. – Vamos ao teatro. Quando Sibyl entrar em cena, vocês terão uma nova ideia da vida. Ela representará uma coisa que vocês nunca viram.

– Eu já vi de tudo – disse lorde Henry, com uma expressão cansada nos olhos –, mas estou sempre pronto para uma nova emoção. Receio, contudo, que, de qualquer modo, para mim, isso não existe. Mesmo assim, a sua maravilhosa menina pode me entusiasmar. Adoro teatro. É muito mais real que a vida. Vamos. Dorian, você vem comigo. Sinto muito, Basil, mas só há espaço para dois na berlinda. Você vai atrás de nós de fiacre.

Levantaram-se e vestiram os casacos, bebendo o café em pé. O pintor estava calado e preocupado. Tinha uma expressão de tristeza no semblante. Não podia tolerar aquele casamento, mas lhe pareceu melhor do que muitas outras coisas que poderiam ter acontecido. Alguns minutos depois, todos desceram. Ele foi sozinho, conforme o combinado, e ficou observando as luzes piscando na pequena berlinda à sua frente. Teve uma estranha sensação de perda. Sentiu que Dorian Gray jamais seria para ele tudo o que havia sido no passado. A vida se interpusera entre eles... Seus olhos ensombreceram, e as ruas cheias, faiscantes, viraram uma única mancha. Quando o cocheiro parou em frente ao teatro, sentia-se anos mais velho.

Capítulo VII

Por um motivo qualquer, a casa estava lotada aquela noite, e o gordo gerente judeu que os recebeu na porta estava sorrindo de orelha a orelha, com um sorriso untuoso e trêmulo. Ele os acompanhou até o camarote com uma espécie de humildade pomposa, acenando com os dedos gordos cobertos de anéis, e falando em voz alta. Dorian Gray odiou-o mais do que nunca. Sentiu-se vindo encontrar Miranda e encontrando Caliban. Lorde Henry, por outro lado, gostou dele. Ao menos foi o que disse, e insistiu em apertar-lhe a mão, e lhe disse que era uma honra conhecer um homem que havia descoberto um verdadeiro gênio e sido arruinado por encenar um poeta. Hallward divertiu-se observando os rostos da plateia. O calor era terrivelmente opressivo, e o imenso refletor do sol ardia como uma dália monstruosa com pétalas de fogo amarelo. Os jovens na galeria haviam tirado os paletós e coletes e os penduravam no balaústre. Em pleno teatro, conversavam e dividiam suas laranjas com as garotas vulgares sentadas ao lado. Algumas mulheres gargalhavam no fosso da plateia. Sua vozes eram horrivelmente estridentes e destoantes. Ouvia-se o estouro de rolhas vindo do bar.

— Mas que lugar para encontrar uma divindade! — disse lorde Henry.

— Sim! — respondeu Dorian Gray. — Foi aqui que eu a encontrei, e ela é divina acima de todas as coisas vivas. Quando ela entrar em cena, você se esquecerá de tudo. Essas pessoas comuns, rudes, com seus rostos grosseiros e gestos brutais, ficam muito diferentes quando ela sobe ao palco. Sentam-se calados e ficam assistindo. Choram e riem segundo a vontade dela. Ela os torna sensíveis como um violino. Ela os espiritualiza, sentimos que eles são feitos da mesma carne e do mesmo sangue que nós.

— Eles terão o mesmo sangue que nós? Oh, espero que não! — exclamou lorde Henry, que estava esquadrinhando os ocupantes da galeria com seu binóculo de ópera.

— Não preste atenção nele — disse o pintor. — Entendo o que você quer dizer, e acredito nessa menina. Qualquer pessoa que você ame deve ser maravilhosa, e qualquer menina que causa o efeito que você descreveu deve ser bela e nobre. Espiritualizar a época – isso valeria a pena fazer. Se essa menina for capaz de dar alma àqueles que sempre viveram sem, se ela puder inculcar a noção de beleza em pessoas cujas vidas sempre foram sórdidas e feias, se ela conseguir arrancar deles o egoísmo e lhes emprestar lágrimas por tristezas que nunca foram suas, ela é digna de toda a sua adoração, digna da adoração do mundo inteiro. Esse casamento é perfeito. A princípio, achei que não, mas agora admito que é. Os deuses fizeram Sibyl Vane para você. Sem ela, você seria incompleto.

– Obrigado, Basil – respondeu Dorian Gray, apertando a mão dele.

– Eu sabia que você acabaria me entendendo. O Harry é tão cínico, ele me aterroriza. Mas eis a orquestra. É pavorosa, mas dura só uns cinco minutos. Depois a cortina sobe e você verá a menina a quem entregarei a minha vida, a quem eu dei tudo o que há de bom em mim.

Quinze minutos depois, em meio a um extraordinário alvoroço de aplausos, Sibyl Vane entrou em cena. Sim, ela era certamente adorável de se olhar – uma das criaturas mais adoráveis, lorde Henry pensou, que ele já tinha visto na vida. Havia algo faunesco em sua graça meiga e em seus olhos arregalados. Um discreto rubor, como a sombra de uma rosa em um espelho de prata, surgiu em suas faces quando ela olhou para a plateia lotada, entusiasmada. Recuou alguns passos, e seus lábios pareceram estremecer. Basil Hallward se pôs subitamente em pé e começou a aplaudir. Imóvel, como se sonhasse, Dorian Gray continuou sentado a contemplá-la. Lorde Henry espiou pelo binóculo, murmurando: – Encantadora! Encantadora!

O cenário era o salão da casa dos Capuletos, e Romeu em seu traje de peregrino havia acabado de entrar com Mercúcio e seus outros amigos. A orquestra, em seguida, atacou alguns compassos de música, e o baile começou. Em meio ao grupo de atores desengonçados e deselegantes, Sibyl Vane se movia como uma criatura de um mundo mais belo. Seu corpo balançava, enquanto dançava, como uma planta na água. As curvas de seu pescoço eram as curvas de um lírio branco. As mãos dela pareciam feitas de marfim fresco.

No entanto, ela estava curiosamente impassível. Não mostrava nenhum sinal de alegria quando seus olhos pousavam em Romeu. As poucas palavras que ela tinha de dizer –

> Bom peregrino, pecas demais contra tua mão,
> Que polida devoção demonstra assim;
> Pois santos têm mãos que mãos de peregrinos tocam;
> E palma com palma é o beijo dos romeiros

–, com o breve diálogo que se seguia, foram ditas de maneira inteiramente artificial. A voz era magnífica, mas do ponto de vista do tom soava absolutamente falsa. Errava no timbre. Tirava toda a vida do verso. Tornava a paixão irreal.

Dorian Gray empalidecia enquanto a assistia. Estava perplexo e angustiado. Nenhum dos amigos ousou dizer nada. Ela lhes pareceu absolutamente incompetente. Eles estavam horrivelmente decepcionados.

No entanto, achavam que a verdadeira prova de qualquer Julieta é a cena do balcão no segundo ato. Eles aguardaram. Se ela fracassasse naquela cena, não teria mesmo nenhum talento.

Ela estava encantadora quando saiu ao luar. Isso não se podia negar. Mas a teatralidade de sua atuação era insuportável, e foi ficando pior conforme ela continuou. Seus gestos se tornaram absurdamente artificiais. Ela enfatizava excessivamente tudo o que tinha para dizer. A bela passagem –

> Sabes que a máscara da noite cobre meu rosto,
> Ou rubor de donzela pintaria minha face
> Pelo que me ouviste dizer esta noite

– foi declamada com a dolorosa precisão de uma estudante que aprendeu na escola a recitar com um professor de pronúncia de segunda classe. Ao se inclinar sobre o balcão, na altura dessa maravilhosa fala –

> Embora contigo me alegre,
> Nada me alegra nosso contrato desta noite:
> Muito afoito, impensado, súbito;

Muito semelhante ao relâmpago, que some
Antes que se possa dizer "relampejou". Querido, boa noite!
Que este botão, ao sopro amadurecedor do verão,
Abra-se em bela flor quando nos virmos outra vez

—, ela disse as palavras como se não fizesse nenhum sentido para si mesma. Não era nervosismo. Na verdade, longe de estar nervosa, ela estava absolutamente contida. Era simplesmente arte ruim. Ela era um completo fiasco.

Até o público comum, sem instrução, da plateia e da galeria, perdeu o interesse na peça. Começaram a ficar inquietos e a falar alto e assobiar. O gerente judeu, que estava de pé atrás do camarim, batia o pé e xingava com raiva. A única pessoa impassível era a própria garota.

Quando o segundo ato acabou, veio uma vaia estrondosa, e lorde Henry se levantou da cadeira e vestiu o sobretudo. — Ela é muito bonita, Dorian — ele disse —, mas não sabe atuar. Vamos embora.

— Vou assistir até o fim — respondeu o rapaz, com uma voz ríspida, amarga. — Sinto terrivelmente ter estragado a sua noite, Harry. Peço desculpas aos dois.

— Meu querido Dorian, eu diria que a senhorita Vane estava doente — interrompeu Hallward. — Vamos voltar outra noite.

— Quem dera ela estivesse doente — retomou ele. — Mas ela me pareceu simplesmente ausente e fria. Ela estava totalmente alterada. Ontem à noite ela era uma grande artista. Hoje ela foi apenas uma atriz comum, medíocre.

— Não fale assim sobre alguém que você ama, Dorian. O amor é uma coisa ainda mais maravilhosa que a arte.

— Ambos são simplesmente formas de imitação — observou lorde Henry. — Mas vamos embora. Dorian, você não deve ficar aqui nem mais um minuto. Não faz bem para o ânimo assistir a uma atuação ruim. Além disso, não creio que você quisesse que sua esposa atuasse. Então, que importância tem se ela interpreta Julieta como uma marionete de madeira? Ela é extremamente adorável e, se ela souber tão pouco da vida quanto sabe de teatro, será uma experiência deliciosa. Só existem dois tipos de pessoas realmente fascinantes — as pessoas que sabem absolutamente tudo e as pessoas que não sabem absolutamente nada. Céus, meu querido menino, não seja tão trágico! O segredo de permanecer jovem é nunca sentir uma emoção que não nos caia bem. Venha ao clube com Basil e comigo. Vamos fumar cigarros e brindar à beleza de Sibyl Vane. Ela é bonita. O que mais você pode querer?

— Vá embora, Harry — exclamou o rapaz. — Quero ficar sozinho. Basil, você precisa ir. Ah! Você não está vendo que meu coração está partido? — Lágrimas ardentes brotaram nos olhos dele. Seus lábios estremeceram, e, correndo para o fundo do camarote, ele se inclinou junto à parede, escondendo o rosto nas mãos.

— Vamos embora, Basil — disse lorde Henry, com estranha ternura na voz; e os dois saíram juntos.

Alguns momentos depois, as luzes do palco se acenderam, e a cortina subiu para o terceiro ato. Dorian Gray voltou ao seu assento. Estava pálido, altivo e indiferente. A peça se arrastou e pareceu interminável. Metade do público foi embora, pisando com botas pesadas e dando risada. Foi tudo um completo fracasso. O último ato foi encenado para uma plateia quase vazia. A cortina desceu entre risos de escárnio e alguns bocejos.

Assim que o espetáculo acabou, Dorian Gray correu para os bastidores e entrou no camarim. A menina estava ali em pé sozinha, com uma expressão de triunfo no rosto. Seus olhos estavam iluminados por um fogo magnífico. Estava radiante. Os lábios entreabertos sorriam de algum segredo apenas seu.

Quando ele entrou, ela olhou para ele, e uma expressão de alegria infinita se formou em seu semblante. — Como atuei mal esta noite, Dorian! — ela exclamou.

— Horrivelmente! — ele respondeu, encarando-a com espanto — horrivelmente! Foi pavoroso. Você está doente? Você não faz ideia de como foi. Você não calcula o que eu sofri.

A menina sorriu. — Dorian — ela respondeu, demorando-se em dizer o nome dele com música na voz arrastada, como se fosse doce como mel às pétalas vermelhas da boca. — Dorian, você devia ter entendido. Mas agora você entendeu, não é?

— Entender o quê? — ele perguntou irritado.

— Por que eu estava tão ruim esta noite. Por que serei sempre assim ruim. Por que nunca mais atuarei bem de novo.

Ele deu de ombros. – Você está doente, imagino. Quando se está doente, não se deve atuar. Você se torna ridícula. Meus amigos ficaram entediados. Eu fiquei entediado.

Ela parecia nem ouvir o que ele dizia. Estava transfigurada de alegria. Foi dominada por um êxtase de felicidade.

– Dorian, Dorian – ela exclamou –, antes de conhecê-lo, atuar era a única realidade da minha vida. Eu só vivia no teatro. Eu pensava que era tudo verdade. Eu era Rosalinda uma noite, e Pórcia na outra. A alegria de Beatriz era minha alegria, e as tristezas de Cordélia também eram as minhas. Eu acreditava em tudo. As pessoas comuns que atuavam comigo me pareciam divinas. Os cenários pintados eram o meu mundo. Eu só conhecia as sombras e pensava que fossem reais. Veio você, oh, meu lindo amor! e você libertou minha alma da prisão. Você me ensinou o que a realidade realmente é. Esta noite, pela primeira vez na minha vida, eu consegui enxergar a superficialidade, o engodo, a insensatez do espetáculo vazio em que sempre atuei. Hoje, pela primeira vez, eu me dei conta de que Romeu era horrível, e velho, e maquiado, de que o luar no pomar era falso, de que o cenário era vulgar, e de que as palavras que eu dizia eram irreais, não eram minhas, não era o que eu queria dizer. Você me trouxe algo mais elevado, algo do qual a arte é um mero reflexo. Você me fez entender o que o amor realmente é. Meu amor! meu amor! Príncipe Encantado! Príncipe da vida! Estou farta de sombras. Você é mais para mim do que toda arte jamais poderá ser. Que tenho eu com as marionetes de uma peça? Quando entrei em cena hoje, não sei como, tudo fugia de mim. Pensei que seria maravilhoso. Descobri que não conseguia fazer nada. Subitamente entendi na minha alma o que significava tudo aquilo. Saber disso foi delicioso. Ouvi o público vaiar e sorri. O que eles poderiam saber de um amor como o nosso? Leve-me embora, Dorian, leve-me consigo, aonde possamos ficar a sós. Odeio o palco. Posso fingir uma paixão que não sinto, mas não posso fingir esta que me arde como fogo. Oh, Dorian, Dorian, você entende agora o que isso significa? Mesmo que eu conseguisse, seria uma profanação para mim fingir estar apaixonada. Você me fez ver isso.

Ele se atirou no sofá e virou o rosto. – Você matou meu amor – ele murmurou.

Ela olhou para ele espantada e deu risada. Ele não disse nada. Ela veio até ele e, com seus pequenos dedos, lhe fez um carinho no cabelo. Ela se ajoelhou e pôs as mãos dele em seus lábios. Ele tirou as mãos e sentiu um calafrio.

Então ele se pôs de pé e foi até porta. – Sim – ele exclamou –, você matou o meu amor. Você costumava atiçar minha imaginação. Agora você não desperta nem minha curiosidade. Você simplesmente não produz nenhum efeito. Eu a amei porque você foi maravilhosa, porque você tinha gênio e intelecto, porque você realizava o sonho dos grandes poetas e dava forma e substância às sombras da arte. Você jogou tudo isso fora. Você é superficial e estúpida. Meu Deus! Como pude ser louco de me apaixonar por você! Como fui tolo! Você não significa nada para mim agora. Nunca mais nos veremos. Não pensarei nunca mais em você. Jamais mencionarei o seu nome. Você não sabe o que significou para mim um dia. Ora, um dia... Oh, não suporto sequer pensar nisso! Melhor seria nunca tê-la conhecido! Você estragou o romance da minha vida. Como você sabe pouco do amor a ponto de dizer que o amor prejudicou a sua arte! Sem a sua arte, você não é nada. Eu a teria tornado famosa, esplêndida, magnífica. O mundo inteiro a teria idolatrado, e você teria o meu nome. O que você é agora? Uma atriz de terceira categoria com um rosto bonito.

A menina empalideceu e ficou trêmula. Ela entrelaçou os dedos, e sua voz parecia presa na garganta. – Você não está falando sério, não é, Dorian? – ela murmurou. – Você está fazendo uma cena.

– Cena! Deixo isso para você. Você faz isso muito bem – ele respondeu amargamente.

Ela se levantou do chão onde estava ajoelhada e, com expressão compungida de dor no semblante, foi até ele. Pôs a mão no braço dele e olhou-o bem nos olhos. Ele a repudiou. – Não toque em mim! – ele exclamou.

Ela deixou escapar um gemido baixo, e se atirou aos pés dele, e ali ficou como uma flor pisoteada. – Dorian, Dorian, não me abandone! – ela sussurrou. – Lamento tanto não ter atuado bem. Eu estava pensando em você o tempo inteiro. Mas eu vou tentar, de verdade, vou tentar. Foi tão de repente que me ocorreu, o meu amor por você. Creio que jamais teria conhecido o amor se você não tivesse me beijado – se não tivéssemos nos beijado. Beije-me outra vez, meu amor. Não vá embora. Eu não suportaria. Oh!, não me deixe. Meu irmão me... Não; não importa. Ele não sabia o que dizia. Devia estar brincando... Mas, você! você não pode me perdoar por esta noite? Vou trabalhar duro e tentarei melhorar. Não seja cruel comigo porque meu amor por você é mais do que qualquer coisa no mundo. Afinal, só não o agradei uma única vez. Mas você tem razão, Dorian. Eu deveria ter me apresentado mais como artista. Foi uma tolice minha; e no entanto não pude evitar. Oh, não me abandone, não me abandone – um acesso de soluços apaixonados a sufocou. Ela se agachou no chão como uma criatura ferida, e Dorian Gray, com seus belos olhos, olhou para ela, e franziu seus lábios cinzelados com requintado desdém. Há sempre algo de ridículo nas emoções das pessoas que deixamos de amar. Sibyl Vane lhe pareceu absurdamente melodramática. Suas lágrimas e soluços agora o aborreciam.

– Estou indo – ele disse por fim, com sua voz calma e clara. – Não quero ser cruel, mas não posso mais vê-la. Você me decepcionou.

Ela chorou calada, e não respondeu, mas se arrastou para perto dele. Suas mãozinhas estendidas às cegas pareciam tentar alcançá-lo. Ele se virou e saiu. No momento seguinte, ele estava fora do teatro.

Aonde ia, ele mal saberia dizer. Ele se lembraria de perambular pela penumbra das ruas, passar por arcos desolados e sombrios e por casas de aparência maligna. Mulheres de vozes roucas e risadas cruéis chamaram por ele. Bêbados passavam cambaleando e xingando, falando sozinhos como símios monstruosos. Viu crianças grotescas acocoradas nos degraus das entradas e ouviu gritos e impropérios vindos de pátios escuros.

Quando começava a raiar o dia, ele se viu próximo de Covent Garden. A escuridão havia passado, e, corado por fogos atenuados, o céu se esvaziara em uma pérola perfeita. Imensas carroças cheias de lírios balouçantes passaram lentamente pela lustrosa rua vazia. O ar estava carregado do perfume das flores e essa beleza serviu de paliativo a sua dor. Ele entrou no mercado e observou os homens descarregando as carroças. Um carroceiro de avental branco lhe ofereceu cerejas. Ele agradeceu, perguntando-se por que o sujeito se recusara a receber por elas, e começou a comê-las distraidamente. Haviam sido colhidas à meia-noite e o frio da lua havia penetrado nelas. Uma longa fileira de meninos levando caixas de tulipas listradas e rosas amarelas e vermelhas desfilou na frente dele, serpenteando através das pilhas verde-jade de hortaliças. Debaixo do pórtico, com seus pilares cinza descorados pelo sol, uma tropa de meninas desmazeladas e sem chapéu aguardava o final do leilão. Outros se amontoavam junto às portas do café na Piazza. Os pesados cavalos de carga derrapavam ao pisar as pedras irregulares, balançando seus sinos e arreios. Alguns dos cocheiros estavam dormindo sobre uma pilha de sacas. Com pescoços iridescentes e pés rosados, os pombos ciscavam por ali suas sementes.

Pouco depois, ele parou um fiacre e seguiu para casa. Durante alguns momentos, ficou parado na entrada, olhando para a praça silenciosa, com suas janelas vazias, fechadas, e suas venezianas a espreitá-lo. O céu agora estava inteiramente opalino, e os telhados das casas, em contraste, reluziam feito prata. De alguma chaminé do outro lado, uma fina espiral de fumaça subia. Enovelou-se, uma faixa roxa, através do ar nacarado.

Na imensa lanterna veneziana dourada, espólio da barca de algum doge, que pendia do teto do grandioso saguão revestido de painéis de carvalho, ainda ardiam luzes bruxuleantes de três bicos de gás: pareciam finas pétalas azuis de labaredas debruadas de fogo branco. Apagou-as, passou pela biblioteca em direção à porta de seu quarto, uma grande câmara octogonal no térreo que, em seu recém-nascido desejo de luxos, ele mesmo havia decorado, revestindo-a com curiosas tapeçarias renascentistas, descobertas guardadas em um sótão esquecido em Selby Royal. Quando ele estava girando a maçaneta da porta, seus olhos depararam com o retrato que Basil Hallward havia feito dele. Ele teve um sobressalto, como de surpresa. Então entrou em seu quarto, com expressão algo intrigada. Depois de desabotoar o sobretudo, ele pareceu hesitar. Finalmente, ele voltou, aproximou-se do quadro e examinou-o. Na penumbra daquela luz contida que se esforçava para penetrar por entre as cortinas de seda creme, o rosto lhe pareceu um pouco alterado. A expressão parecia diferente. Seria possível dizer que havia um toque de crueldade na boca. Era certamente estranho.

Ele se virou, e, caminhando até a janela, afastou as cortinas. A clara madrugada invadiu o quarto e varreu as sombras fantásticas para os cantos obscuros, onde ficaram estremecidas. Mas a estranha expressão que ele notara no rosto do retrato permaneceu ali, até mais intensificada. A trêmula e ardente luz do sol lhe mostrou as marcas da maldade ao redor da boca tão claramente quanto se ele estivesse olhando para um espelho depois de fazer algo pavoroso.

Ele franziu os olhos e, tirando da mesa um espelho oval com moldura de cupidos de marfim, um dos muitos presentes de lorde Henry, olhou rapidamente para a profundidade polida. Nenhuma linha marcava seus lábios vermelhos. O que significava aquilo?

Ele esfregou os olhos, se aproximou mais do quadro e tornou a examiná-lo. Não havia de fato nenhum sinal de alteração quando ele olhou para a pintura, e, no entanto, sem dúvida, a expressão como um todo havia se alterado. Não se tratava de mera fantasia sua. Era horrivelmente aparente.

Ele se atirou em uma poltrona e se pôs a pensar. De repente, relampejou em sua mente aquilo que ele dissera no estúdio de Basil Hallward no dia em que o quadro foi terminado. Sim, ele se lembrou perfeitamente. Ele pronunciara um louco desejo de que pudesse permanecer jovem, e que apenas o retrato envelhecesse; de que sua própria beleza pudesse ficar intacta, e o rosto na tela suportasse o fardo de suas paixões e de seus pecados; de que a imagem pintada pudesse ser marcada com as rugas do sofrimento e do pensamento, e de que ele pudesse conservar todo o delicado viço e o encanto da adolescência de que acabava de se tornar consciente. Seu desejo não poderia ter sido satisfeito? Essas coisas eram impossíveis. Parecia monstruoso sequer pensar nisso. E, no entanto, lá estava o quadro diante dele, com a marca da maldade na boca.

Maldade! Será que ele havia sido mau? Era culpa da menina, não dele. Ele havia sonhado que ela era uma grande artista, dera-lhe seu amor porque pensara que ela era grandiosa. Então ela o decepcionara. Mostrara-se fútil e indigna. E, no entanto, veio-lhe uma sensação de remorso infinito quando pensou nela ajoelhada a seus pés, soluçando como uma criancinha. Lembrou-se da frieza com que olhara para ela. Por que ele agira assim? Por que lhe coubera uma alma assim? Mas ele também não havia sofrido? Durante as três horas terríveis que durara a peça, ele vivera séculos de angústia, eras e mais eras de tortura. Sua vida valia tanto quanto a dela. Ela o machucara por um momento, enquanto ele a feria por toda uma vida. Além do mais, as mulheres eram mais aptas a suportar tristezas que os homens. Elas viviam das próprias emoções. Só pensavam nas próprias emoções. Quando tinham amantes, era apenas para ter alguém com quem podiam fazer cenas. Lorde Henry lhe dissera isso, e lorde Henry sabia como eram as mulheres. Por que ele deveria se importar com Sibyl Vane? Ela não era nada para ele agora.

Mas e o quadro? O que dizer daquilo? O retrato continha o segredo de sua vida e contava sua história. Ensinara-lhe a amar sua própria beleza. Será que lhe ensinaria a odiar a própria alma? Voltaria a olhar para o quadro algum dia?

Não; era meramente uma ilusão forjada pelos sentidos abalados. A noite horrível que ele passara havia deixado fantasmas em seu rastro. De repente, caíra em seu cérebro aquela minúscula mancha escarlate que ensandece os homens. A pintura não havia mudado. Era loucura pensar assim.

Contudo o quadro o observava, com seu belo rosto alterado e seu sorriso cruel. Os cabelos claros reluziam à primeira luz da manhã. Os olhos azuis encontraram os seus. Uma sensação infinita de pena, não de si mesmo, mas da própria imagem pintada, dominou-o. O quadro já estava alterado e ainda se alteraria mais. O ouro se tornaria cinza. As rosas rubras e brancas feneceriam. A cada pecado que ele cometesse, uma mancha macularia e arruinaria sua beleza. Mas ele não pecaria. O quadro, mudado ou intacto, seria para ele o emblema visível da consciência. Ele resistiria às tentações. Não veria mais lorde Henry – não daria mais ouvidos, em hipótese nenhuma, àquelas teorias sutis e venenosas que no jardim de Basil Hallward pela primeira vez agitaram dentro de si a paixão pelas coisas impossíveis. Voltaria para Sibyl Vane, faria as pazes com ela, casaria com ela, tentaria amá-la outra vez. Sim, era seu dever fazer isso. Ela devia ter sofrido mais do que ele. Pobre criança! Ele fora egoísta e cruel com ela. O fascínio que ela havia exercido sobre ele voltaria. Seriam felizes juntos. A vida dele com ela seria bela e pura.

Levantou-se da poltrona e arrastou um grande biombo para frente do retrato, estremecendo ao observá-lo de relance. – Que horror! – murmurou consigo mesmo e caminhou até a janela e a abriu. Quando pisou na grama do jardim, respirou profundamente. O ar fresco da manhã pareceu afastar todas as suas paixões sombrias. Ele pensou apenas em Sibyl. Um eco distante de seu amor voltou. Repetiu diversas vezes o nome dela. Os pássaros que cantavam no jardim coberto de orvalho pareciam dizer às flores coisas sobre ela.

Capítulo VIII

Passava do meio-dia quando ele acordou. Seu criado entrara no quarto diversas vezes, na ponta dos pés, para ver se ele estava se mexendo, e se perguntara o que fizera o jovem patrão dormir até tão tarde. Finalmente a sineta tocou, e Victor entrou suavemente com uma xícara de chá, e um maço de cartas, sobre uma pequena bandeja de porcelana de Sèvres, e afastou as cortinas de cetim verde-oliva, com suas cintilantes costuras azuis, que ficavam diante das três janelas altas.

— *Monsieur* dormiu a manhã inteira — ele disse, sorrindo.

— Que horas são, Victor? — perguntou Dorian Gray, sonolento.

— Uma e quinze, *monsieur*.

— Que tarde! — Ele se sentou e, bebericando o chá, conferiu a correspondência. Uma das cartas era de lorde Henry, e havia sido entregue aquela manhã. Ele hesitou por um momento e então deixou-a de lado. As outras, ele abriu apaticamente. Continham a mesma série de cartões, convites para jantares, ingressos para exposições privadas, programas de concertos de caridade e coisas do gênero, que chovem sobre rapazes elegantes a cada manhã durante a temporada. Havia uma conta bastante alta, por um disputado conjunto de toalete à Luís XV, que ele ainda não tivera coragem de mandar para seus tutores, que eram pessoas extremamente antiquadas e não se davam conta de que vivemos em uma época em que os supérfluos são nossas únicas necessidades genuínas; e havia vários comunicados, redigidos de maneira muito cortês, dos agiotas de Jermyn Street, oferecendo imediatamente empréstimos de qualquer quantia mediante as taxas de juros mais razoáveis.

Cerca de dez minutos depois, ele se levantou e, vestindo um sofisticado robe de caxemira bordado em seda, passou para o piso de ônix do banheiro. A água fria o refrescou após o longo sono. Ele parecia ter esquecido tudo aquilo que passara. Veio-lhe uma ou duas vezes uma sensação difusa de ter tomado parte em alguma estranha tragédia, mas acompanhada da irrealidade de um sonho.

Assim que ele se vestiu, foi à biblioteca e sentou-se para fazer um desjejum francês leve, que havia sido servido em uma pequena mesa redonda junto à janela aberta. Era um belo dia. O ar quente parecia carregado de temperos. Uma abelha entrou pela janela e zumbiu ao redor da tigela branca com um dragão azul pintado, que, cheia de rosas sulfurinas, tinha diante de si. Sentiu-se perfeitamente feliz.

De repente, seus olhos depararam com o biombo que colocara diante do retrato, e ele teve um sobressalto.

— Está muito frio para *monsieur*? — perguntou o criado, servindo uma omelete. — Devo fechar a janela?

Dorian negou com a cabeça. — Não estou com frio — ele murmurou.

Teria sido tudo verdade? O retrato realmente se transformara? Ou teria sido simplesmente sua imaginação que lhe fizera ver um olhar de maldade onde havia um olhar de alegria? Uma tela pintada podia se alterar sozinha? Era absurdo. Aquilo parecia uma história para contar a Basil algum dia. Basil daria risada.

E, no entanto, como ele se lembrava vividamente de tudo! Primeiro na penumbra do poente e depois no raiar da madrugada, ele vira a marca da maldade em volta dos lábios franzidos. Estava quase com medo de que o criado deixasse o recinto. Sabia que se ficasse sozinho acabaria examinando o retrato. Teve medo da certeza. Quando o café e os cigarros foram trazidos e o criado se virou para sair, ele sentiu um louco desejo de lhe pedir que ficasse. Quando a porta estava se fechando, ele o chamou de volta. O criado ficou esperando as ordens. Dorian olhou para ele por um momento. — Não estou para ninguém — ele disse, com um suspiro. O criado fez uma mesura e se retirou.

Então ele se levantou da mesa, acendeu um cigarro e se atirou em um sofá luxuosamente estofado que ficava diante do biombo. O biombo era antigo, de couro com douração espanhola, estampado e gravado com um padrão floral à Luís XIV um tanto rebuscado. Ele o esquadrinhou com curiosidade, perguntando-se se já teria algum dia escondido os segredos da vida de um homem.

Deveria removê-lo, afinal? Por que não deixá-lo ali? De que adiantaria saber? Se fosse verdade, seria terrível. Se não fosse, por que se incomodar? Mas e se, por alguma fatalidade ou acaso fatídico, outros olhos além dos seus espiassem atrás do biombo e vissem a horrenda transformação? O que ele faria se Basil Hallward viesse e pedisse para ver o próprio quadro? Basil certamente faria isso. Não; era preciso examinar de uma vez a pintura. Qualquer coisa seria melhor que aquela dúvida pavorosa.

Ele se levantou e trancou as duas portas. Ao menos ficaria sozinho para olhar para a máscara de sua vergonha. Então ele afastou o biombo e viu-se face a face. Era pura verdade. O retrato havia se alterado.

Como ele muitas vezes se lembraria depois, e sempre com grande espanto, ele se viu contemplando o retrato com uma sensação de interesse quase científico. Que essa mudança tivesse ocorrido era algo incrível para ele. E, no entanto, era um fato. Haveria alguma afinidade sutil entre os átomos químicos, moldados em forma e cor sobre a tela, e a alma dentro de si? Seria possível que aquilo que a alma pensava eles realizassem? Que o que ela sonhava, eles tornassem realidade? Ou haveria algum outro motivo mais terrível? Ele estremeceu e sentiu medo e, voltando para o sofá, ali ficou, contemplando o quadro com náuseas de horror.

Uma única coisa, contudo, sentia que aquilo fizera por ele. Tornara-o consciente de quão injusto, quão cruel, havia sido com Sibyl Vane. Não era tarde demais para desfazer aquilo. Ela ainda poderia ser sua esposa. Seu amor irreal e egoísta cederia a alguma influência mais elevada, seria transformado em alguma paixão mais nobre, e o retrato que Basil Hallward lhe pintara seria um guia para ele ao longo da vida, seria para ele aquilo que a santidade é para alguns, a consciência é para outros, e o medo de Deus é para todos nós. Havia ópios para o remorso, drogas que podiam embalar e adormecer o sentido moral. Mas ali estava um símbolo visível da degradação do pecado. Ali estava um sinal sempre presente da ruína que os homens podem causar às próprias almas.

Bateram três horas, e quatro, e a meia hora soou seu toque duplo, mas Dorian Gray não se moveu. Estava tentando reunir os fios vermelhos da vida e tecê-los em um padrão; para encontrar seu caminho através do labirinto sanguíneo da paixão por onde vagava. Não sabia o que fazer, nem o que pensar. Enfim, foi até a mesa, e escreveu uma carta apaixonada à menina que havia amado, implorando perdão, e acusando a si mesmo de loucura. Encheu páginas e mais páginas de palavras de louca tristeza, e ainda mais loucas palavras de dor. Existe uma luxúria na autocensura. Quando nos culpamos, sentimos que ninguém mais tem o direito de nos culpar.

É a confissão, não o padre, que nos absolve. Quando Dorian terminou a carta, sentia-se como se já estivesse perdoado.

De repente, bateram na porta, e ele ouviu a voz de lorde Henry lá fora. – Meu caro menino, preciso vê-lo. Deixe-me entrar logo. Não suporto que você se feche assim.

A princípio, ele não respondeu, mas ficou imóvel. As batidas continuaram e ficaram mais altas. Sim, era melhor deixar lorde Henry entrar e explicar-lhe sobre a nova vida que iria levar, brigar com ele se fosse necessário brigar, romper com ele se romper fosse inevitável. Ele se levantou com um salto, arrastou rapidamente o biombo para frente do quadro e abriu a porta.

– Sinto muito por tudo, Dorian – disse lorde Henry, ao entrar. – Mas você não deve ficar pensando muito nisso.

– Você se refere a Sibyl Vane? – perguntou o rapaz.

– Sim, é claro – respondeu lorde Henry, desabando em uma poltrona, e lentamente tirando as luvas amarelas. – É horrível, de um certo ponto de vista, mas não foi culpa sua. Diga-me, você foi afinal ao camarim encontrá-la quando a peça acabou?

– Sim.

– Eu sabia que você iria. Você teve uma desavença com ela?

– Fui brutal, Harry, totalmente brutal. Mas agora está tudo certo. Sinto muito por tudo o que aconteceu. Isso me ensinou a me conhecer melhor.

– Ah, Dorian, fico tão contente que você tenha entendido assim! Estava com medo de encontrá-lo mergulhado no remorso e arrancando esses seus belos cabelos cacheados.

– Eu consegui superar – disse Dorian, balançando a cabeça e sorrindo. – Agora estou perfeitamente feliz. Sei o que significa consciência, antes de mais nada. Não é o que você me disse que era. É a coisa mais divina dentro de nós. Não zombe, Harry, pelo menos não na minha frente. Quero ser bom. Não suporto a ideia de minha alma ser hedionda.

– É uma base artística encantadora para a ética, Dorian! Meus parabéns. Mas como você vai começar?

– Casando-me com Sibyl Vane.

– Casando-se com Sibly Vane! – exclamou lorde Henry, ficando de pé e olhando para ele em perplexo espanto. – Mas, meu querido Dorian...

– Sim, Harry, já sei o que você vai dizer. Algo horrível sobre o casamento. Não diga. Nunca mais diga esse tipo de coisa para mim. Há dois dias pedi Sibyl em casamento. Não vou quebrar minha jura. Ela será minha esposa!

– Sua esposa!? Dorian!... Você não recebeu minha carta? Escrevi hoje cedo, e meu criado enviou o bilhete.

– Sua carta? Oh, sim, agora me lembrei. Não li ainda, Harry. Tive medo de conter algo de que eu não fosse gostar. Você esfacela a vida em seus epigramas.

– Então você ainda não sabe?

– Como assim?

Lorde Henry atravessou a sala e, sentando-se ao lado de Dorian Gray, segurou-lhe as duas mãos, e as apertou firme. – Dorian – ele disse –, a minha carta – não se apavore – dizia que Sibyl Vane morreu.

Um grito de dor escapou dos lábios do rapaz, e ele se pôs de pé em um salto, tirando as mãos das de lorde Henry. – Morreu! Sibyl morreu! Não é verdade! É uma mentira horrível! Como você diz uma coisa dessas?

– É a pura verdade, Dorian – disse lorde Henry, gravemente. – Está em todos os jornais da manhã. Escrevi para pedir que você não lesse nenhum jornal antes de eu chegar. Haverá uma investigação, é claro, e você não deve se envolver. Esse tipo de coisa torna um homem elegante em Paris. Mas em Londres as pessoas são muito preconceituosas. Aqui, não devemos fazer nosso *début* na sociedade com um escândalo. Devemos reservar o escândalo para atrair algum interesse na velhice. Imagino que ninguém saiba o seu nome no teatro, não? Se não souberem, está tudo bem. Alguém viu você indo até o camarim? Esse é um ponto importante.

Dorian ficou sem resposta por alguns momentos. Estava atordoado de horror. Enfim balbuciou em voz contrita: – Harry, você disse que haveria uma investigação? O que isso quer dizer? Sibyl não...? Oh, Harry, não posso suportar! Mas seja breve. Conte-me logo tudo de uma vez.

– Não tenho nenhuma dúvida de que não foi acidente, Dorian, embora essa deva ser a versão divulgada para o público. Parece que ela estava saindo do teatro com a mãe, por volta da meia-noite e meia, e disse que havia esquecido algo lá em cima. Esperaram por algum tempo, mas ela não desceu de volta. Acabaram encontrando-a morta, estendida no chão do camarim. Ela tomou alguma coisa por engano, algo terrível que usam no teatro. Não sei o que era, mas acho que foi ácido prússico ou chumbo branco. Eu diria que foi ácido prússico, pois parece que ela morreu instantaneamente.

— Harry, Harry, é terrível! — exclamou o rapaz.

— Sim; é bastante trágico, evidentemente, mas você não deve se envolver. Li no *Standard* que ela tinha dezessete anos. Eu diria que ela parecia ainda mais jovem. Era uma verdadeira criança e parecia não saber quase nada de teatro. Dorian, você não deve deixar que isso afete os seus nervos. Venha jantar comigo e depois vamos à ópera. Esta noite Patti canta, e todo mundo vai. Você pode ficar no camarote da minha irmã. Ela sempre vai com as amigas coquetes.

— Então eu matei Sibyl Vane — disse Dorian Gray, em parte consigo mesmo —, matei como se eu mesmo tivesse cortado seu pescoço delicado com uma faca. Contudo as rosas não estão menos adoráveis por isso. Os pássaros cantam felizes no meu jardim da mesma maneira. E hoje à noite vou jantar com você, e depois irei à ópera, e cearemos algures, imagino, mais tarde. Como a vida é extraordinariamente dramática! Se eu tivesse lido isso em um livro, Harry, acho que choraria. De alguma forma, agora que aconteceu de verdade, e comigo, parece maravilhoso demais para chorar. Eis a primeira carta de amor apaixonada que escrevi na vida. Estranho que minha primeira carta de amor tenha sido endereçada a uma menina morta. Será que essas pessoas brancas e caladas que chamamos de mortos, será que elas sentem? Sibyl! Será que ela pode sentir, ou saber, ou ouvir? Oh, Harry, como a amei um dia! Agora me parecem anos. Ela era tudo para mim. Então veio aquela noite pavorosa — será possível que tenha sido mesmo a noite passada? Em que ela atuou tão mal, e meu coração quase partiu. Ela me explicou tudo depois. E foi terrivelmente patético. Mas não me comovi minimamente. Julguei-a fútil. Inesperadamente, aconteceu uma coisa que me deixou com muito medo. Não posso lhe dizer o quê, mas foi terrível. Disse a mim mesmo que voltaria para ela. Senti que agira errado. E agora ela morreu. Meu Deus! Meu Deus! Harry, o que devo fazer? Você não sabe o perigo que estou correndo, e não há nada que possa me endireitar.

Ela teria feito isso por mim. Ela não tinha o direito de se matar. Foi egoísta da parte dela.

– Meu caro Dorian – respondeu lorde Henry, tirando um cigarro da cigarreira, e sacando uma caixa de fósforos dourada –, a única maneira de uma mulher endireitar um homem é deixando-o tão entediado que ele perde todo possível interesse pela vida. Se você tivesse se casado com essa menina, você estaria desgraçado. Claro, você teria sido bom com ela. Sempre se pode ser bom com quem não nos importa minimamente. Mas ela logo descobriria que você era absolutamente indiferente a ela. E quando uma mulher descobre isso sobre o marido, ou ela se torna pavorosamente deselegante, ou passa a usar chapéus finos pagos pelo marido de outra mulher. Nem digo nada sobre o equívoco social, que teria sido abjeto, algo que, evidentemente, eu não teria permitido, mas que eu lhe garanto que de qualquer modo teria sido um absoluto fracaso.

– Imagino que sim – murmurou o rapaz, indo e vindo pelo aposento, com aparência horrivelmente pálida. – Mas achei que era meu dever. Não é minha culpa que essa tragédia terrível tenha me impedido de fazer o que era certo. Lembro-me de você ter dito uma vez que há uma fatalidade nas boas decisões – que é serem tomadas sempre tarde demais. A minha certamente foi.

– As boas decisões são tentativas inúteis de interferir em leis científicas. Sua origem é a pura vaidade. Seu resultado, absolutamente nulo. Elas nos dão, de quando em quando, algumas emoções grandiosas e estéreis que possuem um certo apelo para os fracos. Isso é tudo o que se pode dizer sobre elas. São simplesmente cheques sacados em um banco onde não temos conta.

– Harry – exclamou Dorian Gray, aproximando-se e sentando-se ao lado dele –, por que será que não consigo sentir essa tragédia tanto quanto gostaria? Não creio que eu seja cruel. O que você acha?

– Você fez muitas tolices nas últimas duas semanas para merecer esse adjetivo, Dorian – respondeu lorde Henry, com seu doce e melancólico sorriso.

O rapaz franziu o cenho. – Não gostei dessa explicação, Harry – ele continuou –, mas fico contente que você não me ache cruel. Não sou nada disso. Sei que não sou. E, no entanto, devo admitir que isso que aconteceu não me afetou como deveria.

Parece-me simplesmente um desfecho maravilhoso de uma peça maravilhosa. Possui toda a terrível beleza de uma tragédia grega, uma tragédia em que desempenhei um grande papel, mas pela qual não fui ferido.

– É uma questão interessante – disse lorde Henry, que encontrava um prazer raro em agir sobre o egoísmo inconsciente do rapaz –, uma questão extremamente interessante. Imagino que a verdadeira explicação seja a seguinte. Frequentemente, acontece de as verdadeiras tragédias da vida ocorrerem de maneira tão pouco artísticas, que nos machucam por sua violência crua, sua absoluta incoerência, sua absurda falta de sentido, sua total falta de estilo. Elas nos afetam da mesma maneira que a vulgaridade nos afeta. Elas nos dão a impressão da pura força bruta, e nos revoltamos contra isso. Às vezes, no entanto, uma tragédia que possui elementos artísticos de beleza cruza nossas vidas. Se esses elementos de beleza são reais, a coisa toda simplesmente fala à nossa noção de efeito dramático. Subitamente descobrimos que já não somos mais os atores, mas os espectadores da peça. Ou melhor, somos as duas coisas. Observamos a nós mesmos, e o mero fascínio do espetáculo nos cativa. Neste caso concreto, o que foi que realmente aconteceu? Alguém se matou por amar você. Quem me dera ter tido essa experiência! Teria me tornado um apaixonado pelo amor pelo resto da vida. As pessoas que me adoraram – não foram muitas, mas houve algumas – sempre insistiram em sobreviver, muito depois de eu deixar de me importar com elas, ou elas comigo. Ficaram corpulentas e entediantes, e quando as encontro logo partem para as reminiscências. Que memória medonha têm as mulheres! Que coisa pavorosa! E que total estagnação intelectual isso revela! Devemos absorver a cor da vida, mas nunca lembrar seus detalhes. Os detalhes são sempre vulgares.

– Devo plantar papoulas no meu jardim – suspirou Dorian.

– Não há nenhuma necessidade – continuou o companheiro. – A vida sempre tem papoulas nas mãos. É claro, de quando em quando, as coisas duram. Houve um tempo em que usei durante uma temporada inteira apenas violetas na lapela, como uma forma de luto artístico por um romance que se recusava a morrer. Enfim, no entanto, acabou morrendo. Esqueci o que foi que o matou. Creio que foi a proposta dela de sacrificar o mundo inteiro por mim. Esse é sempre um momento horrível. Somos dominados pelo terror da eternidade. Bem – quem diria? –, semana passada, na casa de lady Hampshire, eu me vi sentado no jantar ao lado da lady em questão, e ela insistiu em repassar mais uma vez a história toda, escavando o passado e cavoucando o futuro. Enterrei meu romance em um canteiro de asfódelos. Ela o arrancou dali e afirmou que eu havia arruinado a sua vida. Devo dizer que ela jantou com enorme apetite, de modo que não senti nenhuma angústia. Mas que falta de gosto ela demonstrou! O único atrativo do passado é ter passado. Mas as mulheres nunca sabem quando o pano já caiu. Elas sempre querem um sexto ato e, assim que o interesse da peça passou inteiramente, elas propõem uma continuação. Se elas pudessem fazer à sua maneira, toda comédia teria um final trágico e toda tragédia culminaria em uma farsa. Elas são encantadoramente artificiais, mas não têm a menor noção de arte. Você tem mais sorte do que eu. Eu lhe asseguro, Dorian, que nenhuma das mulheres que conheci faria por mim o que Sibyl Vane fez por você. As mulheres comuns sempre se consolam. Algumas se consolam recorrendo aos tons sentimentais. Jamais confie numa mulher usando malva, seja da idade que for, ou numa mulher com mais de trinta e cinco que goste de fita rosa. Isso sempre significa que elas têm uma história pregressa. Outras encontram grande consolo descobrindo subitamente as boas qualidades dos maridos. Ostentam sua felicidade conjugal, como se fosse o pecado mais fascinante. A religião consola algumas. Os mistérios da religião têm o mesmo encanto de um flerte, disse-me uma vez uma mulher; e entendi perfeitamente. Além do mais, nada deixa a pessoa mais cheia de si que ser chamada de pecadora. A consciência nos torna a todos egoístas. Sim; na verdade, não há fim para os consolos que as mulheres encontram na vida moderna. A bem dizer, sequer mencionei o mais importante.

– Qual, Harry? – disse o rapaz, sem ênfase.

– Oh, o consolo mais óbvio. Tomar o admirador da outra quando perdem o seu. Na boa sociedade, isso sempre recupera a imagem da mulher. Mas, realmente, Dorian, como Sibyl Vane teria sido diferente de todas essas mulheres que se encontram por aí! Existe algo muito bonito na morte dela. Fico contente de viver em um século em que tais prodígios acontecem. Eles nos fazem acreditar na realidade de coisas com as quais todos nós brincamos, como romance, paixão e amor.

— Fui terrivelmente cruel com ela. Você se esquece disso.

— Receio que as mulheres apreciem a crueldade, a crueldade pura e simples, mais do que qualquer outra coisa. Elas têm instintos maravilhosamente primitivos. Nós as emancipamos, mas elas continuam escravas em busca de senhores como antes. Adoram ser dominadas. Tenho certeza de que você foi esplêndido. Jamais o vi real e absolutamente furioso, mas posso imaginar quão adorável você deve ter sido. E, afinal, você me disse uma coisa antes de ontem que me pareceu na hora mera fantasia, mas que vejo agora que era absolutamente verdadeiro, e que é a chave de tudo.

— O que foi, Harry?

— Você me disse que Sibyl Vane representou para você todas as heroínas do romance — que ela era Desdêmona uma noite, e Ofélia na noite seguinte; que morria Julieta e ressuscitava Imogênia.

— Agora jamais ressuscitará — murmurou o rapaz, escondendo o rosto nas mãos.

— Não, ela não voltará à vida. Ela desempenhou seu último papel. Mas você deve pensar nessa morte solitária em um pobre camarim simplesmente como um estranho fragmento apelativo de alguma tragédia jacobita, como uma cena maravilhosa de Webster, Ford ou Cyril Tourneur. A menina nunca chegou a viver realmente e, portanto, tampouco morreu de verdade. Para você ao menos, ela sempre foi um sonho, um fantasma que esvoaçou entre peças de Shakespeare e que as deixou mais adoráveis com sua presença, um sopro através do qual a música de Shakespeare soou mais rica e mais cheia de alegria. No momento em que ela tocou a vida real, ela a arruinou e foi arruinada pela vida real, e assim morreu. Chore por Ofélia, se quiser. Cubra-se de cinzas pois Cordélia foi estrangulada. Grite contra os céus pois a filha de Brabâncio morreu. Mas não desperdice suas lágrimas com Sibyl Vane. Ela foi menos real do que elas ainda são.

Fez-se um silêncio. A noite escureceu o ambiente. Silenciosamente, e com pés de prata, as sombras avançaram desde o jardim. As cores se retiraram, exauridas, de todas as coisas.

Após algum tempo, Dorian Gray ergueu os olhos. — Você me explicou a mim mesmo, Harry — ele murmurou com algo como um suspiro de alívio. – Senti tudo o que você disse, mas de algum modo fiquei com medo do que senti e não consegui expressar essa sensação para mim mesmo. Você me conhece tão bem! Mas não falaremos mais sobre o que aconteceu. Foi uma experiência maravilhosa. Só isso. Eu me pergunto se a vida ainda me reservará algo de tão maravilhoso.

– A vida ainda lhe reserva tudo, Dorian. Não haverá nada que você, com sua boa aparência extraordinária, não consiga fazer.

– Mas imagine, Harry, que eu fique acabado, velho, encarquilhado? E depois?

– Ah, depois – disse lorde Henry, levantando-se para sair –, depois, meu querido Dorian, você precisará lutar por suas vitórias. No momento, elas são trazidas até você. Não, você precisa conservar sua boa aparência. Vivemos em uma época que lê demais para ser sábia e que pensa demais para ser bela. Não podemos abrir mão de você. E agora é melhor você se vestir, pois vamos ao clube. Estamos um tanto atrasados, na verdade.

– Creio que vou encontrá-lo na ópera, Harry. Estou muito cansado para comer. Qual é o número do camarote da sua irmã?

– Vinte e sete, suponho. É na primeira fila dos camarotes. Você verá o nome dela na porta. Mas lamento que você não venha jantar.

– Não estou disposto – disse Dorian, apático. – Mas agradeço imensamente por tudo o que você me disse. Você é certamente o meu melhor amigo. Ninguém nunca me entendeu como você me entende.

– Estamos apenas no início da nossa amizade, Dorian – respondeu lorde Henry, balançando a mão dele. – Adeus. Nós nos veremos antes das nove e meia, espero. Lembre-se, a Patti canta hoje.

Assim que fechou a porta atrás dele, Dorian Gray tocou a sineta, e minutos depois Victor apareceu com os lampiões e fechou as cortinas. Esperou impacientemente que ele fosse embora. O criado parecia demorar uma eternidade para fazer as coisas.

Assim que o empregado saiu, ele correu até o biombo e o afastou. Não; não havia mais nenhuma mudança no quadro. O retrato recebera a notícia da morte de Sibyl Vane antes que ele. A pintura tomava consciência dos acontecimentos da vida no instante em que ocorriam. A perversa crueldade que estragara as belas linhas da boca, sem dúvida, havia aparecido no exato momento em que a menina bebera o veneno, qualquer que tenha sido. Ou será que o quadro era indiferente aos resultados? Será que meramente tomava conhecimento do que se passava dentro da alma dele? Ele se perguntava se algum dia poderia ver a transformação ocorrendo na tela diante de seus olhos, estremecendo pela expectativa.

Pobre Sibyl! Que grande romance havia sido tudo aquilo! Muitas vezes ela imitara a morte no palco. Então a própria morte a tocou e a levou consigo. Como ela teria feito essa pavorosa cena final? Será que o amaldiçoou na hora da morte? Não; ela havia morrido de amor por ele, e o amor seria um sacramento para ele a partir de agora. Ela havia se redimido por tudo, com o sacrifício que fizera da própria vida. Ele não pensaria mais no que ela o fizera sofrer, sobre aquela noite horrível no teatro. Quando pensasse nela, seria como uma maravilhosa figura trágica enviada ao teatro do mundo para mostrar a suprema realidade do amor. Uma maravilhosa figura trágica? Lágrimas lhe vieram aos olhos quando se lembrou da aparência infantil, dos modos cativantes e fantasiosos, da tímida graça trêmula. Enxugou-as bruscamente e tornou a olhar para o retrato.

Ele sentiu que realmente havia chegado a hora de fazer sua escolha. Ou será que sua escolha já havia sido feita? Sim, a vida havia decidido por ele – a vida, e sua infinita curiosidade sobre a vida. Vida eterna, paixão infinita, prazeres sutis e secretos, alegrias selvagens e pecados ainda mais selvagens – ele teria todas essas coisas. O retrato haveria de carregar o fardo de sua vergonha: era só isso.

Sentiu-se lentamente tomado por uma dor ao pensar na profanação reservada para o belo rosto pintado na tela. Um dia, em uma imitação infantil de Narciso, ele havia beijado, ou fingira beijar, aqueles lábios pintados que agora lhe sorriam tão cruelmente. Inúmeras manhãs, ele se sentara diante do retrato, divagando sobre sua beleza, quase apaixonado por ela, como lhe parecia às vezes. Será que se alteraria agora a cada estado de espírito? Será que se tornaria uma coisa monstruosa e odiosa, que deveria esconder em um quarto trancado, excluído da luz do sol que tantas vezes tornara em ouro mais claro a ondulada maravilha de seus cabelos? Que pena! Que pena!

Por um momento, ele pensou em rezar para que a horrível simpatia existente entre ele e o retrato pudesse acabar. A pintura havia se transformado em resposta a uma súplica; talvez pudesse permanecer inalterada em resposta a uma outra. E, no entanto, quem, que soubesse algo sobre a vida, perderia a oportunidade de continuar sempre jovem, por mais fantástica que essa oportunidade possa ser, ou que consequências fatídicas pudesse acarretar? Além disso, será que ele tinha realmente algum controle sobre aquilo? Tinha sido de fato a sua jura que produzira a transformação? Não poderia haver algum motivo científico curioso para tudo aquilo? Se o pensamento podia exercer influência sobre um organismo vivo, não poderia também o pensamento exercer influência sobre as coisas mortas e inorgânicas? Ora, sem o pensamento ou o desejo consciente, seria possível que as coisas externas a nós vibrassem em uníssono com nossos estados de espírito e paixões, átomo com átomo em amor secreto de estranha afinidade? Mas o motivo não tinha importância. Jamais tentaria com outra súplica qualquer potência terrível. Se o retrato fosse se alterar, que se alterasse. Era só isso. Por que investigar ainda mais de perto?

Pois haveria uma prazer genuíno em observar acontecer. Ele seria capaz de acompanhar o próprio espírito em seus recantos secretos. Esse retrato seria para ele o mais mágico dos espelhos. Assim como lhe revelara o próprio corpo, revelaria sua própria alma. E quando chegasse o inverno, ele ainda estaria onde estremece a primavera, no limite do verão. Quando o sangue abandonasse o rosto, deixando para trás uma pálida máscara de gesso com olhos de chumbo, ele conservaria o garbo da adolescência. Nenhuma flor de sua graça jamais feneceria. Nenhum pulso de sua vida jamais se enfraqueceria. Como os deuses gregos, ele seria forte, e ágil, e alegre. Que importância tinha o que aconteceria com a imagem colorida sobre a tela? Ele estaria a salvo. Era só isso que importava.

Puxou o biombo para a posição anterior, na frente do retrato, sorrindo enquanto o fazia, e entrou no quarto, onde o criado já o aguardava. Uma hora depois, estava na ópera, e lorde Henry se inclinava sobre sua poltrona.

Capítulo IX

Quando ele fazia o desjejum na manhã seguinte, Basil Hallward foi trazido pelo criado.

– Fico contente de tê-lo encontrado, Dorian – ele disse, gravemente. – Vim procurá-lo ontem à noite, e me disseram que você estava na ópera. Evidentemente, eu sabia que era impossível. Mas você podia ter deixado um recado dizendo aonde ia. Passei uma noite terrível, com medo de que uma tragédia pudesse acontecer depois da outra. Acho que você podia ter enviado um telegrama quando soube da notícia. Li por acaso em uma edição vespertina do *Globe*, que peguei para ler no clube. Vim imediatamente para cá, e foi muito triste não encontrá-lo. Não sei dizer o quanto me parte o coração toda essa história. Sei como você deve estar sofrendo. Mas onde você estava? Você foi visitar a mãe da menina? Por um momento pensei em procurá-lo por lá. Deram o endereço no jornal. Na Euston Road, não? Mas não quis me intrometer em uma tristeza que não posso aliviar. Pobre mulher! Imagine o estado em que ela está! E filha única! O que ela disse?

– Meu caro Basil, como vou saber? – murmurou Dorian Gray, bebericando um vinho amarelo-claro de uma bela taça veneziana ornada de contas douradas, com semblante terrivelmente entediado. – Eu estava na ópera. Você devia ter ido. Encontrei lady Gwendolen, a irmã do Harry, pela primeira vez. Ficamos no camarote dela. Ela é perfeitamente encantadora; e a Patti cantou divinamente. Não venha com assuntos horríveis. Se não falamos de uma coisa, ela nunca aconteceu. É só a expressão, como Harry diz, que confere a realidade às coisas. Posso lhe dizer que ela não era filha única. Existe um filho, imagino que seja um sujeito encantador. Mas não trabalha em teatro. É marinheiro, ou coisa assim. E agora me conte sobre você e o que está pintando.

– Você foi à ópera? – disse Hallward, muito lentamente e em tom dolorido. – Você foi à ópera enquanto Sibyl Vane estava morta no chão de um sórdido camarim? Você é capaz de me falar de outras mulheres encantadoras, e que a Patti cantou divinamente, antes mesmo que a menina que você amava sequer tivesse recebido o repouso de uma sepultura? Ora, imagine os horrores reservados para aquele pequeno corpo branco!

– Pare, Basil! Não quero ouvir! – exclamou Dorian, ficando de pé em um salto. –Você não deve me contar nada. O que foi feito está feito. O que se passou, é passado.

–Você chama ontem de passado?

– Que diferença faz o lapso de tempo? Apenas as pessoas fúteis precisam de anos para se livrar de uma emoção. Um homem que é senhor de si mesmo é capaz de acabar com a tristeza com a mesma facilidade com que inventa um prazer. Não quero ficar à mercê das minhas emoções. Quero usá-las, desfrutá-las e dominá-las.

– Dorian, isto é horrível! Alguma coisa o transformou completamente. Você parece exatamente o mesmo menino maravilhoso que todo dia costumava vir ao meu estúdio posar para o seu retrato. Mas antes você era simples, natural e afetuoso. Você era a criatura mais imaculada do mundo. Agora, não sei o que aconteceu com você. Você fala como se não tivesse coração, compaixão. Isso é tudo influência do Harry. Isso eu sei.

O rapaz corou e, aproximando-se da janela, olhou por alguns momentos para o verde e cintilante jardim rajado de sol. – Devo muito a Harry, Basil – ele disse, enfim –, ainda mais do que devo a você. Você só me ensinou a ser fútil.

– Bem, estou sendo punido por isso, Dorian – ou serei um dia.

– Não sei do que você está falando, Basil – ele exclamou, virando-se. – Não sei o que você quer. O que você quer?

– Quero o Dorian Gray que eu costumava pintar – disse o artista, tristemente.

– Basil – disse o rapaz, indo até ele e pondo a mão no ombro dele –, você chegou tarde. Ontem, quando fiquei sabendo que Sibyl Vane havia cometido suicídio...

– Suicídio! Céus! já não há nenhuma dúvida quanto a isso? – exclamou Hallward, olhando para ele com expressão de horror.

– Meu caro Basil! Ou você acha que foi um acidente qualquer? Claro que ela se matou.

O amigo mais velho cobriu o rosto com as mãos. – Que coisa pavorosa – ele murmurou, e um calafrio percorreu seu corpo.

– Não – disse Dorian Gray –, não há nada de pavoroso nisso. Trata-se de uma das grandes tragédias românticas dos nossos tempos. Em geral, artistas de teatro levam as vidas mais banais. São bons maridos, esposas fiéis, ou algo assim tedioso. Você sabe – virtudes de classe média, esse tipo de coisa. Como Sibyl era diferente! Ela viveu sua melhor tragédia. Sempre foi uma heroína. Em sua última noite em cena – quando você a viu – ela atuou mal porque havia descoberto a realidade do amor. Quando descobriu a irrealidade desse amor, ela morreu, como Julieta teria morrido. Ela passou novamente para a esfera da arte. Há nela algo de mártir. Sua morte tem toda a inutilidade patética do martírio, toda essa beleza desperdiçada. Mas, como eu dizia, não pense que não sofri. Se você tivesse vindo ontem em um determinado momento por volta das cinco e meia, talvez, quinze para as seis, teria me visto aos prantos. Nem mesmo o Harry, que esteve aqui e me trouxe a notícia, na verdade, não fazia ideia do que eu estava passando. Sofri imensamente. Depois passou. Não consigo repetir uma emoção. Ninguém consegue, exceto os sentimentais. E você está sendo terrivelmente injusto, Basil. Você veio aqui me consolar. É muita delicadeza da sua parte. Mas você me encontra consolado e fica furioso. Que tipo de solidariedade é essa? Isso me lembrou de uma história que o Harry me contou de um certo filantropo que passou vinte anos tentando redimir uma ofensa, ou alterar alguma lei, não me lembro exatamente. Enfim ele conseguiu, e nada foi capaz de superar sua frustração. Não tinha absolutamente mais nada para fazer, quase morreu de *ennui* e se tornou um rematado misantropo. E, além disso, meu bom e velho Basil, se você quer mesmo me consolar, ensine-me a esquecer o que aconteceu, ou a ver tudo de um ponto de vista propriamente artístico. Não era Gautier que costumava falar da *consolation des arts?* Lembro-me de ter visto em um volumezinho com capa de velino no seu estúdio um dia e por acaso li essa frase deliciosa. Bem, não sou mais como aquele rapaz que você me contou um dia quando estávamos em Marlow, aquele que costumava dizer que o cetim amarelo era capaz de consolar todas as desgraças da vida. Eu adoro coisas belas que se possa tocar e manusear. Velhos brocados, bronzes esverdeados, entalhes laqueados, marfins, ambientes sofisticados, luxo, pompa, há muito o que absorver disso tudo. Mas o temperamento artístico que essas coisas criam, ou revelam em alguma medida, é ainda mais importante para mim. Tornar-se espectador da própria vida, como diz Harry, é escapar do sofrimento da vida. Sei que você está surpreso com o que estou falando. Você não se deu conta de quanto evoluí. Eu era um menino quando você me conheceu. Agora sou um homem. Tenho novas paixões, novos pensamentos, novas ideias. Estou diferente, mas você não deve gostar menos de mim por isso. Estou mudado, mas você deve continuar para sempre meu amigo. É claro que gosto muito do Harry. Mas sei que você é uma pessoa melhor do que ele. Você não é mais forte — você tem medo da vida —, mas é uma pessoa melhor. E como fomos felizes juntos! Não me abandone, Basil, e não brigue comigo. Sou o que sou. Não há mais o que dizer.

O pintor sentiu-se estranhamente comovido. Tinha um carinho infinito pelo rapaz, e a personalidade dele havia sido o grande ponto de inflexão de sua arte. Não conseguiu suportar mais a ideia de censurá-lo. Afinal, sua indiferença provavelmente era apenas um estado de espírito que passaria. Havia muita coisa boa nele, muita coisa nobre.

— Bem, Dorian — ele disse, enfim, com um sorriso tristonho —, a partir de hoje, não falarei mais sobre essa coisa horrível. Só espero que o seu nome não seja associado a ela. A investigação deve começar hoje à tarde. Você já recebeu a intimação?

Dorian negou com a cabeça e um esgar de irritação percorreu seu semblante quando a palavra investigação foi mencionada. Havia algo de brutal e vulgar nesse tipo de coisa. — Eles não sabem o meu nome — ele respondeu.

— Mas decerto ela sabia, não?

— Apenas o nome de batismo, e tenho certeza de que ela nunca disse a ninguém. Ela me disse uma vez que estavam todos curiosos para saber quem eu era, e que ela sempre dizia que eu era o Príncipe Encantado. Era gracioso da parte dela. Basil, você precisa me fazer um retrato da Sibyl. Eu gostaria de ter mais do que a lembrança de alguns poucos beijos e algumas palavras patéticas entrecortadas.

— Vou tentar fazer alguma coisa, Dorian, se é do seu agrado. Mas você também precisa me visitar e posar de novo. Não posso continuar sem você.

— Nunca mais posarei para você, Basil. É impossível! — ele exclamou, recuando sobressaltado.

O pintor olhou para ele. — Meu querido menino, que absurdo! — exclamou ele.

— Quer dizer que você não gostou do retrato que eu fiz? Onde está? Por que você pôs esse biombo na frente do quadro? Deixe-me ver. É o melhor quadro que já fiz. Tire esse biombo, Dorian. É deselegante da parte do seu empregado esconder meu trabalho assim. Senti que a sala ficou diferente quando entrei.

— Meu empregado não tem nada a ver com isso, Basil. Ou você acha que eu deixo que ele arrume a sala para mim? Ele arruma as minhas flores, às vezes, e só. Não; eu mesmo pus o biombo. A luz estava forte demais no retrato.

— Forte demais! Certamente não, meu caro! É um lugar admirável para o quadro. Deixe-me vê-lo — e Hallward caminhou até o canto da sala.

Um grito de horror escapou dos lábios de Dorian Gray, e ele correu para se interpor entre o pintor e o biombo.

— Basil — ele disse, muito empalidecido —, você não pode olhar para o retrato. Não quero que você veja.

— Não posso ver o meu próprio trabalho? Você não está falando sério! Por que eu não poderia?! — exclamou Hallward, dando risada.

— Se você tentar ver, Basil, palavra de honra, nunca mais falarei com você enquanto eu viver. Estou falando muito sério. Não darei nenhuma explicação, e você não vai querer que eu explique. Mas, lembre-se, se você tocar nesse biombo, estará tudo acabado entre nós.

Hallward ficou atordoado. Ele olhou para Dorian Gray absolutamente perplexo. Nunca o vira assim antes. O rapaz estava de fato pálido de raiva. Suas mãos crispadas, e as pupilas pareciam discos de fogo azul. Tremia dos pés à cabeça.

— Dorian!

— Não diga nada!

— Mas o que houve? Claro que não olharei se você não quiser que eu olhe — ele disse, um tanto friamente, fazendo meia-volta e aproximando-se da janela. — Mas, realmente, é um tanto absurdo que eu não possa ver o meu próprio trabalho, especialmente porque vou expôr esse retrato em Paris no outono. Provavelmente precisarei dar outra demão de verniz antes da exposição, de modo que precisarei vê-lo algum dia, por que não hoje?

– Exposição? Você quer expor esse quadro!? – exclamou Dorian Gray, sentindo-se dominar lentamente por uma estranha sensação de terror. O mundo afinal conheceria seu segredo? As pessoas ficariam boquiabertas diante do mistério da sua vida? Isso era impossível. Alguma coisa – ele não sabia o que ainda – precisava ser feita logo.

– Sim; imagino que você não vá fazer nenhuma objeção. George Petit reunirá meus melhores quadros para uma exposição especial na Rue de Sèze, que abre na primeira semana de outubro. O quadro só ficará fora por um mês. Imagino que você possa abrir mão dele nesse ínterim. A bem da verdade, você estará fora da cidade. E, se você sempre esconde o quadro atrás de um biombo, não é possível que se importe tanto assim com ele.

Dorian Gray passou a mão pela testa. Havia gotas de suor. Sentiu-se à beira de um perigo horrível. – Você me disse um mês atrás que jamais exporia esse quadro – ele exclamou. – Por que você mudou de ideia? Vocês, que se dizem coerentes, têm tantos caprichos quanto as outras pessoas. A única diferença é que os seus caprichos são caprichos sem sentido. Não é possível que você tenha se esquecido de que me prometeu solenemente que nada no mundo o faria enviá-lo para nenhuma exposição. Você disse exatamente a mesma coisa ao Harry – ele parou subitamente e um raio de luz se acendeu em seus olhos. Ele se lembrou de algo que lorde Henry lhe dissera uma vez, com um misto de seriedade e brincadeira: – Se você quiser criar um constrangimento de quinze minutos, peça para o Basil contar por que ele não quer expor o seu retrato. Ele me disse por que, e foi uma revelação para mim. – Sim, talvez Basil também tivesse seus segredos. Ele perguntaria e tentaria descobrir.

– Basil – ele disse, aproximando-se muito e olhando-o bem nos olhos –, nós dois temos segredos. Conte-me o seu e eu contarei o meu. Qual foi o motivo para você se recusar a expor o meu retrato?

O pintor estremeceu descontroladamente. – Dorian, se eu lhe contasse, talvez você gostasse menos de mim e, certamente, riria de mim. Eu não suportaria nenhuma das duas coisas. Se você quiser que eu nunca mais olhe para o seu retrato, obedecerei contente. Sempre poderei olhar para você. Se você quiser que o melhor quadro que eu já fiz na vida fique escondido do mundo, acatarei de bom grado. Sua amizade é mais importante para mim do que a fama ou a reputação.

— Não, Basil, você deve me contar — insistiu Dorian Gray. — Acho que tenho o direito de saber. — A sensação de terror havia passado, e a curiosidade tomou seu lugar. Estava decidido a descobrir o mistério de Basil Hallward.

— Vamos nos sentar, Dorian — disse o pintor, perturbado. — Vamos nos sentar. E só me responda a uma pergunta. Você reparou em algo curioso no retrato? Algo que provavelmente não o impressionou a princípio, mas que talvez tenha se revelado subitamente para você?

— Basil! — exclamou o rapaz, agarrando os braços da poltrona com mãos trêmulas e encarando-o com olhos arregalados.

— Estou vendo que sim. Não diga nada. Espere até ouvir o que eu tenho para dizer. Dorian, desde que o conheci, sua personalidade teve uma influência extraordinária sobre mim. Eu me vi dominado, alma, pensamento e força, por você. Você se tornou para mim a encarnação visível do ideal jamais visto cuja lembrança assombra os artistas como um sonho magnífico. Passei a idolatrá-lo. Passei a sentir ciúmes de todas as pessoas que falavam com você. Quis tê-lo só para mim. Só estava feliz quando estava com você. Quando você não estava comigo, ainda assim estava presente na minha arte... Claro, jamais deixei que você soubesse disso. Teria sido impossível. Você não teria entendido. Eu mesmo não entendia direito. Eu só sabia que tinha visto a perfeição de perto, e que o mundo havia se tornado maravilhoso aos meus olhos — maravilhoso demais talvez, pois nessa louca idolatria há sempre um risco, o risco de perder o ídolo, assim como o risco de conservá-lo... As semanas foram se passando, e fui cada vez mais sendo absorvido por você. Então surgiu um novo desenvolvimento. Eu havia lhe desenhado como Páris de armadura, e como Adônis com a capa de caçador e a lança polida. Coroado de flores de lótus, você sentou na proa da barca de Adriano, contemplando o verde turvo do Nilo. Você se abaixou junto a um lago imóvel de um bosque grego e viu na prata silenciosa da água a maravilha de seu próprio rosto. E a sua beleza era tudo o que a arte deve ser, inconsciente, ideal e remota. Um dia, um dia fatídico, penso às vezes, resolvi pintar um retrato maravilhoso seu, como você é de fato, não em trajes de uma época morta, mas com suas próprias roupas e em sua própria época. Não sei se foi o realismo do método, ou o mero fascínio da sua própria personalidade, diretamente apresentado para mim sem brumas ou véus. Mas sei que enquanto estava pintando, cada película e camada de cor me pareciam revelar meu segredo. Fiquei com receio de que outros soubessem da minha adoração. Senti, Dorian, que havia me revelado em excesso, que me pusera demais no quadro. Foi por isso que decidi jamais permitir que o quadro fosse exposto. Você ficou um pouco irritado na ocasião; mas não se deu conta de tudo o que ele significava para mim. Harry, quando lhe contei isso, riu da minha cara. Mas não me importei. Quando o quadro ficou pronto, e fiquei a sós com ele, percebi que eu tinha razão... Bem, depois de alguns dias a tela deixou meu estúdio, e assim que me livrei do insuportável fascínio de sua presença, pareceu-me tolice imaginar que tivesse visto qualquer coisa nessa pintura, além do fato de você ser extremamente bonito, e que eu sabia pintar. Mesmo agora não posso evitar de achar que é um erro pensar que a paixão que se sente na criação realmente está expressa na obra que se cria. A arte é sempre mais abstrata do que imaginamos. Formas e cores nos falam de formas e cores — isso é tudo. Muitas vezes me parece que a arte esconde o artista, mais do que o revela. E então, quando recebi esse convite de Paris, resolvi fazer do seu retrato a principal obra da exposição. Jamais me ocorreu que você pudesse se recusar. Agora vejo que você tinha razão. O quadro não pode ser exposto. Você não deve se irritar comigo, Dorian, pelo que eu disse. Como eu contei ao Harry uma vez, você nasceu para ser adorado.

Dorian Gray respirou fundo. A cor voltou a suas faces, e um sorriso se formou em seus lábios. O risco havia passado. Ele estava seguro por ora. No entanto, não pôde deixar de sentir uma pena infinita do pintor que acabara de lhe fazer aquela estranha confissão, e se perguntou se ele mesmo seria capaz de se deixar dominar assim pela personalidade de um amigo. Lorde Henry tinha o fascínio de alguém muito perigoso. Mas era só isso. Era sagaz e cínico demais para realmente gostar de alguém. Algum dia haveria alguém capaz de lhe inspirar tamanha idolatria? Seria essa uma das coisas que a vida lhe reservara?

— É extraordinário, Dorian — disse Hallward —, que você tenha visto isso tudo no retrato. Você realmente percebeu tudo isso?

— Vi uma coisa nesse retrato — ele respondeu —, uma coisa que me pareceu muito curiosa.

— Bem, você não se importa que eu o veja agora?

Dorian negou com a cabeça. — Você não deve me pedir mais isso, Basil. É impossível permitir que você fique diante daquele quadro.

— Mas algum dia decerto você deixará?

— Jamais.

— Bem, talvez você tenha razão. E agora adeus, Dorian. Você foi a única pessoa na minha vida que realmente influenciou a minha arte. Se fiz algo de bom, devo a você. Ah! você não sabe quanto me custou contar tudo o que lhe contei.

— Meu caro Basil — disse Dorian —, o que foi que você me contou? Simplesmente que sentiu que me admirava demais. Isso não chega sequer a ser um elogio.

— A intenção não era fazer um elogio. Foi uma confissão. Agora que confessei, algo parece ter saído de mim. Talvez não se deva nunca traduzir em palavras uma adoração.

— Foi uma confissão bastante decepcionante.

— Ora, o que você esperava, Dorian? Você não viu mais nada no retrato? Não havia mais nada?

— Não; não havia nada para se ver. Por que você pergunta? Mas você não devia falar em idolatria. É uma tolice. Você e eu somos amigos, Basil, e devemos continuar assim para sempre.

— Você tem o Harry — disse o pintor, tristonho.

— Oh, o Harry! — exclamou o rapaz, dando uma risada. — O Harry passa o dia dizendo coisas incríveis, e a noite fazendo coisas improváveis. Justamente o tipo de vida que eu gostaria de viver. Mas mesmo assim não creio que eu fosse procurar o Harry se estivesse com problemas. Eu preferiria procurar você, Basil.

— Você posará para mim de novo?

— É impossível!

— Você arruína a minha vida como artista ao se recusar, Dorian. Ninguém encontra duas coisas ideais na vida. Já é raro encontrar uma.

– Não posso explicar, Basil, mas não devo jamais posar de novo. Há algo fatal nesse retrato. Ele tem vida própria. Irei visitá--lo e tomar chá. Será tão agradável quanto posar.

– Só se for tão agradável para você, na verdade – murmurou Hallward, pesaroso. – E agora, adeus. Lamento que você não me permita olhar para o quadro mais uma vez. Mas não há o que fazer quanto a isso. Entendo como você se sente.

Quando ele saiu da sala, Dorian Gray sorriu sozinho. Pobre Basil! Nem desconfia do verdadeiro motivo! E como era estranho que, em vez de ser obrigado a revelar seu segredo, ele conseguira, como por acaso, arrancar um segredo do amigo! Aquela estranha confissão explicou muita coisa. Os absurdos acessos de ciúmes do pintor, sua louca devoção, seus extravagantes panegíricos, suas curiosas reticências – ele entendia agora tudo aquilo e lamentava. Parecia-lhe algo trágico uma amizade assim colorida pelo romance.

Ele suspirou e tocou a sineta. O retrato precisava ser escondido a todo custo. Ele não poderia correr aquele risco de ser descoberto outra vez. Tinha sido loucura permitir que aquilo ficasse, uma hora que fosse, em um ambiente ao qual todos os seus amigos tinham acesso.

Capítulo X

Quando o criado entrou, ele o encarou fixamente e se perguntou se não teria espiado atrás do biombo. O sujeito se mostrou bastante impassível e aguardou as ordens. Dorian acendeu um cigarro e caminhou até o espelho e se mirou. Podia ver perfeitamente o reflexo do rosto de Victor. Era uma máscara plácida do servilismo. Não havia nada a temer. No entanto ele achou melhor ficar atento.

Falando muito lentamente, ele pediu que fosse chamar a governanta, pois queria vê-la, e depois que fosse ao moldureiro e pedisse que enviasse dois homens. Pareceu-lhe que, ao sair da sala, os olhos do criado se dirigiram ao biombo. Ou seria sua imaginação?

Momentos depois, em seu vestido preto de seda, com antiquadas luvas de tricô nas mãos enrugadas, a senhora Leaf entrou na biblioteca. Ele pediu a ela a chave da antiga sala de aula no sótão.

— A antiga sala de aulas, senhor Dorian? — ela exclamou. — Ora, mas está toda empoeirada. Preciso mandar arrumar e deixar pronta para o senhor entrar. Não está preparada para recebê-lo, senhor. Longe disso, na verdade.

— Não quero que arrume, Leaf. Só quero a chave.

— Está bem, senhor, mas o senhor ficará coberto de teias de aranha se entrar lá. Ora, não é aberta há quase cinco anos, desde a morte do lorde.

Ele franziu os olhos à menção do avô. Tinha lembranças horríveis dele. — Não importa — ele respondeu. — Simplesmente quero ver o lugar — só isso. Dê-me a chave.

— Aqui está, senhor — disse a velha senhora, procurando em seu molho com mãos trêmulas e inseguras. — A chave está aqui. Vou tirá-la do molho, um momento. Mas o senhor não está pensando em mudar lá para cima, tão confortavelmente aqui instalado, não é?

— Não, não — ele exclamou, petulante. — Obrigado, Leaf. Era só isso.

Ela se demorou por alguns momentos e tagarelou sobre algum detalhe da casa. Ele suspirou e lhe disse que fizesse como julgasse melhor. Ela saiu da sala, engalanada de sorrisos. Quando a porta se fechou, Dorian pôs a chave no bolso e olhou para o aposento. Seus olhos depararam com uma grande colcha de cetim roxo densamente bordada em ouro, uma esplêndida peça veneziana do final do século XVII que seu avô havia encontrado em um convento próximo a Bolonha. Sim, aquilo serviria para embalar o pavoroso objeto. Talvez tivesse servido amiúde como mortalha. Agora serviria para ocultar algo que possuía sua própria corrupção, pior que a corrupção da própria morte – algo que engendraria horrores e no entanto jamais morreria. O que o verme era para o cadáver, seus pecados seriam para a imagem pintada na tela. Corromperiam a beleza e devorariam a graça. Poluiriam e tornariam vergonhosa a pintura. E o quadro estaria sempre vivo.

Ele estremeceu e, por um momento, lamentou não ter contado a Basil o verdadeiro motivo de ter escondido o retrato. Basil o teria ajudado a resistir à influência de lorde Henry, e às influências ainda mais venenosas oriundas de seu próprio temperamento. O amor que Basil sentia por ele – pois era realmente amor – não tinha nada que não fosse nobre e intelectual. Não se tratava da mera admiração física que nasce dos sentidos e que morre quando os sentidos se exaurem. Era aquele tipo de amor que Michelangelo conheceu, e Montaigne, e Winckelman, e o próprio Shakespeare. Sim, Basil poderia tê-lo salvado. Mas agora era tarde demais. O passado sempre poderia ser aniquilado. Remorso, recusa ou esquecimento seriam capazes de fazê-lo. Mas o futuro era inevitável. Havia paixões dentro de si que encontrariam sua terrível vazão, sonhos que tornariam real a sombra de suas maldades.

Ele retirou do sofá o grandioso tecido roxo e dourado que o cobria e, segurando-o nas mãos, passou para o outro lado do biombo. O rosto na tela estava ainda mais vil do que antes? Pareceu-lhe inalterado; e, no entanto, seu ódio do quadro foi intensificado. Os cabelos dourados, os olhos azuis, os lábios róseos estavam todos lá. Era simplesmente a expressão que havia se alterado. Esta era horrível em sua crueldade. Comparado ao que ele vira ali de censura ou repreensão, como eram fúteis os reproches de Basil sobre Sibyl Vane! Tão fúteis, e tão descabidos! A sua própria alma o fitava da tela e o convocava a julgamento. Um olhar de dor percorreu seu semblante, e ele cobriu o retrato com a bela mortalha. Enquanto o fazia, bateram na porta. Ele se afastou do quadro quando o criado entrou.

– Eles chegaram, *monsieur*.

Sentiu que era preciso se livrar logo do criado. Victor não podia saber aonde o quadro seria levado. Parecia um tanto sonso, e os olhos eram pensativos e traiçoeiros. Sentando-se à escrivaninha, ele escreveu um recado a lorde Henry, pedindo que ele lhe enviasse algo para ler e lembrando-o de que se encontrariam às oito e quinze. – Espere a resposta – ele disse, estendendo o bilhete ao criado –, e peça que eles entrem.

Dois ou três minutos depois, bateram novamente na porta, e o senhor Hubbard em pessoa, o célebre moldureiro de South Audley Street, entrou com um jovem assistente de aparência simplória. O senhor Hubbard era um rubicundo sujeitinho de suíças ruivas, cuja admiração pela arte era consideravelmente moderada pela inveterada penúria da maioria dos artistas que lidavam consigo. Em geral, ele nunca saía da oficina. Costumava esperar as pessoas irem até ele. Mas sempre abria uma exceção para Dorian Gray. Havia alguma coisa em Dorian que encantava a todos. Era um prazer até mesmo apenas vê-lo.

– O que posso fazer pelo senhor, senhor Gray? – ele disse, esfregando as mãozinhas gordas e sardentas. – Achei melhor ter a honra de vir pessoalmente. Acabei de receber uma moldura linda, senhor. Arrematei em um leilão. Florentina antiga. Imagino que tenha vindo de Fonthill. Admiravelmente apropriada para um tema religioso, senhor Gray.

– Lamento ter lhe dado o trabalho de vir pessoalmente, senhor Hubbard. Seguramente passarei para ver essa moldura – embora eu não me interesse mais tanto por arte religiosa –, mas hoje só preciso que levem um quadro até o alto da casa para mim. É um tanto pesado, então pensei em lhe pedir que me emprestasse dois dos seus homens.

– Não é nenhum trabalho, senhor Gray. É um prazer lhe ser útil de alguma forma. Onde está a obra de arte, senhor?

– É este quadro – respondeu Dorian, afastando o biombo. – O senhor pode levá-lo, assim coberto mesmo? Não quero que arranhe na escada.

– Não será nada difícil, senhor – disse o solícito moldureiro, começando, com ajuda do assistente, a desenganchar o quadro das longas correntes de latão que o suspendiam. – E agora, senhor Gray, para onde devemos levá-lo?

– Vou lhes mostrar o caminho, senhor Hubbard. Se o senhor fizer a gentileza de me acompanhar. Ou talvez seja melhor que o senhor vá na frente. Receio que seja lá no alto da casa. Vamos subir pela escada da frente, que é mais larga.

Ele segurou a porta aberta para eles, e passaram ao salão e começaram a subir. O caráter elaborado da moldura tornara o quadro extremamente volumoso, e de quando em quando, apesar dos obsequiosos protestos do senhor Hubbard, que tinha o genuíno desgosto dos comerciantes de ver um cavalheiro fazer qualquer coisa de útil, Dorian emprestou sua força e os ajudou.

– É um peso e tanto para se carregar, senhor – ofegou o homenzinho, quando chegaram ao topo da escada. E ele enxugou a testa reluzente.

– Receio que seja um tanto pesado – murmurou Dorian, destrancando a porta que dava para o recinto que guardaria para ele o curioso segredo de sua vida e ocultaria sua alma dos olhos dos homens.

Ele não entrava ali havia mais de quatro anos – não, na verdade, desde que fizera dali seu primeiro quarto de brinquedos quando criança e depois como sala de aulas quando ficou um pouco mais velho. Era um cômodo amplo, bem proporcionado, especialmente construído pelo último lorde Kelso para seu netinho, que, por estranha semelhança com a mãe, e também por outros motivos, ele sempre odiara e desejara manter a distância. O ambiente pareceu a Dorian não ter mudado muito. Havia um imenso *cassone* italiano, com painéis fantasticamente pintados e ornamentos dourados sem lustro, onde tantas vezes ele se escondera quando menino. Lá estava a estante de livros de mogno cheia com seus livros de pontas dobradas. Na parede atrás da estante, estava pendurada a mesma velha tapeçaria flamenga, onde um rei e uma rainha desbotados jogam xadrez no jardim, enquanto uma companhia de falcoeiros cavalga ao largo, levando aves encapuzadas nos punhos enluvados. Como se lembrava bem de tudo aquilo! Todos os momentos de sua infância solitária retornaram quando ele olhou para aquele quarto. Lembrou-se da imaculada pureza de quando era menino, e lhe pareceu horrível que o retrato fatal fosse ali escondido. Naqueles dias mortos, ele quase não pensava em tudo o que a vida lhe reservava!

Mas não havia outro lugar na casa mais protegido dos olhos curiosos do que ali. Ele estava com a chave, e ninguém mais poderia entrar. Por baixo do manto roxo, o rosto pintado na tela poderia ficar bestial, marcado e impuro. Que importância isso tinha? Ninguém poderia vê-lo. Ele mesmo não o veria mais. Por que deveria assistir à hedionda corrupção de sua alma? Ele conservaria sua juventude — isso era o bastante. E, além do mais, sua natureza não poderia melhorar afinal? Não havia motivo para que o futuro fosse repleto de vergonha. Algum amor poderia surgir em sua vida, e purificá-lo, e protegê-lo dos pecados que já pareciam se agitar em seu espírito e em sua carne — curiosos pecados jamais retratados cujo mistério lhes confere sutileza e encanto. Talvez, algum dia, o olhar cruel sumisse da rubra boca sensível, e ele mostrasse ao mundo a obra-prima de Basil Hallward.

Não; era impossível. Hora a hora, e semana após semana, a criatura sobre a tela estava envelhecendo. O retrato podia escapar da hediondez do pecado, mas a hediondez da idade lhe estava reservada. As faces ficariam vincadas ou flácidas. Pés de galinha amarelados lentamente rodeariam os olhos enfraquecidos e os tornariam horríveis. O cabelo perderia o brilho, a boca frouxa penderia, seria uma boca ridícula ou grotesca, como a dos velhos. Haveria o pescoço enrugado, as mãos frias e cobertas de veias azuis, o corpo encurvado, que ele se lembrava no avô que fora tão austero em sua infância. O retrato precisava ser escondido. Não havia como evitar.

— Traga-o, senhor Hubbard, por favor — ele disse, exausto, virando de lado. — Lamento pela demora. Estava pensando em outra coisa.

— É sempre bom descansar um pouco, senhor Gray — respondeu o moldureiro, ainda ofegante. — Onde o colocamos, senhor?

— Oh, em qualquer lugar. Aqui está bom. Não quero que pendure. Simplesmente encoste-o na parede. Obrigado.

— Podemos ver a obra de arte, senhor?

Dorian teve um sobressalto. — Não iria interessá-lo, senhor Hubbard — ele disse, com os olhos fixos no sujeito. Sentiu-se prestes a saltar sobre ele e derrubá-lo no chão, se ele ousasse erguer o belo manto que escondia o segredo da sua vida. – Não quero incomodá-lo mais. Fico muito agradecido pela sua gentileza de ter vindo.

– Não foi nada, não foi nada, senhor Gray. Estou sempre às ordens para qualquer coisa que o senhor precisar. – E o senhor Hubbard desceu pisando firme as escadas, seguido pelo ajudante, que olhou de novo para Dorian com expressão de tímido deslumbramento em seu semblante rude e desagradável. Nunca tinha visto alguém tão maravilhoso.

Quando o som de seus passos passou, Dorian trancou a porta e pôs a chave no bolso. Estava seguro agora. Ninguém jamais olharia para aquela coisa horrível. Nenhum olho humano veria sua vergonha.

Ao chegar à biblioteca, descobriu que eram mais de cinco horas, e que o chá já havia sido servido. Em uma mesinha de ébano perfumado e incrustações de madrepérola, presente de lady Radley, esposa de seu tutor, uma bela inválida profissional que passara o inverno anterior no Cairo, havia um bilhete de lorde Henry, e, ao lado, um livro de capa amarela, ligeiramente amassado nas bordas e com os cantos sujos. Um exemplar da terceira edição da *St. James's Gazette* havia sido deixado na bandeja do chá. Era evidente que Victor havia voltado. Ele se perguntou se o criado teria encontrado os homens quando saíam da casa, e se teria extraído deles a informação sobre o que haviam feito. Certamente ele daria falta do quadro – sem dúvida já notara sua ausência enquanto servia o chá. O biombo não havia sido devolvido ao lugar, e um espaço vazio era visível na parede. Talvez alguma noite ele o encontrasse espiando lá em cima e tentando forçar a porta do sótão. Era uma coisa horrível ter um espião dentro da própria casa. Ouvira falar de ricos que foram chantageados a vida inteira por algum criado que leu alguma carta, ou entreouviu alguma conversa, ou guardou um cartão com um endereço, ou encontrou embaixo de um travesseiro uma flor seca ou um pedaço de renda amassado.

Ele suspirou e, depois de se servir de chá, abriu o bilhete de lorde Henry. Era simplesmente para dizer que lhe enviava o jornal da tarde, e um livro que talvez lhe interessasse, e que ele estaria no clube às oito e quinze. Abriu a *St. James's* languidamente, e passou os olhos. Uma marca em lápis vermelho na página cinco chamou sua atenção. Apontava para o seguinte parágrafo:

INVESTIGAÇÃO DE UMA ATRIZ. Uma investigação foi iniciada esta manhã na taberna Bell, em Hoxton Road, pelo senhor Danby, legista do distrito, no corpo de Sibyl Vane, uma jovem atriz que estava em cartaz no Royal Theatre de Holborn. O veredito de morte acidental foi declarado. Houve manifestações de solidariedade à mãe da falecida, que se mostrou muito abalada durante seu depoimento, e o do doutor Birrell, que fez o exame *post-mortem* da falecida.

Ele franziu o cenho e rasgou o jornal, atravessou a sala e jogou fora os pedaços. Que horror era aquilo tudo! E como a verdadeira feiura transformava horrivelmente as coisas! Ficou um pouco irritado com lorde Henry por ter lhe enviado a notícia. E certamente era estúpido da parte dele havê-la destacado com lápis vermelho. Victor podia ter lido. O sujeito lia mais do que o suficiente.

Talvez ele tivesse lido e começasse a desconfiar de alguma coisa. E, no entanto, que importância tinha aquilo? O que Dorian Gray tinha a ver com a morte de Sibyl Vane? Não havia nada a temer. Dorian Gray não a havia matado.

Seus olhos depararam com o livro amarelo que lorde Henry lhe enviara. Perguntou-se o que seria aquilo. Caminhou até a pequena estante octogonal cor de pérola, que sempre lhe parecera obra de algum tipo estranho de abelhas egípcias que lavravam prata, e, pegando o volume, atirou-se em uma poltrona e começou a folheá-lo. Em poucos minutos já estava absorto pelo livro. Era o livro mais estranho que já havia lido. Pareceu-lhe ricamente encadernado e, ao som delicado de flautas, os pecados do mundo foram passando diante dele como um espetáculo tolo. Coisas que sonhara difusamente se tornaram subitamente reais para ele. Coisas com as quais sequer sonhara foram-lhe aos poucos reveladas.

Era uma novela sem enredo e com apenas um personagem, sendo, na verdade, simplesmente um estudo psicológico de um certo jovem parisiense, que passava a vida tentando realizar no século XIX todas as paixões e os modos de pensamento de todos os séculos exceto o seu, e resumir, na verdade, em si mesmo os vários estados de espírito pelos quais o espírito do mundo já passou desde o início dos tempos, adorando tanto a mera artificialidade das renúncias que os homens equivocadamente chamaram de virtude, como as rebeliões naturais que os sábios ainda chamam de pecado. O estilo em que fora escrito era de uma ourivesaria curiosa, vívida e obscura ao mesmo tempo, cheio de *argot* e arcaísmos, de expressões técnicas e elaboradas paráfrases, que caracteriza a obra dos melhores artistas da escola francesa dos *Symbolistes*. Havia metáforas monstruosas como orquídeas, e da mesma sutileza de cores. A vida dos sentidos era descrita nos termos da filosofia mística. Não se sabia, às vezes, se se estava lendo os êxtases espirituais de algum santo medieval ou as mórbidas confissões de um pecador moderno. Era um livro venenoso. Um forte odor de incenso parecia pairar em suas páginas e perturbar o cérebro. A mera cadência das frases, a sutil monotonia de sua música, tão cheia de complexos refrões e movimentos elaboradamente repetidos, produzia na cabeça do rapaz, conforme ele passava os capítulos, uma forma de devaneio, um torpor de sonho, que o deixou inconsciente do final do dia e do lento avanço das sombras.

Desanuviado e perfurado por uma única estrela solitária, um céu verde-acobreado reluzia através das janelas. Ele ficou lendo àquela luz esmaecida até não conseguir mais enxergar. Então, depois que o criado o lembrou diversas vezes do avançado da hora, ele se levantou e, passando para o quarto ao lado, deixou o livro na mesinha florentina que sempre mantinha ao lado da cama, e começou a se vestir para o jantar.

Eram quase nove horas quando ele chegou ao clube, onde encontrou lorde Henry sentado sozinho, na sala de espera, parecendo muito entediado.

— Sinto muito, Harry — ele exclamou —, mas a culpa é inteiramente sua. O livro que você me enviou me deixou tão fascinado que me esqueci que as horas se passaram.

— Sim; imaginei que você fosse gostar — respondeu o anfitrião, erguendo-se da poltrona.

— Eu não disse que gostei, Harry. Eu disse que fiquei fascinado. Há uma grande diferença.

— Ah, você descobriu isso? — murmurou lorde Henry. E passaram ao salão de jantar.

Capítulo XI

Durante anos, Dorian Gray não conseguiu se livrar da influência desse livro. Ou talvez fosse mais exato dizer que jamais tentou se livrar. Ele mandou vir de Paris nada menos que nove exemplares em formato grande da primeira edição, e os mandou encadernar em cores diferentes, de modo que pudesse se adequar a seus diversos estados de espírito e à imaginação cambiante de uma natureza sobre a qual ele parecia, às vezes, ter perdido totalmente o controle. O herói, o maravilhoso jovem parisiense, em quem os temperamentos romântico e científico eram tão estranhamente mesclados, tornou-se uma espécie de tipo que prefigurava a ele mesmo. E, a bem dizer, o livro como um todo lhe pareceu conter a história de sua própria vida, escrita antes que ele a tivesse vivido.

Em um aspecto, ele teve mais sorte que o fantástico herói do romance. Ele jamais teve – nunca, na verdade, teve motivos para ter – aquele pavor, algo grotesco de espelhos e superfícies de metal polidas e águas paradas, que acometera o jovem parisiense tão cedo na vida, e que foi ocasionado pela súbita decadência de uma beleza que, aparentemente, havia sido notável um dia. Era com uma alegria quase cruel – e talvez em quase toda alegria, como certamente em todo prazer, haja alguma crueldade – que ele costumava ler a parte final do livro, com seu relato realmente trágico, ainda que algo excessivamente enfatizado, da tristeza e do desespero de alguém que perdeu aquilo que sempre julgara mais importante nos outros e no mundo.

Pois a beleza maravilhosa que tanto fascinara Basil Hallward, e muitos outros além dele, parecia que jamais o abandonaria. Mesmo aqueles que ouviam as piores coisas sobre ele, e de quando em quando surgiam estranhos rumores sobre seu estilo de vida e que viravam assunto nos clubes londrinos, não conseguiam acreditar em nada que o desonrasse quando o viam pessoalmente. Ele parecia sempre alguém que se mantivera intocado pelo mundo. Homens que falavam grosserias se calavam quando Dorian Gray entrava no recinto. Havia algo na pureza de seu rosto que os refutava. Sua mera presença parecia lhes evocar a lembrança da inocência que haviam perdido. Perguntavam-se como alguém tão encantador e gracioso podia ter escapado intacto de uma época que era ao mesmo tempo sórdida e sensual.

Muitas vezes, voltando para casa de uma dessas misteriosas e prolongadas ausências que davam origem às tais estranhas conjecturas entre seus amigos, ou que assim se julgavam, ele subia sozinho até o sótão trancado, abria a porta com a chave da qual jamais se separava e, com um espelho, parava diante do retrato que Basil Hallward havia pintado, olhando ora para o rosto mau e envelhecido na tela, ora para o belo rosto jovem que lhe sorria de volta do espelho polido. A própria nitidez do contraste costumava acelerar uma sensação de prazer. Ele foi ficando cada vez mais apaixonado pela própria beleza, cada vez mais interessado na corrupção da própria alma. Ele examinaria com cuidado minucioso, e às vezes com um prazer monstruoso e terrível, as linhas hediondas que vincavam a testa enrugada, estendendo-se até a pesada boca sensual, perguntando-se em algumas ocasiões quais eram mais horrendas, as marcas do pecado ou as da idade. Ele punha suas mãos brancas ao lado das mãos inchadas e torpes do retrato e sorria. Zombava do corpo disforme e das pernas fraquejantes.

Havia momentos, na verdade, à noite, em que, deitado insone em seu próprio quarto delicadamente perfumado, ou no interior sórdido de uma mal-afamada taverna perto das docas, que, sob nome falso, e disfarçado, costumava frequentar, ele pensava na ruína que causara à própria alma, com uma pena que era ainda mais pungente por ser puramente egoísta. Mas esse tipo de momento era raro. Aquela curiosidade sobre a vida que lorde Henry primeiro despertara nele, quando estavam conversando no jardim de seu amigo, parecia aumentar a cada vez que era satisfeita. Quanto mais sabia, mais ele desejava saber. Sentia fomes loucas que ficavam mais devoradoras conforme ele as saciava.

No entanto, ele não se tornara realmente imprudente, de maneira nenhuma, em suas relações com a sociedade. Uma ou duas vezes por mês, durante o inverno, e toda noite de quarta-feira ao longo da estação, ele abria ao mundo sua bela casa e convidava os músicos mais célebres do momento para entreter seus convidados com as maravilhas de sua arte. Seus pequenos jantares, que lorde Henry sempre lhe ajudava a organizar, eram notáveis tanto pela cuidadosa seleção e posição dos convidados, quanto pelo gosto magnífico demonstrado pela decoração da mesa, com seus sutis arranjos sinfônicos de flores exóticas, e toalhas bordadas, e antigos pratos de ouro e prata. Na verdade, havia muitos homens, especialmente entre os rapazes mais novos, que viam, ou imaginavam ver, em Dorian Gray, a verdadeira realização de um tipo com que muitas vezes sonharam nos tempos de Eton ou Oxford, um tipo que combinaria algo da genuína cultura de um erudito com a graça e a distinção e os modos perfeitos de um cidadão do mundo. Para eles, ele parecia pertencer àquela estirpe que Dante descreve como daqueles que tentaram "tornar-se perfeitos pela adoração da beleza". Como Gautier, ele era alguém para quem "o mundo visível existia".

E, certamente, para ele a própria vida em si era a primeira, a maior das artes, e para a qual todas as outras pareciam meros preparativos. A moda, por meio da qual o que é realmente fantástico se torna por um momento universal, e o dandismo, que, à sua maneira, é uma tentativa de afirmar a absoluta modernidade da beleza, tinham, é claro, seu fascínio para ele. Seu modo de vestir e os estilos particulares que de quando em quando ele afetava tiveram notória influência sobre os jovens transviados dos bailes de Mayfair e dos clubes de Pall Mall, que o copiavam em tudo o que fazia, e tentavam reproduzir seus caprichos.

Pois, embora estivesse pronto para aceitar a posição que foi quase imediatamente oferecida para ele ao atingir a maioridade, e tivesse encontrado, a bem dizer, um prazer sutil ao pensar que poderia vir a se tornar para a Londres de sua época o que para a Roma de Nero foi o autor do *Satíricon*, ainda assim, no fundo do coração, ele desejava ser algo mais do que um mero *arbiter elegantiarum*, para ser consultado sobre o modo de usar uma joia, de dar um nó de gravata ou de portar uma bengala. Ele tentaria elaborar um novo esquema de vida, que teria sua argumentação filosófica e seus próprios princípios ordenados, e encontrar na espiritualização dos sentidos sua mais alta realização.

A adoração dos sentidos amiúde, e com muita justiça, foi execrada, pois o homem tem um instinto natural de terror diante das paixões e sensações que parecem mais fortes que ele, e que ele tem consciência de partilhar com formas de existência menos organizadas. Mas, para Dorian Gray, aparentemente, a verdadeira natureza dos sentidos jamais havia sido compreendida, e os sentidos haviam permanecido selvagens e animalescos meramente porque o mundo tentou obrigá-los à submissão ou matá-los de dor, em vez de tentar torná-los elementos de uma nova espiritualidade, da qual a característica dominante seria um instinto mais refinado para a beleza. Olhando em retrospecto para o movimento do homem ao longo da história, ele se viu assombrado por uma sensação de perda. Tantas concessões haviam sido feitas! E tão despropositadas! Foram loucas rejeições deliberadas, formas monstruosas de tortura e negação de si mesmo, cuja origem era o medo, e cujo resultado foi uma degradação infinitamente mais terrível do que a fantasiosa degradação da qual, em sua ignorância, ele havia tentado escapar. A natureza, em sua maravilhosa ironia, levando o anacoreta para viver com as feras selvagens do deserto, dando ao eremita os animais do campo como companheiros.

Sim: haveria, como lorde Henry proferizara, um novo hedonismo que recriaria a vida, e a pouparia do rude e grosseiro puritanismo que, hoje em dia, vem sendo curiosamente revivido. Teria a seu serviço o intelecto, certamente; no entanto, jamais aceitaria qualquer teoria ou sistema que envolvesse o sacrifício de qualquer tipo de experiência passional. Seu objetivo, na verdade, seria a própria experiência, e não os frutos da experiência, doces ou amargos que fossem. Sobre o ascetismo que mortifica os sentidos, assim como a dissipação vulgar que os embota, não teria nenhum interesse. Mas ensinaria o homem a se concentrar nos momentos de uma vida que em si mesma não passava de um breve momento.

Raros entre nós nunca acordaram antes do nascer do sol, ou depois de uma noite sem sonhos que quase nos faz desejar a morte, ou depois de uma noite de horror e alegria disforme, quando através das câmaras do cérebro passam fantasmas mais terríveis do que a própria realidade, imbuídos daquela vida ardente que espreita em todo grotesco, e que empresta à arte gótica sua duradoura vitalidade, sendo esta arte, como se pode imaginar, especialmente a arte daqueles cujos espíritos foram perturbados pela doença do devaneio. Aos poucos, dedos brancos avançam por entre as cortinas, e elas parecem tremular. Em fantásticas formas negras, sombras mudas rastejam até os cantos do quarto e ficam ali agachadas. Lá fora, há pássaros agitando as folhas, ou o som de homens indo trabalhar, ou o suspiro e o soluço do vento descendo das encostas e perambulando pela casa silenciosa, como se temesse despertar quem está dormindo, e, no entanto, precisasse chamar o sono para fora de sua caverna roxa. Véus e mais véus de fina gaze escura são erguidos, e aos poucos as formas e cores das coisas lhes são restituídas, e observamos a madrugada refazer o mundo em seu padrão antigo. Os espelhos pálidos retomam sua vida de mímicos. As velas apagadas estão onde as deixamos, e ao lado está o livro pela metade que estávamos lendo, ou a flor de lapela que usamos no baile, ou a carta que tivemos medo de ler, ou a que costumamos reler amiúde. Nada nos parece ter mudado. Das sombras irreais da noite, a vida real volta àquilo que conhecíamos. Precisamos retomar de onde paramos, e somos acometidos de uma terrível sensação da necessidade da continuidade da energia no mesmo ciclo exaustivo de hábitos estereotipados, ou do anseio selvagem, quiçá, de que nossas pálpebras possam se abrir certa manhã em um mundo recém-renovado na escuridão para o nosso prazer, um mundo em que as coisas teriam novas formas e cores e estariam todas mudadas, ou teriam outros segredos, um mundo em que o passado teria pouco ou nenhum espaço, ou em que não sobreviveria, sob nenhum aspecto, nenhuma forma consciente de obrigação ou de remorso, uma vez que até a lembrança da alegria possui alguma amargura, e a recordação do prazer, alguma dor.

Era a criação desses mundos que parecia a Dorian Gray ser o verdadeiro objetivo, ou um dos verdadeiros objetivos, da vida; e em sua busca de sensações que fossem ao mesmo tempo novas e prazerosas, e possuíssem o elemento de estranheza que é tão essencial ao romance, ele adotaria amiúde certos modos de pensamento que sabia serem realmente alheios à sua própria natureza, abandonando-se às suas influências sutis, e depois, enfim, havendo lhes absorvido a cor e satisfeito sua curiosidade intelectual, abandonando-os com a curiosa indiferença que não é incompatível com um genuíno ardor do temperamento, e que, de fato, segundo alguns psicólogos modernos, muitas vezes é uma condição do verdadeiro ardor.

Havia rumores de que ele estivera prestes a se converter ao catolicismo romano; e certamente o ritual romano sempre exercera grande atração sobre ele. O sacrifício diário, mais terrível na verdade que todos os sacrifícios do mundo antigo, deixava-o comovido tanto por sua soberba rejeição da evidência dos sentidos como pela primitiva simplicidade de seus elementos e pelo *pathos* eterno da tragédia humana que o sacrifício buscava simbolizar. Adorava se ajoelhar no piso frio de mármore e observar o padre, em seu traje rígido e florido, lentamente, e com mãos brancas, afastar o véu do tabernáculo, ou erguer o ostensório em forma de lanterna com aquela óstia pálida que às vezes as pessoas gostavam de pensar que era de fato o *panis caelestis*, o pão dos anjos, ou, usando o traje da Paixão de Cristo, partir a hóstia sobre o cálice, e bater no peito por seus pecados. Os incensórios fumegantes, que meninos graves, em renda e escarlate, lançavam no ar como grandes flores douradas, exerciam um fascínio sutil sobre ele. Na saída, ele costumava olhar com curiosidade para os confessionários escuros, e tinha vontade de se sentar na penumbra de um deles e ouvir homens e mulheres sussurrando através da treliça desbotada a verdadeira história de suas vidas.

Mas ele jamais incorreu no erro de deter seu desenvolvimento intelectual por nenhuma aceitação formal de credos ou sistemas, ou de confundir uma casa onde morar e uma hospedaria adequada apenas para pernoitar, ou passar algumas horas de um noite sem estrelas ou em que a lua não nasceu. O misticismo, com seu maravilhoso poder de tornar estranhas as coisas comuns, e o sutil antinomianismo que sempre parece acompanhá-lo, comoveram-no por uma temporada; e por outra temporada ele se sentiu inclinado para as doutrinas materialistas do darwinismo na Alemanha, e encontrou um prazer curioso em associar os pensamentos e paixões dos homens a uma célula perolada no cérebro, ou a um nervo branco dentro do corpo, deliciando-se na concepção de uma dependência absoluta do espírito a certas condições físicas, mórbidas ou saudáveis, normais ou doentias. No entanto, como já se disse antes sobre ele, nenhuma teoria da vida parecia ter importância se comparada à vida em si. Sentia-se agudamente consciente de que a especulação intelectual era árida quando separada da ação e da experiência. Sabia que os sentidos, não menos que a alma, têm mistérios espirituais a revelar.

E assim ele estudaria agora os perfumes, e os segredos de sua manufatura, destilando óleos fortemente aromáticos, e queimando resinas odoríferas do oriente. Ele veria que não havia estado de espírito que não tivesse uma contrapartida na vida sensual, e se pôs a descobrir suas verdadeiras relações, perguntando-se o que haveria no olíbano que tornava a pessoa mística, e no âmbar gris que suscitava as paixões, e nas violetas que despertava a lembrança de romances mortos, e no almíscar que perturbava o cérebro, e na champaca que tingia a imaginação; e buscando com afinco elaborar uma verdadeira psicologia dos perfumes, e estimar as diversas influências das raízes de doce fragrância, e das flores redolentes carregadas de polén, ou dos bálsamos aromáticos, e das madeiras escuras e olorosas, do nardo nauseante, e da uva japonesa que ensandece os homens, e do aloé que dizem ser capaz de expulsar a melancolia da alma.

Em outra época, em que se dedicou inteiramente à música, em um comprido salão com janelas de treliça, com tetos vermelhos e dourados e paredes laqueadas verde-oliva, ele costumava dar curiosos concertos, em que loucos ciganos arrancavam uma música selvagem de suas pequenas cítaras, ou graves tunisianos de xales amarelos dedilhavam as cordas tensas de monstruosos alaúdes, enquanto negros sorridentes batiam monotonamente em tambores de cobre, e, sentados em tapetes escarlates, indianos de turbantes justos sopravam longos pífaros de vime ou latão, e encantavam, ou fingiam encantar, grandes serpentes encapeladas ou horrendas víboras cornudas. Os intervalos bruscos e as estridentes dissonâncias da música bárbara agitavam-no às vezes, quando a graça de Schubert, e as belas tristezas de Chopin, e as poderosas harmonias do próprio Beethoven, passavam despercebidas por seus ouvidos. Ele passou a colecionar de todas as partes do mundo os mais estranhos instrumentos que pudessem ser encontrados, fosse nas tumbas de povos extintos ou entre as poucas tribos selvagens que haviam sobrevivido ao contato com as civilizações ocidentais, e adorava tocá-los e experimentá-los. Ele tinha os misteriosos trompetes do *Jurupari* dos índios do rio Negro, que as mulheres não tinham permissão de ver, e que até os jovens só podiam ver depois de serem submetidos a jejuns e flagelações, e os potes de barro dos peruanos que emitiam os cantos agudos dos pássaros, e flautas de ossos humanos como as que Alfonso de Ovalle ouviu no Chile, e os jaspes verdes sonoros encontrados próximo a Cuzco que produzem uma nota de doçura singular. Tinha cabaças pintadas cheias de pedrinhas que chocalhavam quando agitadas; o longo *clarín* dos mexicanos, no qual o músico não sopra, mas através do qual inala o ar; o estridente clarinete do *Turé* das tribos amazônicas, que é tocado pelos sentinelas que ficam o dia inteiro no alto das árvores, e podem ser ouvidos, dizem, a três léguas de distância; o *teponaztli*, que tem duas línguas de madeira que vibram, e é percutido com baquetas lambuzadas com uma resina elástica obtida do sumo leitoso de plantas; os guizos *yotl* dos astecas, pendurados em cachos como uvas; e um imenso tambor cilíndrico, coberto com peles de grandes serpentes, como o que Bernal Díaz viu quando foi com Cortés ao templo mexicano, e de cujo som dolente ele nos deixou tão vívida descrição. O caráter fantástico desses instrumentos o fascinava, e ele sentia um curioso prazer em pensar que a arte, como a Natureza, tinha também seus monstros, coisas de formato bestial e com vozes hediondas. No entanto, após algum tempo, ele se cansaria deles, e iria para o seu camarote na ópera, sozinho ou com lorde Henry, e ficaria ouvindo com prazer enlevado o *Tannhäuser*, vendo no prelúdio dessa grande obra de arte uma representação da tragédia de sua própria alma.

A certo momento, ele passou a estudar joias, e apareceu em uma festa à fantasia como Anne de Joyeuse, almirante da França, em um traje coberto com quinhentas e sessenta pérolas. Foi fascinado por isso durante anos, e, a bem da verdade, pode-se dizer que esse fascínio jamais o abandonou. Ele costumava passar um dia inteiro arrumando e rearranjando em caixas as diversas pedras que havia colecionado, como o crisoberilo verde-oliva que fica vermelho quando iluminado, o cimófano com sua linha de reflexo prateado, o peridoto cor de pistache, os topázios cor-de-rosa e de vinho amarelado, carbúnculos de escarlate flamejante com trêmulas estrelas de quatro pontas, grossulárias vermelho-canela, espinelas cor de laranja e violeta e ametistas com camadas alternadas de vermelho rubi e azul safira. Amava o dourado avermelhado da pedra do sol, e a brancura perolada da pedra da lua, e o arco-íris esfacelado da opala leitosa. Encomendou de Amsterdã três esmeraldas de tamanho e riqueza de cores extraordinários, e tinha uma turquesa *de la vieille roche* que era motivo de inveja em todos os *connoisseurs*.

Descobriu histórias maravilhosas, também, sobre joias. Na *Disciplina clericalis*, de Pedro Alfonso, é mencionada uma serpente com olhos de jacinto, e na romântica história de Alexandre, diz-se que o conquistador da Emátia encontrou no vale do Jordão cobras "com colares de esmeraldas crescendo-lhes nas costas". Havia uma gema no cérebro do dragão, segundo Filóstrato, e "pela exibição das letras douradas e um traje escarlate, o monstro podia ser lançado em sono mágico, e assim assassinado". Segundo o grande alquimista Pierre de Boniface, o diamante tornava o homem invisível, e a ágata da Índia o tornava eloquente. A cornalina apaziguava a ira, e o jacinto provocava sono, e a ametista afastava as evoluções do vinho. A granada espantava os demônios, e o hidrópico tirava a cor da lua. A selenita se tornava opaca e translúcida conforme a lua, e o meloceus, que revela os ladrões, só podia ser afetado pelo sangue de crianças. Camillo Leonardi viu uma pedra branca ser tirada do cérebro de um sapo que acabara de morrer, que era um certo antídoto contra veneno. O bezoar, encontrado no coração do veado árabe, era um talismã capaz de curar a peste. Nos ninhos dos pássaros árabes, havia aspilates, que, segundo Demócrito, mantinham quem os usasse imunes ao fogo.

O rei do Ceilão desfilou a cavalo pela cidade com um grande rubi na mão, na cerimônia de sua coroação. Os portões do palácio do preste João eram "feitos de sárdio, lavrados com o corno da víbora, para que ninguém pudesse entrar trazendo veneno consigo". No frontão, havia "duas maçãs de ouro, onde havia dois carbúnculos", de modo que o ouro brilhasse de dia e os carbúnculos, à noite. No estranho romance de Lodge, *Uma Margarita da América*, dizia-se que no aposento da rainha era possível ver "todas as damas castas do mundo, engastadas em prata, olhando-se através de belos espelhos de crisólitos, carbúnculos, safiras e verdes esmeraldas". Marco Polo vira os habitantes de Cipango colocarem pérolas róseas nas bocas dos mortos. Um monstro marinho, que se apaixonara pela pérola que um mergulhador trouxera ao rei Peroz, matou o ladrão e ficou sete luas em luto por sua perda. Quando os hunos atraíram o rei para o grande fosso, ele atirou a pérola tão longe — Procópio conta essa história — que nunca mais foi encontrada, embora o imperador Anastásio tenha oferecido quinhentas peças de ouro para quem a encontrasse. O rei de Malabar mostrara a um certo veneziano um rosário com trezentas e quatro pérolas, uma para cada deus de sua devoção.

Quando o duque de Valentinois, filho de Alexandre VI, visitou Luís XII de França, seu cavalo estava carregado de folhas de ouro, segundo Brantôme, e seu chapéu tinha fileiras duplas de rubis que emitiam uma forte luz. Carlos de Inglaterra montara em estribos cravejados de quatrocentos e vinte e um diamantes. Ricardo II tinha um casaco, avaliado em trinta mil marcos, que era coberto de espinelas. Hall descreveu Henrique VIII, a caminho da torre, antes de ser coroado, usando "uma jaqueta de ouro em relevo, uma placa cravejada de diamantes e outras pedras preciosas, e um grande colar de grandes espinelas." As favoritas de Jaime I usavam brincos de esmeraldas encastadas em filigranas de ouro. Eduardo II deu a Piers Gaveston um conjunto de armadura de ouro vermelho cravejada de jacintos, um colar de rosas de ouro decorado com turquesas, e um elmo *parsemé* de pérolas. Henrique II usava luvas cobertas de joias até o cotovelo, e tinha uma luva de falcoaria bordada com doze rubis e cinquenta e duas grandes pérolas iridescentes. O chapéu ducal de Carlos, o Temerário, último duque da Borgonha de sua linhagem, era coberto de pérolas em forma de pera, e cravejado de safiras.

A vida outrora havia sido tão magnífica! Tão bela em sua pompa e em sua decoração! Até mesmo ler sobre o luxo dos mortos era maravilhoso.

Depois ele voltou sua atenção aos bordados e às tapeçarias que faziam as vezes de afrescos nos ambientes frios dos países da Europa setentrional. Conforme ele pesquisava o assunto — e ele sempre tinha uma extraordinária capacidade de ser absolutamente absorvido por aquilo que investigava no momento — ficou quase triste ao refletir sobre a ruína em que o tempo transformava coisas belas e maravilhosas. Disso, ele mesmo, de qualquer modo, havia escapado. Os verões se sucederam, e os junquilhos amarelos floresceram e morreram muitas vezes, madrugadas de horror repetiram a história de sua vergonha, porém ele não se alterou. Nenhum inverno enrugou sua face ou maculou seu viço florescente. Como isso era diferente com as coisas materiais! Aonde teriam ido? Onde estava o grande peplo cor de açafrão, onde os deuses combatiam os gigantes, que havia sido feito por jovens morenas para o prazer de Atena? Onde, o imenso *velarium* que Nero estendeu sobre o Coliseu em Roma, a titânica vela roxa em que se representava o céu estrelado, e Apolo conduzindo uma quadriga puxada por corcéis brancos de arreios dourados? Ele teria adorado ver os curiosos guardanapos feitos para o sacerdote do sol, Heliogábalo, sobre os quais eram servidas todas as iguarias e provisões desejáveis em um banquete; a mortalha do rei Chilperico, com suas trezentas abelhas de ouro; os trajes fantásticos que provocaram a indignação do bispo de Ponto, ilustrados com leões, panteras, ursos, cães, florestas, rochedos, caçadores – todos elementos, na verdade, que um pintor poderia copiar da natureza; e o casaco que Carlos d'Orleans usou um dia, em cujas mangas estavam bordados os versos de uma canção que começava com *Madame, je suis tout joyeux*, e o acompanhamento musical das palavras vinha bordado em fio de ouro, e cada nota, aquadradadas naquela época, era formada por quatro pérolas. Lera sobre o quarto preparado no palácio de Rheims para a rainha Joana da Borgonha, decorado com mil e trezentos e vinte um papagaios, bordados, e adornado com o brasão de armas do rei, e quinhentas e sessenta e uma borboletas, cujas asas eram ornadas de modo semelhante com as armas da rainha, tudo em fios de ouro. Catarina de Médicis teve um leito de morte feito de veludo preto salpicado de crescentes e sóis. Tinha cortinas do dossel de damasco, com guirlandas e grinaldas de folhas, em relevo sobre um fundo dourado e prateado, com bordas franjadas de pérolas bordadas, e ficava em um quarto decorado com todos os apetrechos da rainha expostos sobre veludo negro em tecido prateado. Luís XIV tinha cariátides com aplicações em ouro de quase cinco metros de altura em seus aposentos. A cama com baldaquino de Sobieski, rei da Polônia, era feita de brocados de ouro de Esmirna, com versos do Corão bordados com turquesas. As colunas eram banhadas em prata, magnificamente lavradas e profusamente ornadas com

136

medalhões esmaltados e cravejados de joias. Fora tomada do acampamento turco diante de Viena, e o estandarte de Mohammed permanecera sob o ouro tremulante de seu dossel.

E assim, durante um ano inteiro, ele buscou acumular os espécimes mais sofisticados que conseguiu encontrar em termos de tecidos e bordados, adquirindo as delicadas musselinas de Nova Deli, lindamente urdidas com palmas de fio de ouro, e aplicações iridescentes de asas de besouros; as gazes de Dacca, que por sua transparência são conhecidas no oriente como "ar entretecido" e "água corrente", e "sereno da noite"; as fazendas de estranhas figuras de Java; os elaborados panejamentos chineses; livros encadernados em cetins terracota ou em belas sedas azuis e decorados com *fleurs de lys*, pássaros e imagens; véus rendados em ponto húngaro; brocados sicilianos, e rígidos veludos espanhóis; bordados georgianos com moedas de ouro; e *fukusas* japoneses com seus dourados esverdeados e seus pássaros maravilhosamente emplumados.

Ele tinha especial paixão, também, pela indumentária eclesiástica, como tinha aliás por tudo que fosse associado ao serviço da Igreja. Nos compridos baús que ladeavam a galeria oeste de sua casa, ele havia guardado muitos raros e belos espécimes do que seria realmente o traje da noiva de Cristo, que devia usar roxo e joias e fino linho para esconder o pálido corpo exaurido do sofredor por quem ela procura, ferido por dores autoinfligidas. Ele possuía um belo pluvial de seda carmesim e damasco de fios de ouro, ornado com um padrão repetido de romãs douradas dispostas em flores de seis pétalas, e de cada lado havia um ananás bordado em pérolas cultivadas. Os aurifrígios eram divididos em painéis representando cenas da vida da Virgem, e a coroação da Virgem aparecia em sedas coloridas sobre o capuz. Era uma peça italiana do século xv. Outro pluvial era de veludo verde, bordado com grupos de acantos em forma de coração, dos quais brotavam flores brancas de hastes compridas, cujos detalhes eram feitos em linha prateada e cristais coloridos. A presilha tinha uma cabeça de serafim em relevo de fio de ouro. Os aurifrígios eram de seda vermelha e dourada, estrelados de medalhões de muitos santos e mártires, entre os quais estava são Sebastião. Ele tinha também casulas de sedas ambarinas, de sedas azuis e com brocados dourados, e damasquins amarelos e tecidos de ouro, com figuras de representações da Paixão e da crucificação de Cristo, e bordados com leões e pavões e outros emblemas; dalmáticas de cetim branco e damascos cor-de-rosa, decorados com tulipas e golfinhos e *fleurs de lys*; panos de altar de veludo carmim e linho azul; e muitos corporais, sanguíneos e sudários. Nos ofícios místicos em que tais coisas eram usadas, havia algo que despertava sua imaginação.

Pois esses tesouros, e tudo o que ele colecionava em sua casa adorável, seriam para ele meios de esquecer, modos de escapar, por uma temporada, do medo que lhe parecia às vezes quase grande demais para suportar. Nas paredes do solitário sótão trancado onde passara tanto tempo na infância, ele havia pendurado com as próprias mãos o terrível retrato cujas feições cambiantes lhe mostravam a verdadeira degradação de sua vida, e na frente do quadro ele havia pendurado o manto roxo e dourado como uma cortina. Durante semanas, ele não entraria ali, esqueceria a hedionda criatura pintada e voltaria a ter o coração leve, à sua maravilhosa alegria, sua absorção passional na mera existência. Então, subitamente, uma noite, ele se esgueiraria para fora de casa, desceria aos pavorosos estabelecimentos perto de Blue Gate Fields e ali ficaria, dia após dia, até que o expulsassem. Na volta, ele sentaria diante do quadro, por vezes odiando-o e a si mesmo, mas, outras vezes, cheio de orgulho do individualismo que é metade do fascínio do pecado, e sorrindo, com um secreto prazer, da sombra disforme que tinha de carregar um fardo que deveria ter sido seu.

Depois de alguns anos, ele não suportaria mais se ausentar muito da Inglaterra e acabaria abrindo mão da *villa* que dividira em Trouville com lorde Henry, assim como da casinha branca cercada de muros em Argel onde mais de uma vez passaram juntos o inverno. Ele odiava se separar do retrato que representava parte tão grande de sua vida, e também receava que durante sua ausência alguém pudesse ter acesso ao sótão, apesar das sofisticadas grades que mandara instalar na porta.

Ele tinha plena consciência de que o quadro não lhes revelaria nada. Era verdade que o retrato ainda conservava, sob toda imundície e feiura do rosto, uma notável semelhança consigo mesmo; mas o que as pessoas poderiam inferir disso? Ele daria risada se alguém tentasse acusá-lo. Ele não havia pintado aquilo. Que importância tinha se o retrato fosse vil e vergonhoso? Mesmo que ele explicasse, quem acreditaria?

No entanto, tinha receios. Às vezes, quando estava em sua casa grande em Nottinghamshire, recebendo rapazes elegantes de sua própria classe, que eram seus principais companheiros, e chocando a província com os luxos libertinos e o magnífico esplendor de seu modo de vida, ele subitamente deixava seus convidados e corria de volta à cidade para ver se a porta não havia sido arrombada, e se o quadro ainda estava lá. E se o quadro fosse roubado? Só de pensar nisso sentiu um calafrio de horror. Decerto então saberiam seu segredo. Talvez todo mundo já suspeitasse.

Pois, embora ele fascinasse muita gente, não eram poucos que desconfiavam dele. Ele foi quase vetado em um clube do West End ao qual seu nascimento e sua posição lhe davam pleno direito de se tornar membro, e diziam que certa vez, quando foi levado por um amigo à sala de fumantes do Churchill, o duque de Berwick e outro cavalheiro ostensivamente se levantaram e foram embora. Começaram a circular histórias curiosas sobre ele depois que passou dos vinte e cinco anos. Havia rumores de que ele fora visto batendo boca com marinheiros estrangeiros em um antro sujo nos confins de Whitechapel, e que andava com ladrões e falsários e conhecia os mistérios de seus ofícios. Suas ausências extraordinárias se tornaram notórias, e, quando ele voltava a frequentar a sociedade, as pessoas ficavam cochichando pelos cantos, ou passavam por ele com desdém, ou encaravam com olhos inquisitivos, como se estivessem decididas a descobrir seu segredo.

A tais insolências e tentativas de insultos, ele, é claro, não dava atenção, e, na opinião da maioria das pessoas, seus modos francos e afáveis, seu encantador sorriso de menino, e a graça infinita daquela juventude que não parecia abandoná-lo jamais, eram em si mesmas resposta suficiente àquelas calúnias, pois era assim que a elas se referiam, que circulavam a respeito dele. Sabia-se, contudo, que algumas pessoas que o conheciam mais intimamente passavam, após algum tempo, a evitá-lo. Mulheres que o adoraram loucamente, e em sua defesa enfrentaram todo tipo de censura social, desafiando as convenções, foram vistas empalidecendo de vergonha ou horror quando Dorian Gray entrava no recinto.

No entanto, esses escândalos sussurrados só faziam aumentar, aos olhos de muitas pessoas, seu encanto estranho e perigoso. Sua grande fortuna era decerto um fator de segurança. A sociedade, ao menos a civilizada, nunca está muito disposta a acreditar em nada que deponha contra alguém ao mesmo tempo rico e fascinante. Instintivamente, a sociedade sente que o estilo é mais importante que a moral, e, segundo ela, a mais alta respeitabilidade tem muito menos valor do que se dispor de um bom *chef*. E, afinal, é um péssimo consolo saber que o sujeito que ofereceu um péssimo jantar, ou um péssimo vinho, é irrepreensível em sua vida privada. Nem mesmo as virtudes cardeais compensam entradas quase frias, como observou certa vez lorde Henry, ao discutir o assunto; e ele possivelmente ainda tem muito o que dizer sobre isso. Pois os cânones da boa sociedade são, ou deveriam ser, os mesmos cânones da arte. A forma é absolutamente essencial para isso. A forma deve ter a dignidade de uma cerimônia, assim como a mesma irrealidade, e combinar o caráter insincero de uma peça romântica com a sagacidade e a beleza que tornam essas peças deliciosas para nós. Será que a insinceridade era mesmo uma coisa tão terrível? Creio que não. É meramente um método por meio do qual podemos multiplicar nossas personalidades.

Tal, de todo modo, era a opinião de Dorian Gray. Ele se espantava com a psicologia rasa daqueles que concebiam o ego do homem como algo simples, permanente, confiável, e de uma essência única. Para ele, o homem era um ser com miríades de vidas e miríades de sensações, uma criatura multiforme complexa que trazia dentro de si estranhos legados de pensamentos e paixões, e cuja própria carne estava conspurcada pelas monstruosas doenças dos mortos. Ele adorava perambular pela fria e desolada galeria de quadros de sua casa de campo e observar os diversos retratos daqueles cujo sangue corria em suas veias. Ali estava Philip Herbert, descrito por Francis Osborne, em suas *Memórias dos reinados de Elizabete e Jaime*, como um "agraciado pela corte por seu belo rosto, que não o acompanhou por muito tempo". Será que ele estava vivendo às vezes a vida do jovem Herbert? Algum estranho germe venenoso teria avançado lentamente, de corpo em corpo, até chegar ao seu? Teria sido alguma sensação difusa daquela graça arruinada que o fizera subitamente, e quase sem motivo, pronunciar, no estúdio de Basil Hallward, a súplica que mudara tanto sua vida? Ali, com gibão vermelho em bordado dourado, e gola rufo e punhos debruados em ouro, estava sir Anthony Sherard, com a armadura prateada e negra apoiada a seus pés. Qual havia sido o legado daquele homem? Teria o amante de Giovanna de Nápoles deixado alguma herança de pecado e vergonha? Seriam suas ações meramente sonhos que aquele homem morto não ousara realizar? Ali, da tela desbotada, sorria lady Elizabeth Devereux, em seu capuz de gaze, peitilho de pérolas e mangas bufantes cor-de-rosa. Havia uma flor na mão direita, e a esquerda segurava um colar esmaltado de rosas brancas e damascenas. Na mesa ao lado dela ficava um bandolim e uma maçã. Havia grandes rosetas verdes em seus pequenos sapatos pontudos. Ele conhecia sua vida e as estranhas histórias que contavam sobre seus amantes. Teria também algo do temperamento dela em si? Aqueles olhos ovais de pálpebras pesadas pareciam olhar curiosamente para ele. E quanto a George Willoughby, com seus cabelos empoados e fantásticas pintas artificiais? Parecia tão maldoso! O rosto era saturnino e moreno, e os lábios sensuais pareciam franzidos de desdém. Delicados punhos rendados cobriam magras mãos amareladas de dedos repletos de anéis. Ele havia sido um *macaroni* do século XVIII e amigo de juventude de lorde Ferrars. E quanto ao segundo, lorde Beckenham, companheiro do príncipe regente em seus tempos mais libertinos, e testemunha do casamento secreto com a senhora Fitzherbert? Como era orgulhoso e lindo, com seus cachos castanhos e sua pose insolente! Quantas paixões não deve ter deixado? O mundo julgou-o infame. Havia organizado as orgias em Carlton House. A estrela da jarreteira reluzia em seu peito. Ao lado, ficava o retrato da esposa, uma mulher pálida, de lábios finos, de preto. O sangue dela também se agitava dentro dele. Que curioso tudo aquilo parecia! E sua mãe com seu rosto de lady Hamilton, e os lábios úmidos violáceos que ele sabia ter herdado. Dela ele herdara a beleza e a paixão pela beleza dos outros. Ela ria para ele em sua folgada túnica de bacante. Havia folhas de parreira nos cabelos dela. A carnação da pintura murchara, mas os olhos ainda eram maravilhosos em sua profundidade e na vivacidade da cor. Pareciam segui-lo aonde quer que ele fosse.

No entanto, tinha ancestrais na literatura, além da própria genealogia, talvez ainda mais próximos em tipo e temperamento, muitos deles, e certamente de cuja influência ele tinha uma consciência mais absoluta. Às vezes, parecia a Dorian Gray que a história inteira era meramente o registro de sua própria vida, não como ele a vivera em atos e circunstâncias, mas tal como sua imaginação a criara para si, como se tivesse ocorrido dentro de seu cérebro e de suas paixões. Ele sentia como se tivesse conhecido todas aquelas pessoas, aquelas figuras estranhas e terríveis que haviam passado pelo palco do mundo e tornado o pecado algo tão maravilhoso, e o mal algo tão cheio de sutilezas. Parecia-lhe de alguma maneira misteriosa que aquelas vidas haviam sido a sua.

O herói do maravilhoso romance que tanto influenciara sua vida também tivera essa curiosa fantasia. No sétimo capítulo, ele conta como, com uma coroa de louros, para que o relâmpago não o atingisse, ele se sentara, tal como Tibério, em um jardim em Capri, lendo os livros vexaminosos da poeta Elephantis, enquanto anões e pavões passeavam ao redor, e o flautista zombava do portador do turíbulo; e, tal como Calígula, embriagara-se com os cavaleiros de camisas verdes em seus estábulos e jantara em uma manjedoura de marfim com um cavalo de testeira cravejada; e, tal como Domiciano, vagara através de um corredor revestido de espelhos de mármore, observando com olhos estupefatos o reflexo da adaga que encerraria seus dias, nauseado com aquele *ennui*, aquele terrível *taedium vitae* que acomete aqueles a quem a vida não nega nada; e fitara através de uma clara esmeralda na carnificina rubra de um circo, e então, em uma quadriga de pérolas e púrpura puxada por mulas com ferraduras de prata, fora carregado pela rua das Romãs até a casa de ouro, e ouvira homens pranteando Nero César ao passar; e, tal como Heliogábalo, pintara o rosto com cores, e virara a roca entre as mulheres, e trouxera a lua de Cartago, e a entregara em boda mística ao sol.

Repetidas vezes, Dorian costumava ler esse capítulo fantástico, e os dois capítulos imediatamente seguintes, nos quais, como em algumas tapeçarias curiosas ou esmaltes sofisticadamente lavrados, eram retratadas as formas terríveis e belas daqueles a quem o vício, o sangue e o cansaço haviam transformado em monstros ou loucos: Filippo, duque de Milão, que matou a esposa, e pintou os lábios dela com veneno escarlate, para que o amante dela sugasse a morte da defunta que acariciaria; Pietro Barbi, o veneziano, conhecido como Paulo Segundo, que buscou em sua vaidade assumir o título de *Formosus*, e cuja tiara, avaliada em duzentos mil florins, fora comprada ao preço de um terrível pecado; Gian Maria Visconti, que costumava usar cães para caçar homens vivos, e cujo corpo assassinado fora coberto com rosas por uma meretriz que o amara; o Bórgia em seu cavalo branco, com o fratricida montado a seu lado, e seu manto manchado com o sangue de Perotto; Pietro Riario, o jovem cardeal arcebispo de Florença, filho e assecla de Sexto IV, cuja beleza só era igualada por sua devassidão, e que recebera Leonora de Aragão em um pavilhão de seda branca e carmim, cheio de ninfas e centauros, e banhou em ouro um menino para servir no banquete como Ganimedes ou Hilas; Ezzelino, cuja melancolia só podia ser curada pelo espetáculo da morte, e que tinha uma paixão pelo sangue vermelho, como outros homens têm pelo vinho tinto – filho do demônio, tal como se dizia na época, e alguém que trapaceara nos dados contra o próprio pai, quando jogava com ele por sua própria alma; Giambattista Cibo, que por escárnio adotou o nome de Inocente, e em cujas veias torpes o sangue de três rapazes foi injetado por um médico judeu; Sigismondo Malatesta, amante de Isotta, e senhor de Rimini, cuja efígie foi queimada em Roma como inimigo de Deus e do homem, que estrangulou Polissena com um guardanapo, e deu veneno a Ginevra d'Este em uma taça de esmeralda, e em honra a uma paixão vergonhosa construiu uma igreja pagã para adoração cristã; Carlos VI, que adorava tão loucamente a esposa do irmão, que um leproso o alertara da insanidade que lhe acometeria, e que, quando seu cérebro ficou doente e estranho, só podia ser aliviado olhando cartas sarracenas pintadas com imagens do amor e da morte e da loucura; e, em seu justilho sem mangas e chapéu ornado de joias e cachos em forma de acantos, Grifonetto Baglioni, que assassinou Astorre com sua noiva, e Simonetto com seu pajem, e cuja beleza era tal que, quando jazia moribundo na *piazza* amarela da Perugia, aqueles que o odiavam em vida nada podiam fazer senão chorar, e Atalanta, que o amaldiçoara, acabou por abençoá-lo.

Havia em todos eles uma fascinação terrível. Ele olhava para eles à noite, e eles perturbavam sua imaginação durante o dia. A Renascença conhecera modos estranhos de envenenamento – envenenamento com elmo e tocha acesa, com luva bordada e leque de pedras cravejadas, com pingente dourado e corrente de âmbar aromático. Dorian Gray havia sido envenenado por um livro. Havia momentos em que ele considerava o mal simplesmente como um modo pelo qual podia realizar sua concepção do belo.

Capítulo XII

Foi no dia nove de novembro, véspera de seu aniversário de trinta e oito anos, como ele muitas vezes se lembraria depois.

Voltava a pé para casa, por volta das onze da noite, vindo da casa de lorde Henry, onde fora jantar, e estava coberto de peles pesadas, pois fazia uma noite fria e nebulosa. Na esquina da Grosvenor Square com South Audley Street, um homem passou por ele em meio ao nevoeiro, caminhando muito depressa, e com o colarinho de seu sobretudo cinza erguido. Levava uma valise. Dorian o reconheceu. Era Basil Hallward. Teve uma estranha sensação de medo, que não soube explicar. Não fez sinal de havê-lo reconhecido, e seguiu em frente, rapidamente, em direção à própria casa.

Porém Hallward o viu. Dorian ouviu quando ele parou na calçada, e depois correu atrás dele. No momento seguinte, a mão dele estava em seu braço.

– Dorian! Que sorte extraordinária! Esperei-o na biblioteca desde as nove. Finalmente tive pena do seu criado cansado, e disse que ele podia ir se deitar, e que me acompanhasse até a porta. Parto para Paris no trem da meia-noite, e queria muito encontrá-lo antes de ir. Achei mesmo que era você, ou alguém com o seu casaco de pele, quando você passou. Mas não tinha certeza. Você não me reconheceu?

– Nesse nevoeiro, meu querido Basil? Ora, não reconheci nem a Grosvenor Square. Acho que minha casa fica por aqui, mas não tenho lá muita certeza disso. Sinto muito que você esteja de partida, pois não nos vemos há séculos. Mas imagino que você vá voltar logo, não?

– Não: ficarei fora da Inglaterra por seis meses. Pretendo alugar um estúdio em Paris, e vou me trancar até terminar um grande quadro que tenho em mente fazer. Mas não era sobre mim que eu queria falar. Eis a sua porta. Deixe-me entrar por um momento. Tenho uma coisa para lhe contar.

– Seria um prazer. Mas você não vai perder o trem? – disse Dorian Gray, languidamente, ao subir os degraus da entrada e abrir a porta com sua chave.

A luz do lampião conseguiu atravessar a neblina, e Hallward olhou no relógio. – Tenho um bocado de tempo – ele respondeu. – O trem só sai meia-noite e quinze, e agora ainda são onze. Na verdade, eu estava indo ao clube procurá-lo quando o encontrei. Você sabe, não perderei tempo com bagagem, pois já despachei todas as minhas coisas pesadas. Só tenho esta valise e chego facilmente à estação Victoria em vinte minutos.

Dorian olhou para ele e sorriu. – Um pintor tão elegante, viajando só com isso! Uma valise e um sobretudo! Entre, ou o nevoeiro entrará na casa. E peço que não me conte nada sério. Nada é sério hoje em dia. Ou, pelo menos, não deveria ser.

Hallward balançou a cabeça ao entrar e seguiu Dorian até a biblioteca. O fogo estava alto na lenha flamejante da grande lareira aberta. Os lampiões estavam acesos, e um armário de bebidas holandês de prata estava aberto, com alguns sifões de água com gás e grandes copos de cristal lavrado sobre uma mesinha de marchetaria.

– Como você pode ver, o seu criado me deixou bastante à vontade, Dorian. Ele me deu tudo o que eu queria, inclusive os seus melhores cigarros de filtro dourado. Ele é uma criatura muitíssimo hospitaleira. Gosto muito mais dele do que do francês que você tinha antes. O que aconteceu com o francês, aliás?

Dorian deu de ombros. – Imagino que ele tenha se casado com a empregada de lady Radley e a levou para trabalhar em Paris como modista inglesa. Ouvi dizer que a *anglomanie* está em alta por lá agora. Não lhe parece uma tolice dos franceses? Mas – devo dizer – ele era um bom empregado. Jamais gostei dele, mas nunca tive do que reclamar. Muitas vezes pensamos coisas bem absurdas. Ele era realmente muito dedicado a mim, e me pareceu muito triste ao ir embora. Você quer outro conhaque com água gaseificada? Ou prefere vinho branco com água seltzer? Eu sempre quero um vinho com seltzer. Deve estar na outra sala.

– Obrigado, não quero beber mais nada – disse o pintor, tirando o chapéu e o sobretudo e depondo-os sobre a valise que deixara no canto.

– E agora, meu caro colega, quero lhe falar seriamente. Não faça essa cara. Você torna as coisas mais difíceis para mim.

— Do que se trata? — exclamou Dorian, a seu modo petulante, atirando-se no sofá. — Espero que não seja nada sobre mim. Estou cansado de mim mesmo por hoje. Eu gostaria de ser outra pessoa.

— É claro que é sobre você — respondeu Hallward, com sua voz grave, profunda —, e eu preciso falar. Só tomarei meia hora sua.

Dorian suspirou e acendeu um cigarro. — Meia hora! — ele murmurou.

— Não é pedir muito, Dorian, e estou falando exclusivamente pelo seu bem. Acho que é justo que você saiba que andam dizendo as coisas mais pavorosas sobre você em Londres.

— Não quero saber nada sobre isso. Adoro escândalos de outras pessoas, mas escândalos comigo não me interessam. Não têm mais o fascínio da novidade.

— Pois deveriam ser do seu interesse, Dorian. Todo cavalheiro deve se interessar pela boa reputação. Você não vai querer ser associado a algo vil e degradado. É claro que você tem sua posição, e sua riqueza, e todas essas coisas. Mas a posição e a riqueza não são tudo. Saiba que eu não acredito nesses rumores. Ao menos, não consigo acreditar neles agora que estou olhando para você. O pecado é uma coisa que fica escrita no semblante de um homem. É impossível esconder. As pessoas às vezes comentam sobre vícios secretos. Não existe esse tipo de coisa. Se um homem condenado tem um vício, ele se mostra nas linhas da boca, nas pálpebras caídas, até no formato das mãos. Alguém — não vou dizer quem, mas você o conhece — veio me procurar no ano passado para encomendar um retrato. Nunca tinha visto o sujeito antes e nunca tinha ouvido sequer falar dele na época, embora tenha ouvido até demais desde então. Ele ofereceu um valor extravagante. Recusei. Havia algo no formato de seus dedos que odiei. Hoje sei que estava certo sobre o que imaginei a respeito dele. A vida dele é um horror. Mas você, Dorian, com esse seu rosto puro, brilhante, inocente, e a sua juventude maravilhosamente impassível — não consigo acreditar no que dizem contra você. E, no entanto, temos nos visto raramente, e agora você não me visita mais no estúdio, e longe de você, quando ouço essas coisas horríveis que as pessoas sussurram a seu respeito, não sei o que dizer. Por que motivo, Dorian, um homem como o duque de Berwick sai do recinto do clube quando você entra? Por que tantos cavalheiros em Londres deixaram de vir à sua casa e de convidá-lo para ir às deles? Você costumava ser amigo de lorde Staveley. Encontrei-o semana passada em um jantar. O seu nome surgiu por acaso na conversa, sobre as estatuetas que você emprestou para a exposição na Dudley. Staveley franziu os lábios e disse que você podia até ter bom gosto artístico, mas que era um homem que nenhuma moça de mente sã deveria jamais conhecer, e em cuja companhia nenhuma mulher decente deveria sequer ficar sob o mesmo teto. Lembrei-o de que eu era seu amigo e perguntei o que ele queria dizer com aquilo. Ele me contou. Ele me disse na frente de todo mundo. Foi horrível! Por que a sua amizade é tão fatal para os rapazes? Houve o coitado daquele menino da guarda que cometeu suicídio. Você era grande amigo dele. Houve sir Henry Ashlon, que precisou ir embora da Inglaterra, com nome sujo. Você e ele eram inseparáveis. E quanto a Adrian Singleton, que teve um fim terrível? E o filho único de lorde Kent, e sua carreira? Ontem encontrei o pai na St. James's Street. Estava alquebrado de vergonha e tristeza. E o jovem duque de Perth? Que tipo de vida ele ainda tem pela frente? Que cavalheiro iria querer se associar a ele?

— Pare, Basil. Você está falando de coisas sobre as quais não sabe nada — disse Dorian Gray, contendo-se, e com um tom de desdém infinito. — Você me pergunta por que Berwick sai da sala quando eu entro. É porque eu sei tudo sobre a vida dele, não porque ele saiba algo sobre a minha. Com o sangue que ele tem nas veias, como a ficha dele poderia ser limpa? Você me pergunta sobre Henry Ashton e o jovem Perth. Acaso fui eu que ensinei a um os vícios e ao outro a devassidão? Se o filho bobo de Kent tirou a mulher da sarjeta — o que eu tenho com isso? Se Adrian Singleton escreve o nome do amigo em uma conta, sou acaso seu tutor? Sei que as pessoas comentam na Inglaterra. A classe média externa seus preconceitos morais durante seus jantares grotescos e sussurra sobre aquilo que chama de dissipações de seus superiores, para fingir pertencer à alta sociedade, como se fossem íntimas das pessoas de quem falam mal. Neste país, basta um homem ter distinção e cérebro que a língua do vulgo se agita contra ele. E que tipo de vida essas pessoas, que posam de moralistas, levam? Meu caro colega, você se esquece de que estamos na terra natal da hipocrisia.

— Dorian — exclamou Hallward —, não é essa a questão. A Inglaterra já é ruim o bastante, eu sei, e a sociedade inglesa está toda errada. Eis o motivo por que eu quero que você fique bem. Você não anda bem. É justo julgar um homem pelo efeito que ele tem sobre seus amigos. Você parece ter perdido toda noção de honra, de bondade, de pureza. Você impregnou a todos eles com uma loucura pelo prazer. Eles foram às profundezas. Você os levou para lá. Sim: você os levou, e no entanto você consegue sorrir, como está sorrindo agora. E ainda há algo pior por trás de tudo. Sei que você e Harry são inseparáveis. Só por esse motivo, ainda que não houvesse outros, você deveria ter poupado o nome da irmã dele.

— Tome cuidado, Basil. Você está indo longe demais.

— Eu preciso falar e você precisa me ouvir. Agora você vai me ouvir. Quando você conheceu lady Gwendolen, nenhuma suspeita de escândalo jamais havia passado perto dela. Hoje existe alguma mulher decente em Londres que passearia de carruagem com ela no parque? Ora, nem os próprios filhos podem mais morar com ela. E ainda há outras histórias de que você foi visto se esgueirando de madrugada, saindo de estabelecimentos pavorosos, furtivamente disfarçado, e entrando nos antros mais sórdidos de Londres. Isso é verdade? Será possível que seja verdade? Quando ouvi da primeira vez, dei risada. Quando agora falam nisso, eu estremeço. E quanto à sua casa de campo, e a vida que se leva por lá? Dorian, você não sabe o que as pessoas dizem a seu respeito. Não vou lhe contar porque não quero passar sermão. Lembro-me perfeitamente de o Harry dizer um dia que todo homem que quer se passar por padre sempre começa dizendo isso e, em seguida, quebra a promessa. Na verdade, quero lhe passar um sermão. Quero que você leve uma vida que faça todo mundo respeitá-lo. Quero que você tenha o nome limpo e uma ficha impecável. Quero que você se livre dessas pessoas pavorosas com quem você convive. Não dê de ombros assim. Não seja tão indiferente. Você tem uma influência maravilhosa sobre as pessoas. Que seja para o bem, não para o mal. Dizem que você corrompe a todos de quem se torna íntimo, e que basta você entrar numa casa para que algum tipo de vexame venha em seguida. Não sei se isso é verdade ou não. Como eu poderia saber? Mas é o que dizem de você. E me contaram coisas que parecem impossíveis de duvidar. Lorde Gloucester era um dos meus melhores amigos em Oxford. Ele me mostrou uma carta que a esposa escreveu quando estava morrendo sozinha na *villa* em Mentone. O seu nome era implicado na mais terrível confissão que eu já li na vida. Eu disse a ele que aquilo era absurdo – que eu o conhecia perfeitamente, e que você seria incapaz de qualquer coisa daquele tipo. Mas será que eu o conheço mesmo? Antes de responder a essa pergunta, eu precisaria ver a sua alma.

– Ver a minha alma! – murmurou Dorian Gray, levantando--se do sofá e ficando quase branco de medo.

– Sim – respondeu Hallward, gravemente e com tom de tristeza profunda na voz –, ver a sua alma. Mas apenas Deus pode fazer isso.

Uma risada amarga de zombaria escapou dos lábios do rapaz.

– Agora você a verá com os próprios olhos – ele exclamou, pegando um lampião da mesa. – Venha: é seu trabalho. Por que não deixar que você o veja? Depois, se quiser, pode contar o que viu para todo mundo. Ninguém jamais acreditaria. E, se acreditarem, gostarão ainda mais de mim por isso. Conheço nossa época melhor do que você, embora você fique tediosamente tagarelando tolices a respeito. Venha, estou dizendo. Você já falou demais sobre degradação. Agora você a verá face a face.

Havia a loucura do orgulho em cada palavra que ele pronunciava. Ele batia o pé no chão à sua maneira insolente de menino. Sentia uma alegria terrível só de pensar que alguém compartilharia seu segredo, e que o homem que pintara o retrato que havia sido a origem de toda a sua vergonha teria de suportar pelo resto da vida o fardo da hedionda lembrança do que fizera.

– Sim – ele continuou, aproximando-se dele e olhando fixamente em seus olhos austeros, – vou lhe mostrar minha alma. Você verá aquilo que imagina que apenas Deus pode ver.

Hallward recuou sobressaltado. – Isso é blasfêmia, Dorian! – ele exclamou. – Você não deve dizer essas coisas. São horríveis e não querem dizer nada.

– Você acha? – ele tornou a rir.

– Eu tenho certeza. Quanto ao que eu lhe disse hoje, disse-o pelo seu bem. Você sabe que eu sempre fui seu amigo leal.

– Não me toque. Termine o que você ia dizer.

Um lampejo de dor franziu o semblante do pintor. Ele parou por um momento e lhe sobreveio uma louca sensação de pena. Afinal, que direito ele tinha de se intrometer na vida de Dorian Gray? Se ele tivesse feito um décimo do que diziam os rumores, como não deveria ter sofrido! Então ele se endireitou, caminhou até a lareira, e ali ficou, olhando a lenha arder com suas cinzas que pareciam neve e seus cernes latejantes de labaredas.

– Estou esperando, Basil – disse o rapaz, com uma voz ríspida e clara.

Ele se virou. – O que eu ia dizer é o seguinte – ele exclamou. – Você tem que me dar uma resposta sobre essas acusações horríveis que foram feitas. Se você me disser que elas são absolutamente falsas do início ao fim, vou acreditar em você. Negue-as, Dorian, negue-as! Você não vê o que eu estou passando? Meu Deus, não me diga que você é mau, e corrupto, e vergonhoso.

Dorian Gray sorriu. Havia um esgar de desdém em seus lábios. – Suba comigo, Basil – ele disse, suavemente. – Tenho um diário da minha vida que nunca sai do quarto onde o escrevo. Vou lhe mostrar, se você subir comigo.

– Vou com você, Dorian, se você quiser. Vejo que perdi o trem. Não importa. Posso ir amanhã. Mas não me peça para ler nada esta noite. Só quero uma simples resposta para a minha questão.

– A resposta será dada lá em cima. Não posso responder aqui. Você não precisará ler muito.

Capítulo XIII

Ele saiu da sala e começou a subir a escada, Basil Hallward vindo logo atrás. Caminharam devagar, como os homens instintivamente caminham à noite. O lampião lançava sombras fantásticas nas paredes e nos degraus. Um vento passou e fez algumas janelas tremerem.

Quando chegaram no alto, Dorian deixou o lampião no chão e, sacando a chave, abriu a porta. — Você insiste em querer saber, Basil? — ele perguntou em voz baixa.

— Sim.

— Será um prazer — ele respondeu, sorrindo. Então acrescentou, algo bruscamente: — Você é justamente a única pessoa que tem direito de saber tudo a meu respeito. Você teve mais importância na minha vida do que pensa — e, pegando o lampião, abriu a porta e entrou. Uma corrente de ar frio passou por eles, e a chama se tornou por um momento uma labareda alaranjada e sombria. Ele estremeceu. — Feche a porta ao entrar — ele sussurrou, e depôs o lampião sobre a mesa.

Hallward olhou à sua volta, com expressão intrigada. O quarto parecia não ser ocupado havia anos. Uma desbotada tapeçaria flamenga, um quadro coberto por uma cortina, um velho *cassone* italiano e uma estante de livros praticamente vazia era tudo o que parecia conter, além de uma cadeira e uma mesa. Enquanto Dorian Gray acendia um toco de vela sobre o aparador, ele notou que o lugar estava todo coberto de poeira, e que o tapete estava todo furado. Um camundongo passou correndo por trás do painel da parede. Havia um cheiro úmido de bolor.

— Quer dizer que você acha que apenas Deus pode ver a alma, Basil? Afaste a cortina e você verá a minha.

A voz que falava era fria e cruel.

— Você enlouqueceu, Dorian, ou está interpretando um papel — murmurou Hallward, franzindo o cenho.

— Não vai? Então eu faço isso sozinho — disse o rapaz; e arrancou a cortina da barra e jogou-a no chão.

Uma exclamação de horror irrompeu dos lábios do pintor quando viu na penumbra a face hedionda na tela sorrindo para ele. Havia algo em sua expressão que o encheu de asco e repulsa. Céus! Era ainda o rosto de Dorian Gray que ele tinha diante de si! O horror, fosse o que fosse, não havia estragado inteiramente a maravilhosa beleza. Havia ainda um pouco de ouro nos cabelos finos e um pouco de escarlate na boca sensual. Os olhos inchados conservavam algo de seu adorável azul, as curvas nobres não haviam abandonado totalmente as narinas cinzeladas e o pescoço plástico. Sim, era o próprio Dorian. Mas quem fizera aquilo? Ele julgou reconhecer a própria pincelada, e a moldura era a mesma que encomendara. A ideia era monstruosa, mas ele sentiu medo. Ele pegou o toco de vela aceso e aproximou-o da pintura. No canto esquerdo estava sua assinatura, traçada em longas letras de vermelho-vivo.

Era alguma paródia suja, alguma sátira infame, ignóbil. Ele jamais fizera aquilo. Ainda assim, era o seu quadro. Ele sabia e sentiu como se seu sangue tivesse se transformado, de um momento para o outro, de fogo em gelo imóvel. Seu próprio quadro! O que signficava aquilo? Por que havia se alterado? Ele se virou e olhou para Dorian Gray com olhos doentios. Sua boca contorcida e sua língua seca não pareciam capazes de articular nada. Passou a mão na testa. Estava encharcada de um suor viscoso.

O rapaz estava apoiado ao aparador, observando-o com a estranha expressão que se vê no semblante de quem assiste a uma peça quando um grande artista entra em cena. Não havia nenhuma tristeza genuína, nem tampouco uma verdadeira alegria. Havia simplesmente a paixão do espectador, talvez com uma faísca de triunfo em seus olhos. Tirara a flor da lapela e a estava cheirando, ou fingindo fazê-lo.

– O que significa isso? – exclamou Hallward, enfim. A voz soara estridente e curiosa aos seus próprios ouvidos.

– Anos atrás, quando eu era um garoto – disse Dorian Gray, esmagando a flor com a mão –, você me conheceu, você me lisonjeou e me ensinou a ser vaidoso da minha boa aparência. Um dia, você me apresentou a um amigo seu, que me explicou a maravilha da juventude, e você terminou o retrato que me revelou a maravilha da beleza. Em um momento de loucura, que até hoje não sei se lamento ou não, fiz um pedido, talvez você possa chamar de uma súplica...

– Eu me lembro! Oh, como eu me lembro bem! Não! Isso é impossível. O quarto é úmido. O bolor deve ter passado para a tela. As tintas que usei tinham algum maldito veneno mineral. Estou lhe dizendo que é impossível.

– Ah, o que é impossível? – murmurou o rapaz, aproximando-se da janela e apoiando a testa no frio do vidro embaçado.

– Você me disse que tinha destruído o quadro.

– Eu me enganei. O quadro me destruiu.

– Não acredito que este seja o meu quadro.

– Você não está vendo nele o seu ideal? – disse Dorian, amargamente.

– O meu ideal, como você diz...

– Como você o chamou.

– Não havia nada de mal nele, nada de vergonhoso. Você foi para mim um ideal como jamais encontrarei outro. Este é o semblante de um sátiro.

– É o semblante da minha alma.

– Cristo! O que foi que idolatrei! Ele tem os olhos de um demônio.

– Todos temos dentro de nós um céu e um inferno, Basil – exclamou Dorian, com um gesto de louco desespero.

Hallward virou-se novamente para o retrato e o ficou contemplando. – Meu Deus! Se isso for verdade – ele exclamou –, e isto é o que você fez da sua vida, você deve estar ainda pior do que imaginam aqueles que falam mal de você! – Ele ergueu o lampião outra vez até perto da tela e a examinou. A superfície parecia inalterada, tal como ele a deixara. Aparentemente, a imundície e o horror vinham de dentro. Através de alguma estranha agitação da vida interior, a lepra do pecado lentamente ia devorando a criatura inteira. O apodrecimento de um cadáver em uma sepultura úmida não seria tão pavoroso.

Sua mão estremeceu, e a vela caiu no chão, e ali ficou se derretendo. Ele pôs o pé sobre ela e a apagou. Então se deixou cair na cadeira esquálida que havia junto à mesa e cobriu o rosto com as mãos.

– Por Deus, Dorian, que lição! Que lição terrível! – Não houve resposta, mas ele ouviu o rapaz soluçar junto à janela. – Reze, Dorian, reze – ele murmurou. – Como era aquela oração que nos ensinavam a dizer na infância? "Não nos deixeis cair em tentação. Perdoai os nossos pecados. Livrai-nos do mal." Vamos rezar juntos. A oração do seu orgulho foi atendida. A oração do seu arrependimento também será. Eu o idolatrei demais. Estou sendo punido por isso. Você se idolatrou demais. Estamos sendo ambos castigados.

Dorian Gray se virou lentamente e olhou para ele com olhos marejados. — É tarde demais, Basil — ele balbuciou.

— Nunca é tarde demais, Dorian. Vamos nos ajoelhar juntos e ver se nos lembramos de alguma oração. Não havia uma passagem que dizia: "Ainda que os vossos pecados sejam como escarlate, ficarão brancos como a neve"?

— Essas palavras não me dizem nada agora.

— Silêncio! Não diga isso. Você já fez mal o bastante na vida. Meu Deus! Você está vendo aquela criatura maldita zombando de nós agora?

Dorian Gray olhou de relance para o quadro e subitamente foi tomado por um ódio incontrolável de Basil Hallward, como que sugerido pela imagem na tela, sussurrado em seu ouvido por aqueles lábios zombeteiros. As loucas paixões de um animal acuado se agitaram dentro dele, e ele odiou o homem sentado à mesa, mais do que na vida inteira odiara qualquer outra coisa. Olhou ensandecido ao redor. Algo cintilou sobre o móvel pintado que tinha diante de si. Seus olhos pararam ali. Ele sabia o que era. Era uma faca que ele mesmo trouxera alguns dias antes para cortar um pedaço de corda e que se esquecera de levar de volta consigo. Lentamente, ele se dirigiu até a faca, e, ao fazê-lo, passou por Hallward. Assim que ficou atrás dele, pegou a faca e se virou. Hallward se moveu na cadeira, como se fosse se levantar. Ele correu até ele e cravou a faca na grande veia detrás da orelha, segurou a cabeça dele contra a mesa e o esfaqueou mais duas vezes.

Houve um gemido abafado e o som horrível de uma pessoa sufocando com o próprio sangue. Três vezes os braços estendidos se moveram convulsivamente, acenando com dedos rígidos no ar. Ele o esfaqueou mais duas vezes, mas o homem não se moveu. Algo começou a gotejar no chão. Ele aguardou um momento, mantendo a cabeça do outro sobre a mesa. Então jogou a faca na mesa e ficou ouvindo.

Ouviu apenas aquelas gotas, gotejando no tapete puído. Abriu a porta e foi até o corredor. A casa estava absolutamente silenciosa. Não havia ninguém por ali. Por alguns segundos, ele ficou apoiado na balaustrada, espiando lá para baixo dentro daquele poço negro de escuridão borbulhante. Então sacou sua chave e voltou para o sótão, trancando-se sozinho por dentro.

O corpo ainda estava sentado na cadeira, apoiado na mesa com a cabeça baixa, e as costas encurvadas, e longos braços fantasmagóricos. Não fosse o corte vermelho no pescoço, e a poça negra coagulada que lentamente aumentava sobre a mesa, seria possível dizer que o sujeito estava apenas dormindo.

Como tudo fora feito depressa! Ele se sentiu estranhamente calmo e, caminhando até a janela, abriu-a, e saiu na varanda. O vento havia dispersado a neblina, e o céu parecia uma monstruosa cauda de pavão, estrelada com miríades de olhos dourados. Ele olhou para a rua e viu o policial fazendo sua ronda e piscando o longo facho de sua lanterna sobre as portas das casas silenciosas. A mancha carmesim de uma carruagem à espreita cintilou na esquina e depois sumiu. Uma mulher com um xale esvoaçante se arrastava lentamente junto aos gradis, cambaleante em seu caminho. De quando em quando, ela parava e olhava para trás. A certa altura, ela começou a cantar com voz rouca. O policial foi até lá e disse algo a ela. Ela foi embora, gargalhando. Um vento fustigante varreu a praça. Os lampiões de gás bruxulearam e ficaram azuis, e as árvores desfolhadas balançaram seus galhos de ferro negro para frente e para trás. Ele estremeceu e recuou, fechando a porta-balcão atrás de si.

Chegando à porta, ele virou a chave, e abriu-a. Nem sequer olhou para o homem assassinado. Sentia que o segredo de tudo era não se dar conta da situação. O amigo que pintara o retrato fatal que causara toda a sua desgraça tinha saído de sua vida. Isso era o bastante.

Então se lembrou do lampião. Tratava-se de um curioso artesanato mourisco, em prata lavrada com arabescos de aço escovado e cravejada de turquesas brutas. Talvez sua ausência fosse notada pelo criado, e perguntas seriam feitas. Ele hesitou por um momento, depois se virou e o tirou da mesa. Não pôde evitar de ver o corpo morto. Como estava imóvel! Que horríveis aquelas mãos brancas e compridas! Parecia um pavoroso boneco de cera.

Depois de trancar a porta atrás de si, ele desceu silenciosamente a escada. A madeira rangia, parecia gritar de dor. Ele parou diversas vezes e esperou. Não: estava tudo em silêncio. Era apenas o som dos próprios passos.

Quando chegou à biblioteca, ele viu a valise e o sobretudo no canto. Precisava escondê-los em algum lugar. Abriu um compartimento secreto embutido no painel de madeira, compartimento onde guardava seus curiosos disfarces, e os guardou ali. Mais tarde, poderia facilmente queimá-los. Depois consultou o relógio. Eram vinte para as duas.

Ele se sentou e começou a pensar. Todos os anos – praticamente todos os meses – homens eram enforcados na Inglaterra pelo que ele fez. Uma loucura assassina estivera no ar. Alguma estrela vermelha se aproximara demais da terra... E, no entanto, que evidências havia contra ele? Basil Hallward havia ido embora de sua casa às onze da noite. Ninguém o vira entrar de novo. A maioria dos empregados estava em Selby Royal. Seu pajem havia se recolhido... Paris! Sim. Basil tinha ido a Paris, e no trem da meia-noite, tal como era sua intenção. Com seus hábitos curiosos e reservados, levaria meses até que surgisse alguma suspeita. Meses! Tudo aquilo poderia ser destruído muito antes disso.

Um súbito pensamento lhe ocorreu. Ele vestiu o casaco de pele e o chapéu e saiu para o salão. Ali parou, escutando os passos lentos e pesados do policial na calçada lá fora, e vendo o lampejo da lanterna refletido na janela. Ele esperou e conteve a respiração.

Momentos depois, ele virou a maçaneta e saiu, fechando delicadamente a porta atrás de si. Então tocou a campainha. Em cerca de cinco minutos, seu pajem apareceu, ainda se vestindo, e parecendo muito sonolento.

– Sinto muito por acordá-lo, Francis – ele disse, entrando em casa –; mas esqueci minha chave. Que horas são?

– Duas e dez, senhor – respondeu o sujeito, olhando para o relógio e piscando.

– Duas e dez? Que horror, como cheguei tarde! Quero que você me acorde amanhã às nove. Tenho um trabalho a fazer.

– Está bem, senhor.

– Alguém veio me visitar essa noite?

– O senhor Hallward, senhor. Ele ficou aqui até as onze horas e depois foi embora para pegar o trem.

– Oh! Que pena que não o encontrei. Ele deixou algum recado?

– Não, senhor, só disse que escreveria para o senhor de Paris, se não o encontrasse no clube.

– Está bem, Francis. Não se esqueça de me acordar amanhã às nove.

– Não se preocupe, senhor.

O sujeito seguiu pelo corredor arrastando as pantufas.

Dorian Gray tirou o chapéu e o casaco, e os deixou sobre a mesa, e entrou na biblioteca. Durante quinze minutos, ele ficou andando de um lado para o outro, mordiscando o lábio e pensando. Então, sacando o Livro Azul da prateleira, começou a folheá-lo. "Alan Campbell, Hertford Street, 152, Mayfair." Sim; aquele era o homem que ele queria.

Capítulo XIV

Às nove horas da manhã seguinte, o criado entrou com uma xícara de chocolate em uma bandeja e abriu a janela. Dorian dormia pacificamente, deitado no flanco direito, com uma mão embaixo do rosto. Parecia um menino cansado de brincar, ou de estudar.

O criado precisou tocá-lo duas vezes no ombro até ele acordar, e, quando abriu os olhos, um sorriso passageiro se formou em seus lábios, como se estivesse perdido em algum sonho delicioso. No entanto, não tivera sonho algum. A noite inteira não fora perturbada por nenhuma imagem de prazer ou de dor. Era apenas um sorriso juvenil sem nenhum motivo. É um dos principais fascínios da juventude.

Ele se virou e, apoiando-se no cotovelo, começou a bebericar seu chocolate. O sol suave de novembro veio se infiltrar no quarto. O céu estava claro e havia um agradável calor no ar. Era quase uma manhã de maio.

Aos poucos, os acontecimentos da noite anterior se insinuaram com pés silenciosos e sangrentos em seu cérebro e se reconstruíram ali com terrível nitidez. Ele estremeceu ao lembrar tudo o que havia sofrido e, por um momento, o mesmo sentimento curioso de ódio por Basil Hallward, que o levara a matá-lo ao sentar na cadeira, voltou, e ele ficou lívido de paixão. O morto ainda estava sentado ali, também, agora à luz do sol. Que coisa horrível! Tais coisas hediondas eram próprias para a escuridão, não para o dia.

Ele sentiu que, se ficasse se lamentando pelo que havia acontecido, acabaria adoecendo ou enlouqueceria. Havia pecados cujo fascínio residia mais na lembrança do que em cometê-los; estranhos triunfos que gratificavam mais o orgulho que as paixões, e davam ao intelecto uma sensação acelerada de alegria, maior do que qualquer alegria que traziam, ou que jamais poderiam trazer, aos sentidos. Mas aquele não era um desses. Era algo que devia ser afugentado do espírito, drogado com papoulas, estrangulado para que não se estrangulasse a si mesmo.

Depois de meia hora, ele passou a mão na testa e, então, se levantou apressado, e se vestiu com apuro ainda maior que de costume, dedicando um bocado de atenção à escolha da gravata e do alfinete, e trocando mais de uma vez seus anéis. Passou um longo tempo no desjejum, provando diversos pratos, conversando com o pajem sobre novas librés que estava pensando em mandar fazer para os criados em Selby, e verificando a correspondência. Diante de algumas cartas, ele sorriu. Três delas o entediaram. Uma ele releu diversas vezes e depois rasgou com uma breve irritação no semblante. – Que memória medonha têm as mulheres! – como lorde Henry dissera uma vez.

Depois de beber sua xícara de café preto, ele enxugou lentamente os lábios com um guardanapo, fez sinal para o criado esperar e, indo até a mesa, sentou-se e escreveu duas cartas. Uma ele guardou no bolso, a outra, entregou ao criado.

– Leve esta carta à Hertford Street, 152, Francis, e, se o senhor Campbell não estiver na cidade, peça o endereço.

Assim que ficou sozinho, ele acendeu um cigarro e começou a desenhar em um pedaço de papel, a princípio, flores e detalhes arquitetônicos, depois, rostos de pessoas. De repente, reparou que todos os rostos que desenhara tinham uma fantástica semelhança com Basil Hallward. Franziu o cenho e, ficando de pé, foi até a estante de livros e tirou um volume ao acaso. Estava decidido a não pensar no que havia acontecido enquanto não fosse absolutamente necessário.

Quando se deitou no sofá, olhou a folha de rosto do livro. Eram os *Esmaltes e camafeus* de Gautier, na edição Charpentier em papel japonês, com gravura de Jacquemart. A encadernação era em couro verde, cor de limão, com treliças douradas e romãs pontilhadas. Ganhara de presente de Adrian Singleton. Ao passar as páginas, seus olhos deram com o poema sobre a mão de Lacenaire, a mão fria e amarelada *du supplice mal lavée*, com sua penugem de pelos ruivos e seus *doigts de faune*. Ele olhou para seus próprios dedos brancos e afilados, estremecendo um pouco mesmo contra sua vontade, e seguiu folheando o livro, até chegar àquelas adoráveis estrofes sobre Veneza:

> Sur une gamme chromatique,
> Le sein de perles ruisselant,
> La Vénus de l'Adriatique
> Sort de l'eau son corps rose et blanc.

Les dômes, sur l'azur des ondes
Suivant la phrase au pur contour,
S'enflent comme des gorges rondes
Que soulève un soupir d'amour.

L'esquif aborde et me dépose,
Jetant son amarre au pilier,
Devant une façade rose,
Sur le marbre d'un escalier.

[Em escala cromática,
O seio de pérolas gotejante,
A Vênus do Adriático
Sai da água, o corpo rosa e branco.

Os domos, sobre o azul das ondas
Seguindo a frase de puro contorno,
Incham como gargantas redondas
Erguidas por suspiro amoroso.

O esquife atraca e me larga,
Jogando ao pilar sua amarra
Diante de uma rósea fachada,
Sobre o mármore de uma escada.]

Como eram belos! Ao lê-los, sentia-se como se flutuasse pelos canais verdes da cidade rosa e perolada, sentado em uma gôndola negra com proa de prata e cortinas esvoaçantes. Os versos em si lhe pareciam as linhas retas de azul-turquesa que acompanham quem rema em direção ao Lido. Os lampejos súbitos de cor lembraram-lhe a cintilação do pescoço opalino e iridescente dos pássaros que pairam em torno do alto Campanile em forma de favo, ou espreitam, com graça altiva, por entre as arcadas sombrias e manchadas de pó. Recostando-se com os olhos entrecerrados, ele ficou repetindo consigo mesmo:

Devant une façade rose,
Sur le marbre d'un escalier.

Veneza inteira estava nesses dois versos. Ele se lembrou do outono que passara lá, e de um amor maravilhoso que o levara a cometer desvarios de loucura e delícia. Havia romance em toda parte. Mas Veneza, como Oxford, conservara o cenário para o romance, e, para os verdadeiros românticos, o cenário era tudo, ou quase tudo. Basil estivera com ele parte do tempo e ficara apaixonado por Tintoretto. Pobre Basil! Que maneira horrível de morrer!

Ele suspirou, voltou a abrir o livro, e tentou esquecer. Leu sobre as andorinhas que entram e saem do pequeno café em Esmirna onde os hadjis ficam repassando suas contas de âmbar e mercadores de turbantes fumam seus longos cachimbos com borlas e conversam gravemente; leu sobre o Obelisco na Place de la Concorde, que chora lágrimas de granito em seu solitário exílio sem sol e anseia por voltar ao Nilo quente e coberto de lótus, onde há esfinges, e íbis cor-de-rosa, e abutres brancos com garras douradas, e crocodilos, com pequenos olhos de berilo, que rastejam sobre a lama verde fumegante; começou a remoer aqueles versos que, extraindo música do mármore manchado de beijos, contam sobre aquela curiosa estátua que Gautier compara com uma voz de contralto, o *monstre charmant* que está deitado na sala de pórfiro do Louvre. Mas depois de algum tempo o livro lhe caiu das mãos. Ficou nervoso, e lhe veio um acesso horrendo de terror. E se Alan Campbell estivesse fora da Inglaterra? Dias se passariam até que ele voltasse. Talvez ele se recusasse a vir. O que poderia fazer se isso ocorresse? Cada momento era de vital importância. Eles tinham sido grandes amigos cinco anos atrás — quase inseparáveis, na verdade. Então subitamente a intimidade chegou ao fim. Quando se encontravam publicamente agora, era apenas Dorian Gray quem sorria; Alan Campbell jamais.

Era um rapaz extremamente inteligente, embora não tivesse verdadeiro gosto pelas artes plásticas, e a pouca noção da beleza da poesia que tinha adquirira inteiramente de Dorian. Sua paixão intelectual dominante era pela ciência. Em Cambridge, passara boa parte do tempo trabalhando no laboratório e obtivera boa colocação no exame final de ciência natural. Na verdade, ele ainda era dedicado ao estudo da química e tinha um laboratório particular, onde costumava se trancar o dia inteiro, para grande incômodo da mãe, que sonhava para ele um cargo no Parlamento, e tinha a vaga ideia de que um químico era alguém que elaborava receitas médicas. Era um músico excelente, no entanto, também, e tocava violino e piano melhor que a maioria dos amadores. Na prática, havia sido a música que o aproximara de Dorian Gray — a música e aquela indefinível atração que Dorian parecia ser capaz de exercer sempre que desejasse e, a bem dizer, exercia amiúde sem ter consciência disso. Eles haviam se conhecido na casa de lady Berkshire, na noite em que Rubinstein tocou lá, e depois disso costumavam sempre ser vistos juntos na ópera e onde quer que houvesse boa música. Durante dezoito meses, essa intimidade durou. Campbell estava sempre ou em Selby Royal ou em Grosvenor Square. Para ele, assim como para muitas outras pessoas, Dorian Gray era o exmplo de tudo o que é maravilhoso e fascinante na vida. Se houve ou não alguma briga entre eles, ninguém jamais ficou sabendo. Mas, de repente, as pessoas notaram que eles mal se falavam quando se encontravam, e que Campbell parecia sempre ir embora mais cedo de qualquer festa em que Dorian Gray estivesse presente. Ele também havia mudado — estranhamente melancólico, às vezes, parecia quase não gostar de ouvir música e nunca mais tocou, oferecendo como desculpa, quando lhe pediam, o fato de estar tão absorvido pela ciência que não tinha mais tempo de praticar. E isso era certamente verdade. A cada dia, ele parecia mais interessado em biologia, e seu nome apareceu uma ou duas vezes em revistas científicas, associado a certos curiosos experimentos.

Esse era o homem por quem Dorian Gray estava esperando. A cada segundo, ele olhava para o relógio. Depois de dez minutos, começou a ficar horrivelmente agitado. Enfim se levantou e passou a andar pela sala de um lado para o outro, parecendo um belo animal enjaulado. Dava passos longos e furtivos. Suas mãos estavam curiosamente frias.

O suspense se tornou insuportável. O tempo lhe parecia se arrastar com pés de chumbo, enquanto ele era levado por ventos monstruosos em direção à escarpa rochosa de algum penhasco ou precipício obscuro. Ele sabia o que o aguardava ali; ele viu, na verdade, e, trêmulo, esmagou com mãos suadas suas pálpebras ardentes como se quisesse privar o cérebro da visão, empurrando os olhos para o fundo de sua caverna. Não adiantou. O cérebro tinha seu próprio alimento para se fartar, e a imaginação, tornada grotesca pelo terror, contorcida e distorcida como uma criatura viva pela dor, dançou como um boneco repulsivo em um teatrinho e sorriu através de máscaras articuladas. Então, subitamente, o tempo parou para ele. Sim: aquela criatura cega, de respiração lenta, já não se movia, e pensamentos horríveis, estando morto o tempo, correram muito ágeis diante de si, e arrancaram um futuro hediondo da sepultura, e mostraram para ele. Ele encarou aquilo. O horror petrificou-o.

Por fim, a porta se abriu, e o criado entrou. Ele se virou com olhos vidrados.

— O senhor Campbell, senhor — disse o criado.

Um suspiro de alívio escapou de seus lábios secos, e a cor voltou ao rosto.

— Peça que ele entre imediatamente, Francis — sentiu que voltava a si. A sensação de covardia havia passado.

O criado fez uma mesura e se retirou. Momentos depois, Alan Campbell entrou, com expressão muito austera e um tanto pálido, palor intensificado por seus cabelos negros e sobrancelhas escuras.

— Alan! É muita gentileza sua. Obrigado por ter vindo.

— Minha intenção era nunca mais entrar na sua casa, Gray. Mas você disse que era um caso de vida ou morte — a voz era dura e fria. Ele falava devagar, deliberadamente. Havia uma expressão de desprezo no olhar firme com que ele fitava Dorian. Continuou com as mãos nos bolsos de seu sobretudo de astracã e pareceu ignorar o gesto com que fora saudado.

— Sim: é uma questão de vida ou morte, Alan, e para mais de uma pessoa. Sente-se.

Campbell sentou-se junto à mesa, e Dorian sentou-se diante dele. Os olhos dos dois se encontraram. Nos olhos de Dorian, havia uma pena infinita. Ele sabia que o que iria fazer era algo pavoroso.

Após um momento de silêncio forçado, ele se inclinou para a frente e disse, muito suavemente, mas observando o efeito de cada palavra sobre o semblante daquele que mandara chamar: — Alan, dentro de um quarto trancado no alto desta casa, um quarto ao qual ninguém tem acesso além de mim, há um homem morto sentado diante de uma mesa. Ele já está ali morto há dez horas. Não se inquiete e não olhe assim para mim. Quem é esse homem, por que morreu, como morreu, são questões que não lhe dizem respeito. O que você precisa fazer é o seguinte...

– Pare, Gray. Não quero saber mais nada. Se o que você me diz é verdade ou não, não me interessa. Recuso-me totalmente a me imiscuir na sua vida. Guarde seus segredos horríveis para você. Eles não me interessam mais.

– Alan, eles precisam interessá-lo. Por este, você há de se interessar. Sinto muito, Alan. Mas não pude evitar. Você é a única pessoa capaz de me salvar. Fui obrigado a envolvê-lo no caso. Não tive escolha. Alan, você é um cientista. Você conhece química e coisas do tipo. Você fez experimentos. O que você precisa fazer é destruir aquela coisa lá em cima – destruir a ponto de não restar nenhum vestígio. Ninguém viu essa pessoa entrar na casa. Na verdade, neste exato momento, supostamente, ele estaria em Paris. Não darão falta dele em meses. Quando derem pela falta dele, não pode haver nenhum rastro dele mais aqui. Você, Alan, você precisa transformá-lo, e tudo o que pertencer a ele, em um punhado de cinzas que eu possa soprar no ar.

– Você enlouqueceu, Dorian.

– Ah! Eu estava esperando você me chamar de Dorian.

– Você ficou louco, estou lhe dizendo – louco de achar que eu moveria um dedo para lhe ajudar, louco de me fazer essa monstruosa confissão. Não quero ter nada a ver com esse caso, seja o que for. Você acha que vou arriscar minha reputação por sua causa? O que eu tenho a ver com as suas armações diabólicas?

– Foi suicídio, Alan.

– Fico feliz em saber. Mas o que o levou a isso? Você, eu imagino.

– Você continua se recusando a me ajudar?

– É claro que eu me recuso. Não quero ter absolutamente nada com isso. Não me importa que você passe vexame. Você merece. Eu não vou sentir pena de vê-lo em desgraça publicamente. Como ousa pedir justo a mim, dentre todas as pessoas do mundo, que me misture com você nesse horror? Achei que você conhecesse melhor o caráter das pessoas. O seu amigo, lorde Henry Wotton, não deve ter lhe ensinado muita psicologia, ou o que quer que ele tenha lhe ensinado. Eu não moveria um dedo a seu favor. Você procurou a pessoa errada. Vá procurar algum dos seus amigos. Não me procure mais.

– Alan, foi um assassinato. Eu o matei. Você não sabe o que ele me fez sofrer. Seja qual for a minha vida, ele foi mais responsável por fazer de mim o que sou, ou por estragá-la, do que o pobre Harry. Pode não ter sido essa a intenção dele, mas o resultado foi o mesmo.

– Assassinato! Por Deus, Dorian, a que ponto você chegou? Não vou denunciá-lo. Não cabe a mim fazê-lo. Além do mais, mesmo que eu não interfira no caso, certamente você será preso. Ninguém comete um crime sem fazer algo de estúpido. Mas eu não quero ter nada com isso.

– Você precisa ter algo a ver com isso. Espere, espere um momento; escute-me. Apenas escute, Alan. A única coisa que lhe peço é que você faça um certo experimento científico. Você vai a hospitais e morgues, e os horrores que você faz por lá não o afetam. Se você tivesse encontrado esse homem em uma hedionda sala de dissecção ou em algum laboratório fétido, deitado em uma mesa de metal com as vísceras para fora para o sangue escoar, você simplesmente o consideraria um espécime admirável. Você não hesitaria. Não julgaria estar fazendo nada de errado. Pelo contrário, você provavelmente acharia que estava fazendo o bem da raça humana, ou aumentando a soma de conhecimentos do mundo, ou satisfazendo uma curiosidade intelectual, ou algo do tipo. O que eu quero que você faça é meramente algo que você já fez muitas vezes antes. Na verdade, destruir um corpo deve ser muito menos horrível do que as coisas com as quais você está acostumado a trabalhar. E, lembre-se, este corpo é a única evidência contra mim. Se ele for encontrado, estou perdido; e certamente ele será encontrado se você não me ajudar.

– Não tenho nenhuma intenção de ajudá-lo. Você se esquece disso. Sou simplesmente indiferente a tudo isso. Isso não tem nada a ver comigo.

– Alan, eu lhe imploro. Pense na posição em que estou. Pouco antes de você chegar, eu quase desmaiei de terror. Quem sabe um dia você também não saberá o que é esse terror? Não! Nem pense nisso. Encare o assunto do ponto de vista puramente científico.

Você não se pergunta de onde vêm as criaturas mortas que usa em seus experimentos. Não pergunte agora. Eu já lhe contei demais. Mas eu suplico que você faça isso por mim. Nós fomos amigos, Alan.

— Não fale sobre essa época, Dorian: é uma época que já morreu.

— Os mortos às vezes continuam presentes. O sujeito lá em cima não desaparecerá sozinho. Ele está sentado junto à mesa com a cabeça baixa e os braços estendidos. Alan! Alan! Se você não me ajudar, estarei arruinado. Ora, vão me enforcar, Alan! Você não está entendendo? Eles vão me enforcar por aquilo que eu fiz.

— Não adianta prolongar essa cena. Eu me recuso absolutamente a fazer qualquer coisa a esse respeito. É uma insanidade sua me pedir isso.

— Você se recusa?

— Sim.

— Eu lhe imploro, Alan.

— Não adianta.

A mesma expressão de pena surgiu nos olhos de Dorian Gray. Então ele estendeu a mão, pegou um pedaço de papel e escreveu alguma coisa. Ele leu duas vezes, dobrou com cuidado e empurrou o bilhete sobre a mesa. Depois disso, ele se levantou e foi até a janela.

Campbell olhou surpreso para ele, e então pegou o papel, e abriu. Ao ler, seu rosto ficou morbidamente pálido, e ele se deixou cair na cadeira. Veio-lhe uma sensação horrível de náusea. Sentia-se como se o coração fosse bater até morrer dentro de uma cavidade vazia.

Após dois ou três minutos de silêncio terrível, Dorian se virou e se aproximou e parou atrás dele, colocando a mão em seu ombro.

— Eu sinto muito, Alan — ele murmurou —, mas você não me deixa outra alternativa. Tenho uma carta já escrita aqui comigo. Aqui está. Leia o endereço. Se você não me ajudar, precisarei enviá-la. Se você não me ajudar, vou enviá-la. Você sabe qual será o resultado. Mas você vai me ajudar. É impossível recusar agora. Tentei poupá-lo. Você deve admitir que eu tentei. Você foi duro, estúpido, ofensivo. Você me tratou como homem nenhum jamais ousou me tratar. Eu suportei. Agora é a minha vez de ditar as regras.

Campbell cobriu o rosto com as mãos, e um calafrio percorreu seu corpo inteiro.

– Sim, é a minha vez de ditar as regras, Alan. Você sabe que é. A coisa toda é muito simples. Vamos, não fique nesse frenesi. É preciso fazê-lo. Reconheça que é e faça-o.

Um gemido escapou dos lábios de Campbell, e ele estremeceu. O tiquetaquear do relógio no aparador parecia dividir o tempo em átomos de agonia separados, todos terríveis de suportar. Sentia como se um anel de ferro estivesse sendo lentamente apertado em sua testa, como se a desgraça de que estava sendo ameaçado já estivesse agindo sobre ele. A mão em seu ombro pesava como uma mão de chumbo. Era insuportável. Parecia esmagá-lo.

– Vamos, Alan, decida-se logo.

– Eu não posso fazer isso – ele disse, mecanicamente, como se as palavras pudessem alterar as coisas.

– Você tem de fazer. Você não tem escolha. Não postergue.

Ele hesitou por um momento. – Há uma lareira no sótão?

– Sim, a gás, revestida de asbesto.

– Precisarei ir para casa e trazer algumas coisas do laboratório.

– Não, Alan, você não sairá daqui. Escreva no papel o que você precisa, meu criado pegará um cabriolé e buscará tudo e trará para cá.

Campbell escrevinhou algumas linhas, secou e endereçou o envelope ao assistente. Dorian pegou o bilhete e leu com atenção. Então tocou a sineta, e entregou-o ao pajem, com ordens de voltar o mais depressa possível, e trazer tudo aquilo consigo.

Quando a porta se fechou, Campbell teve um sobressalto nervoso e, levantando-se da cadeira, aproximou-se do fogo. Tremia como se estivesse com malária. Durante quase vinte minutos, nenhum dos dois disse nada. Um mosquito zumbia ruidosamente na sala, e o tiquetaquear do relógio soava como as batidas de um martelo.

Quando soou uma hora, Campbell se virou e, olhando para Dorian Gray, notou que os olhos dele estavam marejados de lágrimas. Havia algo na pureza e no refinamento daquele rosto triste que aparentemente o deixou furioso. – Você é infame, absolutamente infame! – ele murmurou.

– Acalme-se, Alan: você salvou a minha vida – disse Dorian.

– A sua vida? Céus! Que tipo de vida é essa? Você foi de degradação em degradação e agora culminou no crime. Ao fazer o que estou prestes a fazer, o que você me forçou a fazer, não é na sua vida que estou pensando.

– Ah, Alan – murmurou Dorian, com um suspiro –, quem dera você sentisse um milésimo da pena que eu sinto de você – ele deu as costas ao falar e ficou olhando para o jardim. Campbell não disse nada.

Cerca de dez minutos depois, bateram na porta, e o criado entrou, trazendo um grande baú de mogno de produtos químicos, com uma longa mola de aço e fio de platina e duas presilhas de ferro de formato curioso.

– Devo deixar as coisas aqui, senhor? – ele perguntou a Campbell.

– Sim – disse Dorian. – E receio, Francis, que tenho outra tarefa para você. Como se chama o sujeito em Richmond que entrega orquídeas em Selby?

– Harden, senhor.

– Isso, Harden. Vá até Richmond já, fale pessoalmente com Harden, e peça que ele envie o dobro de orquídeas que costumo encomendar, e que tenha o mínimo possível de brancas. Na verdade, não quero nenhuma branca. Está um dia adorável, Francis, e Richmond é um lugar muito simpático, de outro modo eu não pediria.

– Sem problema, senhor. E a que horas devo estar de volta?

Dorian olhou para Campbell. – Quanto tempo leva o seu experimento, Alan? – ele disse, com voz calma, indiferente. A presença de uma terceira pessoa na sala lhe conferiu uma coragem extraordinária.

Campbell franziu o cenho e mordeu o lábio. – Acho que vou levar umas cinco horas – ele respondeu.

– Dará tempo suficiente, então, se você voltar às sete e meia, Francis. Ou, espere: antes, prepare as minhas roupas. Pode tirar a noite de folga. Não jantarei em casa, de modo que não precisarei de você.

– Obrigado, senhor – disse o sujeito, saindo da sala.

– Agora, Alan, não há tempo a perder. Como esse baú é pesado! Vou levar para você. Você traz as outras coisas – ele falou rapidamente, e de modo autoritário. Campbell sentiu-se dominado por ele. Saíram juntos da sala.

Quando chegaram no alto da escada, Dorian inseriu a chave e girou-a na fechadura. Então parou, e uma expressão perturbada se formou em seus olhos. Ele estremeceu. – Acho que não vou conseguir entrar, Alan – ele murmurou.

– Não faz diferença. Não preciso de você – disse Campbell, friamente.

Dorian entreabriu a porta. Ao fazê-lo, viu o rosto malicioso do retrato fitá-lo à luz do sol. No chão, diante do quadro, jazia a cortina arrancada. Ele se lembrou de que na noite anterior havia se esquecido, pela primeira vez na vida, de cobrir a tela fatal, e estava prestes a entrar correndo quando recuou com um calafrio.

O que era aquilo que porejava odiosamente em vermelho, úmido e reluzente, de uma das mãos, como se a tela tivesse transpirado sangue? Como era horrível! Mais horrível naquele momento, para ele, do que o corpo silencioso que ele sabia estar estendido sobre a mesa, aquele corpo cuja sombra infeliz e grotesca sobre o tapete manchado lhe mostrava que não havia se movido, mas ainda estava ali tal como ele o deixara.

Respirou fundo, abriu um pouco mais a porta e, com olhos entreabertos e cabeça baixa, entrou rapidamente, decidido a não olhar nenhuma vez para o morto. Então, parando de repente, e erguendo o pano dourado e roxo do chão, atirou-o por sobre o quadro.

Ali mesmo ficou, temeroso demais para se virar, e seus olhos se fixaram nos intrincados padrões do tecido à sua frente. Ouviu Campbell entrar trazendo o baú pesado, e os ferros, e as coisas que pedira para sua odiosa tarefa. Começou a se perguntar se ele e Basil Hallward haviam chegado a se conhecer e, nesse caso, o que achavam um do outro.

– Deixe-me agora – disse uma voz austera atrás dele.

Ele se virou e saiu às pressas, a tempo apenas de perceber que o morto era recostado na cadeira e que Campbell contemplava um rosto amarelo lustroso. Enquanto descia a escada, ouviu a chave girar na fechadura.

Havia se passado muito das sete quando Campbell voltou à biblioteca. Ele estava pálido, mas absolutamente calmo.

— Fiz o que você me pediu — ele murmurou. — E agora adeus. Que não nos vejamos nunca mais.

— Você me salvou da ruína, Alan. Não me esquecerei disso — disse Dorian, simplesmente.

Assim que Campbell foi embora, ele subiu novamente. Havia um cheiro horrível de ácido nítrico no ar. Mas a criatura sentada junto à mesa havia desaparecido.

Capítulo XV

Naquela noite, às oito e meia, elegantemente vestido e com um grande arranjo de violetas de Parma na lapela, Dorian Gray foi levado à sala de estar de lady Narborough por criados que se despediram com mesuras. Sua cabeça latejava com os nervos enlouquecidos, e ele se sentia loucamente excitado, mas seu modo de se inclinar diante da mão da anfitriã foi natural e gracioso como sempre. Talvez nunca estejamos tão à vontade quanto quando precisamos interpretar um papel. Certamente ninguém que visse Dorian Gray naquela noite poderia acreditar que ele havia passado por uma tragédia tão horrível quanto qualquer outra tragédia dos nossos tempos. Aqueles dedos afilados jamais poderiam ter pego uma faca para cometer algum pecado, nem aqueles lábios sorridentes teriam sido capazes de esbravejar contra Deus e a bondade. Ele mesmo não conseguia evitar de se espantar com a calma de sua conduta, e por um momento sentiu agudamente o terrível prazer de uma vida dupla.

Era um grupo pequeno, convidados às pressas por lady Narborough, que era uma mulher muito sagaz, dona de algo que lorde Henry costumava descrever como os resquícios de uma feiura realmente notável. Ela se provara excelente esposa de um dos nossos embaixadores mais entediantes e, depois de enterrar propriamente o marido em um mausoléu de mármore, que ela mesma desenhou, e de casar as filhas com homens ricos e um tanto idosos, ela dedicava sua vida agora aos prazeres da literatura francesa, da culinária francesa e do *esprit* francês sempre que podia.

Dorian era um de seus favoritos especiais, e ela sempre dizia que era muito feliz por não tê-lo conhecido quando era mais moça. – Eu sei, meu querido, que eu teria me apaixonado perdidamente por você – ela costumava dizer –, e teria jogado meu elmo contra os moinhos por você. Foi muita sorte eu não o conhecer na época. Na verdade, nossos elmos eram tão ridículos e os moinhos estavam tão ocupados tentando fazer vento, que eu nunca cheguei sequer a flertar com ninguém. No entanto, foi tudo culpa do Narborough. Ele era terrivelmente míope, e não há nenhum prazer em um marido que nunca enxerga nada.

172

Seus convidados naquela noite eram um bocado entediantes. O fato era, conforme ela explicou a Dorian, por trás de um velho leque, que uma de suas filhas casadas aparecera subitamente para ficar com ela e, para piorar as coisas, trouxera até o marido consigo. – Achei a coisa mais deselegante da parte dela, meu querido – ela sussurrou. – Claro que eu sempre vou e fico com eles, todo verão quando volto de Homburg, mas uma mulher de idade como eu precisa de ar fresco às vezes, e, além disso, eu realmente faço com que eles se animem. Você não imagina a vida que eles levam por lá. É uma vida estritamente provinciana. Acordam cedo, porque têm muito o que fazer, e dormem cedo, porque não têm muito o que pensar. Não há um escândalo na vizinhança desde o tempo da rainha Elizabeth, e consequentemente todos vão dormir depois do jantar. Você não pode se sentar ao lado deles. Você vai se sentar do meu lado e me divertir.

Dorian murmurou um elogio gracioso e olhou para as pessoas na sala. Sim: era certamente um grupo tedioso. Duas das pessoas ele nunca tinha visto antes, e os outros eram Ernest Harrowden, um daqueles medíocres de meia-idade tão comuns nos clubes londrinos, que não têm nenhum inimigo, mas são completamente desdenhados pelos amigos; Lady Ruxton, uma mulher exageradamente trajada de quarenta e sete anos, com um nariz adunco, que estava sempre tentando se comprometer, mas que era tão peculiarmente comum que ninguém jamais acreditaria em nada de comprometedor a seu respeito; a senhora Erlynne, uma mulher impositiva e desimportante, com um delicioso cicio e cabelo vermelho-veneziano; lady Alice Chapman, filha da anfitriã, uma menina sem graça e sem elegância, com um daqueles típicos rostos ingleses, que, uma vez vistos, jamais são lembrados; e o marido, uma criatura rubicunda de bigodes brancos que, como muitos de sua classe, vivia com a impressão de que uma jovialidade descabida era capaz de compensar uma total falta de ideias.

Ele estava se lamentando por ter vindo, quando lady Narborough, olhando para o grandioso relógio de ouropel dourado que se espalhava em curvas extravagantes sobre o aparador drapeado em malva, exclamou: – Que horror da parte do Henry Wotton se atrasar tanto! Eu enviei o convite hoje cedo, e ele prometeu fielmente não me desapontar.

Era um certo consolo que Harry fosse chegar a qualquer momento e, quando a porta se abriu e ele ouviu sua voz lenta e musical conferindo encanto a alguma desculpa insincera, ele deixou de se sentir entediado.

Mas durante o jantar ele não conseguiu comer nada. Pratos e mais pratos foram retirados intactos. Lady Narborough continuava ralhando com ele pelo que ela considerava "um insulto ao pobre Adolphe, que inventou o cardápio especialmente para você", e de quando em quando lorde Henry olhava para ele, intrigado com seu silêncio e seu aspecto distraído. De quando em quando, o mordomo enchia sua taça de champanhe. Ele bebia avidamente, e sua sede parecia só aumentar.

— Dorian — disse lorde Henry, enfim, enquanto passavam o *chaud-froid* —, o que há de errado com você esta noite? Você não parece nada bem.

— Acho que ele está apaixonado — exclamou lady Narborough —, e está com medo de me contar por receio de que eu fique com ciúmes. Ele tem razão. Certamente eu ficaria.

— Minha querida lady Narborough — murmurou Dorian, sorrindo —, eu não me apaixono por ninguém há uma semana, na verdade, desde que Madame de Ferrol saiu da cidade.

— Como vocês homens conseguem se apaixonar por aquela mulher! — exclamou a velha dama. — Eu realmente não consigo entender.

— É simplesmente porque ela lembra você quando menina, lady Narborough — disse lorde Henry. — Ela é o único elo entre nós e o seu vestido de menina.

— Ela não lembra em nada o meu vestido de menina, lorde Henry. Mas eu me lembro perfeitamente dela em Viena trinta anos atrás e de como ela era *décolletée* na época.

— Ela ainda é *décolletée* — ele respondeu, pegando uma azeitona com seus dedos afilados —; e quando ela usa um vestido elegante, fica parecendo uma *édition de luxe* de um romance francês ruim. Ela é realmente maravilhosa e cheia de surpresas. Sua capacidade de afeição familiar é extraordinária. Quando o terceiro marido morreu, seus cabelos ficaram dourados de tristeza.

— Como você pode dizer isso, Harry! — exclamou Dorian.

— Que explicação mais romântica — gargalhou a anfitriã. — Mas como assim terceiro marido, lorde Henry!? Você quer dizer que Ferrol é o quarto?

— Certamente, lady Narborough.

— Não acredito em uma palavra dessa história.

— Bem, pergunte ao senhor Gray. Ele é um dos amigos mais íntimos dela.

— Isso é verdade, senhor Gray?

— Ela me garantiu que sim, lady Narborough — disse Dorian.

— Perguntei se ela, como Marguerite de Navarre, havia embalsamado os corações deles e pendurado na cinta. Ela me disse que não, porque nenhum deles tinha coração.

— Quatro maridos! Juro que isso é *trop de zèle*.

— *Trop d'audace*, comentei com ela — disse Dorian.

— Oh! Ela é audaciosa o suficiente para fazer qualquer coisa, meu querido. E como é o senhor Ferrol? Não o conheci.

— Os maridos das mulheres muito bonitas pertencem à classe dos criminosos — disse lorde Henry, bebendo seu vinho.

Lady Narborough bateu nele com o leque: — Lorde Henry, não me surpreende que todo mundo diga que você é extremamente malvado.

— Mas quem é todo mundo? — perguntou lorde Henry, erguendo a sobrancelha. — Só se for o mundo do além-túmulo. O mundo e eu sempre nos demos muito bem.

— Todo mundo que eu conheço diz que você é muito malvado — exclamou a velha dama, balançando a cabeça.

Lorde Henry ficou sério por alguns momentos. — É incrivelmente monstruoso — ele disse, enfim —, como as pessoas hoje em dia dizem coisas contra os outros pelas costas que são absoluta e inteiramente verdadeiras.

— Ele não é mesmo incorrigível? — exclamou Dorian, inclinando-se para a frente na cadeira.

— Espero que sim — disse a anfitriã, gargalhando. — Mas, francamente, se vocês ficarem idolatrando a Madame de Ferrol dessa maneira ridícula, vou precisar casar de novo para continuar na moda.

— Você jamais se casará de novo, lady Narborough — interrompeu lorde Henry. — Você foi feliz demais. Quando uma mulher se casa de novo, é porque detestava o primeiro marido. Quando um homem se casa de novo, é porque adorava a primeira esposa. As mulheres tentam a sorte; os homens se arriscam.

– Narborough não era perfeito – exclamou a velha dama.

– Se ele fosse, você não o teria amado, minha cara lady – foi a resposta. – As mulheres nos amam por nossos defeitos. Se temos defeitos o bastante, elas nos perdoarão tudo, até nosso intelecto. Receio que você nunca mais me convidará para jantar, depois de dizer isso, lady Narborough; mas é a pura verdade.

– É claro que é verdade, lorde Henry. Se nós não amássemos os homens pelos seus defeitos, o que seria de todos vocês? Nenhum homem jamais se casaria. Vocês seriam um grupo de solteirões infelizes. Não que, contudo, isso fosse mudar muita coisa. Hoje em dia todos os homens casados vivem como solteiros, e todos os solteiros vivem como homens casados.

– *Fin de siècle* – murmurou lorde Henry.

– *Fin du globe* – respondeu a anfitriã.

– Quem me dera fosse o *fin du globe* – disse Dorian, com um suspiro. – A vida é uma grande decepção.

– Ah, meu querido – exclamou lady Narborough, vestindo as luvas –, não me diga que você já se cansou da vida. Quando um homem diz isso, já sabemos que a vida é que já se cansou dele. Lorde Henry é muito malvado, e eu às vezes desejo também ter sido; mas você nasceu para ser bom – você é tão bonito. Tenho que lhe arranjar uma boa esposa. Lorde Henry, você não acha que o senhor Gray deveria se casar?

– Estou sempre dizendo isso a ele, lady Narborough – disse lorde Henry, com uma mesura.

– Bem, precisamos procurar um par adequado para ele. Hoje à noite repassarei o guia Debrett com atenção e farei uma lista das melhores candidatas entre as jovens damas.

– Com as respectivas idades, lady Narborough? – perguntou Dorian.

– É claro, com as idades, ligeiramente editadas. Mas sem nenhuma pressa. Quero que seja aquilo que o *Morning Post* chama de uma aliança apropriada, e quero que os dois sejam felizes.

– Como as pessoas falam bobagens sobre casamentos felizes! – exclamou lorde Henry. – Um homem pode ser feliz com qualquer mulher, desde que ele não a ame.

– Ah! Como você é cínico! – exclamou a velha dama, afastando a cadeira e balançando a cabeça para lady Ruxton.

– Você tem que vir jantar comigo de novo em breve. Você é realmente um tônico admirável, muito melhor do que o que sir Andrew me receitou. Mas você precisa me dizer quem mais devo convidar. Quero que seja uma noite deliciosa.

– Eu gosto de homens de futuro e mulheres com passado – ele respondeu. – Ou você acha que seria melhor uma festa das anáguas?

– Receio que sim – ela disse, dando risada, ao se levantar. – Mil perdões, minha querida lady Ruxton – ela acrescentou. – Eu não tinha reparado que você ainda não havia terminado o seu cigarro.

– Não se preocupe, lady Narborough. Eu fumo um pouco demais. No futuro, tentarei me controlar.

– Tomara que não, lady Ruxton – disse lorde Henry. – A moderação é algo fatal. O suficiente é ruim como uma refeição comum. O mais do que suficiente é bom como um banquete.

Lady Ruxton olhou para ele com expressão curiosa. – Você precisa voltar e me explicar isso outro dia, lorde Henry. Mas me parece uma teoria fascinante – ela murmurou, enquanto saía da sala.

– Agora, vou pedir para vocês não ficarem muito tempo falando de política e escândalos – exclamou lady Narborough da porta. – Se vocês continuarem, estou certa de que acabaremos brigando lá em cima.

Os homens deram risada, e o senhor Chapman se levantou solenemente da ponta da mesa e foi até a cabeceira. Dorian Gray mudou de lugar e sentou-se ao lado de lorde Henry. O senhor Chapman começou a falar em voz alta sobre a situação na Câmara dos Comuns. Ele zombou de seus adversários. A palavra *doctrinaire* – eivada de horror para o espírito inglês – reapareceu de quando em quando entre suas explosões. Prefixos aliterativos serviam-lhe de ornamento de oratória. Ele alçou a bandeira britânica nos pináculos do pensamento. A estupidez atávica da raça – sólido lugar-comum inglês em sua terminologia jovial – foi exposta como o próprio baluarte da sociedade.

Um sorriso curvou os lábios de lorde Henry, e ele se virou e olhou para Dorian.

– Você está melhor, meu querido companheiro? – ele perguntou. – Você parecia um tanto ausente durante o jantar.

— Estou muito bem, Harry. Só estou cansado. É só isso.

— Você estava encantador ontem à noite. A pequena duquesa é bastante dedicada a você. Ela me contou que está indo a Selby.

— Ela prometeu chegar dia vinte.

— E Monmouth também vai?

— Oh, sim, Harry.

— Ele me entedia terrivelmente, quase tanto quanto a ela. Ela é muito inteligente, inteligente demais para uma mulher. Falta-lhe o indefinível encanto da fraqueza. São os pés de barro que tornam a imagem de ouro preciosa. Ela tem pés muito lindos, mas não são de barro. São pés brancos de porcelana, se você me permite. São pés que atravessaram o fogo, e o que o fogo não destrói, ele endurece. Ela teve lá suas experiências.

— Há quanto tempo ela está casada? – perguntou Dorian.

— Há uma eternidade, segundo ela me disse. Acho que, pelo pariato, são dez anos, mas dez anos com o Monmouth deve parecer uma eternidade, e mais algum tempo. Quem mais vai?

— Oh, os Willoughbys, lorde Rugby e a esposa, nossa anfitriã, Geoffrey Clouston, o grupo de sempre. Eu convidei lorde Grotrian.

— Gosto dele – disse lorde Henry. — Muita gente não gosta, mas eu o acho encantador. Ele compensa o fato de às vezes se vestir com apuro excessivo com o fato de ser sempre excessivamente educado. É um tipo bem moderno.

— Não sei se ele poderá vir, Harry. Talvez ele precise ir a Monte Carlo com o pai.

— Ah! Como os parentes das pessoas são irritantes! Tente fazer com que ele vá. Por falar nisso, Dorian, você foi embora muito cedo ontem à noite. Você saiu antes das onze. O que você fez depois? Foi direto para casa?

Dorian olhou rapidamente para ele e franziu o cenho. — Não, Harry — ele disse por fim —, só cheguei em casa quando eram quase três.

— Você foi ao clube?

— Sim — ele respondeu. Então se arrependeu. — Não, não foi o que eu quis dizer. Não fui ao clube. Fiquei passeando. Esqueci o que eu fiz... Como você é curioso, Harry! Sempre quer saber o que os outros fizeram. Eu sempre quero esquecer o que fiz. Cheguei em casa às duas e meia, se você quiser saber a hora exata. Tinha esquecido a chave em casa, e o meu criado precisou abrir para mim. Se você quiser alguma prova que corrobore o que eu disse, pergunte a ele.

Lorde Henry deu de ombros. – Meu querido colega, como se eu me importasse! Vamos subir para a sala de estar. Não quero xerez, obrigado, senhor Chapman. Alguma coisa aconteceu com você, Dorian. Diga-me o que foi. Você está diferente.

– Não se preocupe comigo, Harry. Estou irritado e sem paciência. Vou passar para vê-lo amanhã ou depois. Peça desculpas por mim a lady Narborough. Não vou subir. Vou para casa. Preciso ir para casa.

– Está bem, Dorian. Estou contando que vou encontrá-lo amanhã para o chá da tarde. A duquesa também vai.

– Tentarei comparecer, Harry – ele disse, deixando a sala. Enquanto voltava para casa, ele se deu conta de que a sensação de terror que o estivera sufocando havia voltado. As perguntas casuais de lorde Henry haviam-no deixado nervoso por um momento, e ele queria acalmar seus nervos. Objetos perigosos precisavam ser destruídos. Ele piscou. Odiava a ideia de sequer tocá-los.

No entanto, aquilo precisava ser feito. Deu-se conta disso e, depois de trancar a porta da biblioteca, abriu o compartimento secreto onde deixara o casaco e a valise de Basil Hallward. O fogo na lareira estava alto. Ele pôs mais lenha. O cheiro de pano chamuscado e couro queimado era horrível. Levou quarenta e cinco minutos para queimar tudo. Ao final, sentia-se tonto e nauseado e, depois de acender algumas pastilhas de inceso argelino em um braseiro vazado de cobre, banhou as mãos e a testa com um vinagre fresco e almiscarado.

De repente, sobressaltou-se. Seus olhos ficaram estranhamente brilhantes, e ele mordiscou nervosamente o lábio inferior. Entre duas janelas havia um grande gabinete florentino, de ébano, cravejado de marfim e lapis-lazúli. Ele ficou olhando para o móvel como algo que o fascinava e amedrontava, como se contivesse algo pelo qual ansiava e no entanto quase odiava ao mesmo tempo. Sua respiração ficou acelerada. Um desejo louco tomou conta de si. Acendeu um cigarro e em seguida jogou fora. As pálpebras caíram até que os longos cílios quase tocaram suas maçãs do rosto. Mas ele continuou contemplando o gabinete. Por fim, ele se levantou do sofá onde estava deitado, foi até lá, e, abrindo-o, pressionou uma mola oculta. Uma gaveta triangular deslizou lentamente para fora. Seus dedos se moveram instintivamente, penetraram a gaveta e se fecharam sobre um objeto. Era uma caixinha chinesa de laca preta e pó de ouro, intrincadamente entalhada, cujas laterais tinham um padrão de ondas recurvas, e as cordas de seda tinham cristais redondos nas pontas e borlas de fios de metal trançados. Ele abriu. Dentro da caixa havia uma pasta verde, de brilho ceroso e odor curiosamente forte e persistente.

Ele hesitou por alguns momentos, com um sorriso estranhamente imóvel no rosto. Então, tremendo, embora a atmosfera do ambiente estivesse terrivelmente quente, ele se levantou com esforço e olhou de relance para o relógio. Faltavam vinte minutos para a meia-noite. Ele guardou a caixa, fechando as portas do gabinete ao fazê-lo, e foi para o quarto.

Quando a meia-noite deu suas badaladas de bronze no ar escuro, Dorian Gray, com roupas comuns e um lenço no pescoço, saiu silenciosamente de casa. Na Bond Street, encontrou um fiacre com um bom cavalo. Fez sinal para parar e, com voz grave, deu um endereço ao cocheiro.

O sujeito balançou a cabeça. – É longe demais para mim – ele murmurou.

– Aqui está um soberano de ouro para você – disse Dorian. – Você receberá outro se for depressa.

– Está bem, senhor – respondeu o homem –, o senhor estará lá em uma hora – e depois de guardar o dinheiro, deu meia-volta com o cavalo e seguiu rapidamente em direção ao rio.

Capítulo XVI

Começou a cair uma chuva fria, e os lampiões borrados da rua pareciam sinistros na neblina gotejante. Os bares estavam quase fechando, e homens e mulheres obscuros se aglomeravam em grupos dispersos junto das portas. De alguns bares, vinha o som de risadas horríveis. Em outros, bêbados esbravejavam e gritavam.

Recostado no fiacre, com o chapéu sobre a testa, Dorian Gray observava com olhos indiferentes a sórdida vergonha da cidade grande e, de quando em quando, repetia para si mesmo as palavras que lorde Henry lhe dissera na primeira vez em que se viram, "Curar a alma através dos sentidos, e os sentidos por meio da alma". Sim, esse era o segredo. Muitas vezes tentara, e tentaria de novo agora. Havia opiários, onde se podia comprar o esquecimento, antros de horror onde a lembrança de velhos pecados podia ser destruída pela loucura de pecados novos.

A lua pairava baixa no céu como um crânio amarelado. De quando em quando uma imensa nuvem disforme esticava um braço comprido e a escondia. Foram escasseando os lampiões de gás, e as ruas ficaram mais estreitas e sombrias. A certa altura, o cocheiro se perdeu e precisou voltar meia milha. Subia fumaça do cavalo que seguia pisando nas poças. As janelas laterais do fiacre estavam embaçadas de um vapor cinza aflanelado.

"Curar a alma através dos sentidos, e os sentidos por meio da alma!" Como essas palavras ecoavam em seus ouvidos! Sua alma, decerto, estava fatalmente doente. Seria verdade que os sentidos poderiam curá-la? Sangue inocente havia sido derramado. O que poderia reparar isso? Ah! Para isso não havia reparação; mas embora o perdão fosse impossível, ainda assim era possível o esquecimento, e ele estava decidido a esquecer, a apagar aquilo, a esmagar como alguém esmaga a víbora que o picou. A bem dizer, que direito tinha Basil de falar com ele daquela forma? Quem lhe deu o direito de julgar os outros? Ele dissera coisas pavorosas, horríveis, que não podiam ser suportadas.

O fiacre seguia em frente com esforço, indo mais devagar, segundo lhe parecia, a cada passo. Ele abriu a portinhola e mandou o cocheiro ir mais depressa. A hedionda fome pelo ópio começou a corroê-lo. Sua garganta ardia e suas mãos delicadas tremiam nervosamente entrelaçadas. Bateu no cavalo loucamente com sua bengala. O cocheiro deu risada e estalou o chicote. Ele riu em resposta, e o sujeito ficou calado.

O caminho parecia interminável, e as ruas, a teia negra de uma aranha que se espalhava. A monotonia ficou insuportável, e, quando o nevoeiro engrossou, ele sentiu medo.

Então eles passaram por solitárias olarias. A neblina ali era menos densa, e ele viu os fornos em forma de garrafa com suas línguas alaranjadas de fogo para fora parecendo leques. Um cão latiu quando eles passaram, e lá muito ao longe no escuro uma gaivota perdida gritou. O cavalo tropeçou em um buraco, então desviou, e disparou a galopar.

Algum tempo depois, eles saíram da estrada de terra e tornaram com estardalhaço às ruas mal-pavimentadas. A maioria das janelas estava às escuras, mas, de quando em quando, sombras fantásticas apareciam em silhueta nas cortinas iluminadas. Observou-as com curiosidade. Moviam-se como monstruosas marionetes e faziam gestos como criaturas vivas. Odiou-as. Havia uma raiva surda em seu coração. Ao dobrarem uma esquina, uma mulher gritou para eles de uma porta aberta, e dois homens correram atrás do fiacre por mais de cem metros. O cocheiro bateu neles com o chicote.

Dizem que a paixão faz a pessoa pensar em círculo. Certamente com hedionda repetição, os lábios mordiscados de Dorian Gray formularam e reformularam aquelas palavras sutis que tratavam da alma e dos sentidos, até encontrar nelas a expressão plena, a bem dizer, de seu estado de espírito, e justificar, com aprovação intelectual, paixões que sem tais justificativas ainda assim teriam dominado seu temperamento. De célula em célula de seu cérebro, esse único pensamento migrou; e o desejo selvagem de viver, o mais terrível de todos os apetites humanos, converteu em força todos os seus nervos e fibras trêmulos. A feiura, que outrora lhe fora odiosa porque tornava as coisas reais, tornou-se cara para ele agora pelo mesmo motivo. A feiura era a única realidade. A rouca gritaria, a espelunca odiosa, a crua violência da vida desordenada, a própria vileza dos ladrões e marginais, eram mais vívidas, em sua intensa efetividade de impressão, do que todas as formas graciosas da arte, que as sombras sonhadoras da canção. Elas eram o que ele precisava para o esquecimento. Em três dias, ele estaria livre.

Subitamente o cocheiro parou com um solavanco no alto de uma alameda escura. Acima dos telhados baixos e chaminés irregulares das casas, erguiam-se os mastros negros dos navios. Espirais de névoa branca penduravam-se como velas fantasmagóricas nos estaleiros.

– É por aqui, senhor, não? – ele perguntou com voz rouca através da portinhola.

Dorian voltou a si e espiou ao redor. – Aqui está bom – ele respondeu e, saindo abruptamente e dando ao cocheiro o restante do dinheiro que havia prometido, caminhou depressa na direção do cais. Uma lanterna brilhava na popa de um imenso cargueiro. A luz tremulava e se estilhaçava nas poças. Um clarão vermelho vinha de um transatlântico que deixava o porto sendo abastecido de carvão. O calçamento escorregadio parecia uma capa molhada de chuva.

Ele correu para a esquerda, olhando para trás de quando em quando para ver se estava sendo seguido. Em sete ou oito minutos, chegou a uma casa pobre, espremida entre duas fábricas abandonadas. Em uma janela do andar de cima, havia um lampião. Ele parou e bateu de modo peculiar.

Após algum tempo, ouviu passos no corredor e a corrente ser removida. A porta se abriu devagar, e ele entrou sem dizer nada à disforme figura atarracada que sumiu na sombra quando ele passou. No fundo da sala, havia uma cortina verde esfarrapada que se levantou e balançou com a rajada de vento frio que entrou com ele da rua. Ele afastou a cortina e entrou em uma sala comprida, de teto baixo, que parecia ter sido um dia um salão de dança de terceira categoria. Lampiões de gás barulhentos, distorcidos e atenuados por espelhos sujos de moscas, enfileiravam-se em todas as paredes. As cúpulas engorduradas de alumínio cortado formavam trêmulos discos de luz. O piso era coberto de uma serragem ocre, pisoteada aqui e ali até virar lama, e manchado de círculos escuros de bebida derramada. Alguns malaios estavam encolhidos junto a um fogareiro de carvão jogando uma espécie de dominó de marfim e mostrando os dentes brancos enquanto conversavam. A um canto, com a cabeça enfiada entre os braços, um marinheiro esparramado em uma mesa, e junto ao bar de pintura chamativa que ocupava um lado inteiro do recinto, duas mulheres desmazeladas zombavam de um velho que esfregava as mangas do paletó com expressão de desgosto. – Ele acha que está coberto de formigas vermelhas – caçoou uma delas quando Dorian passou. O sujeito olhou para ela aterrorizado e começou a choramingar.

No fundo da sala, havia uma escada, que dava em um quarto escuro. Quando Dorian subiu às pressas os três frágeis degraus, o perfume intenso do ópio veio recebê-lo. Ele inspirou profundamente, e suas narinas estremeceram de prazer. Quando ele entrou, um rapaz de cabelos loiros e lisos, inclinado sobre um lampião, acendendo um cachimbo comprido, olhou para ele e meneou, hesitante, a cabeça.

– Você, aqui, Adrian? – murmurou Dorian.

– Onde mais eu estaria? – ele respondeu, apaticamente. Nenhum dos rapazes fala mais comigo.

– Pensei que você tinha ido embora da Inglaterra.

– Darlington não vai fazer nada. Meu irmão pagou a conta no final. George também não fala mais comigo... Não me importo – ele acrescentou, com um suspiro. – Enquanto tiver isso aqui, quem precisa de amigos? Acho que eu já tive amigos demais.

Dorian franziu o cenho e olhou à sua volta para as criaturas grotescas que assumiam posturas tão fantásticas sobre aqueles velhos catres. Braços e pernas retorcidos, bocas escancaradas, olhos fixos e opacos, tudo aquilo o fascinava. Ele sabia em que céus estranhos eles estavam sofrendo e que infernos entorpecidos lhes estavam ensinando alguma nova alegria secreta. Eles estavam melhor do que ele. Ele estava aprisionado no pensamento. A memória, como uma doença horrível, estava devorando sua alma. De quando em quando, ele parecia estar vendo os olhos de Basil Hallward olhando para ele. No entanto, sentiu que não poderia ficar ali. A presença de Adrian Singleton perturbou-o. Queria ficar onde ninguém soubesse quem ele era. Queria fugir de si mesmo.

– Vou ao outro lugar – ele disse, após uma pausa.

– No cais?

– Sim.

– Aquela gata louca deve estar lá. Eles não deixam mais ela vir aqui agora.

Dorian deu de ombros. – Não suporto mais essas mulheres que amam os outros. As mulheres que odeiam alguém são muito mais interessantes. Além disso, o ópio de lá é melhor.

– É quase igual.

– Eu prefiro o de lá. Venha, vamos beber alguma coisa. Preciso beber alguma coisa.

– Eu não quero beber nada – murmurou o rapaz.

– Não faz mal.

Adrian Singleton se levantou com dificuldade e acompanhou Dorian até o bar. Um mestiço, com um turbante sujo e um sobretudo velho, saudou-os com um sorriso horrível, servindo a garrafa de conhaque e dois copos na frente deles. As mulheres se aproximaram e começaram a tagarelar. Dorian se virou de costas para elas e disse algo em voz baixa a Adrian Singleton.

Um sorriso tortuoso, como uma adaga malaia, retorceu-se no semblante da outra mulher. – Alguém parece estar muito orgulhoso hoje à noite – ela zombou.

– Pelo amor de Deus, não fale comigo – exclamou Dorian, batendo o pé no chão. – O que você quer? Dinheiro? Aqui está. Não fale nunca mais comigo.

Duas fagulhas vermelhas se acenderam por um momento nos olhos inebriados da mulher, então sumiram e os deixaram opacos e vidrados. Ela jogou a cabeça para trás e raspou as moedas do balcão com dedos gananciosos. A companheira ficou olhando com inveja.

– Não adianta – suspirou Adrian Singleton. – Não me importo de voltar. Que importância tem? Estou bem feliz aqui.

– Você manda avisar se quiser alguma coisa, não? – disse Dorian, após uma pausa.

– Talvez.

– Então, boa noite.

– Boa noite – respondeu o rapaz, subindo a escada e enxugando a boca seca com um lenço.

Dorian foi até a porta com uma expressão de dor em seu semblante. Quando ele afastava a cortina, uma gargalhada medonha escapou dos lábios pintados da mulher que ficara com seu dinheiro.

– Lá vai o moço do pacto com o diabo! – ela soluçou, com voz rouca.

– Maldita! – ele respondeu. – Não me chame assim.

Ela estalou os dedos. – Príncipe Encantado, é assim que você gosta de ser chamado, não é? – ela gritou para ele.

O marinheiro sonolento se pôs de pé ao ouvir aquilo e olhou ensandecido ao seu redor. Ele ouviu o som da porta do salão bater. Saiu correndo, como se se tratasse de uma perseguição.

Dorian Gray correu pelo cais em meio à garoa. Seu encontro com Adrian Singleton o deixara estranhamente comovido, e ele se perguntou se a ruína daquele rapaz não seria também culpa sua, como Basil Hallward lhe dissera com tamanha infâmia insultosa. Ele se conteve e, por alguns segundos, seus olhos ficaram tristonhos. No entanto, afinal, que importância aquilo tinha para ele? A vida era muito breve para assumir o fardo dos erros alheios sobre os próprios ombros. Cada um vivia a sua vida e pagava o seu próprio preço por vivê-la. A única pena era precisar pagar muitas vezes por um único erro. Era, de fato, preciso pagar muitas e muitas vezes. Em seus acordos com o homem, o destino nunca encerra as contas.

Há momentos, segundo os psicólogos, em que a paixão pelo pecado, ou por aquilo que o mundo chama de pecado, domina de tal forma uma natureza, que todas as fibras do corpo, assim como toda célula do cérebro, parecem se tornar instinto, com impulsos temerários. Homens e mulheres nesses momentos perdem a liberdade do arbítrio. Eles se movem rumo ao próprio fim como autômatos. Perdem o poder de escolha, e a consciência é assassinada, ou, se sobrevive, vive apenas para conferir à rebeldia o seu fascínio, e à desobediência o seu encanto. Pois todos os pecados, como os teólogos não se cansam de nos lembrar, são pecados da desobediência. Quando aquele espírito elevado, aquela estrela da manhã do mal, caiu do céu, foi como um rebelde que ele caiu.

Impiedoso, concentrado no mal, com o espírito ofuscado e a alma faminta por rebeldia, Dorian Gray correu, apertando o passo no caminho, mas, quando saltou de lado e entrou por uma passagem em arco, às escuras, que lhe servia sempre de atalho quando ia àquele mal-afamado lugar aonde estava indo, sentiu-se subitamente agarrado por trás, e, antes que tivesse tempo de se defender, foi empurrado de costas contra a parede, com uma mão brutal segurando seu pescoço.

Ele lutou enlouquecidamente pela vida e, com terrível esforço, desvencilhou-se daqueles dedos que o apertavam. Nesse segundo, ouviu o clique de um revólver e viu o brilho de um cano polido apontando diretamente para sua cabeça, e o vulto difuso de um homem baixo e forte olhando para ele.

— O que você quer? — ele arquejou.

— Fique calado — disse o homem. — Se você se mexer, eu atiro.

— Você está louco. O que eu fiz para você?

— Você arruinou a vida de Sibyl Vane — foi a resposta —, e Sibyl Vane era minha irmã. Ela se matou. Eu sei disso. A morte dela é sua culpa. Jurei que o mataria quando voltasse. Há anos que eu o procuro. Não tinha nenhuma pista, nenhum sinal. As duas pessoas que poderiam descrevê-lo estão mortas. Eu não sabia nada a seu respeito, a não ser o apelido com que ela costumava chamá-lo. Ouvi esse apelido por acaso hoje. Faça as pazes com Deus, porque hoje você vai morrer.

Dorian Gray sentiu náuseas de tanto medo. — Eu não a conheci — ele balbuciou. — Nunca ouvi falar. Você está louco.

— Seria melhor você confessar o seu pecado, pois, tão certo quanto eu me chamo James Vane, você vai morrer esta noite — houve um momento horrível. Dorian não soube o que dizer ou fazer. — Ajoelhe-se! — rosnou o homem. — Vou lhe dar um minuto para se confessar, não mais do que isso. Embarco hoje à noite para a Índia, mas vou cumprir minha tarefa primeiro. Um minuto. Nada mais.

Os braços de Dorian pendiam junto ao corpo. Paralisado de terror, ele não sabia o que fazer. De repente, uma esperança desenfreada lhe passou pela cabeça.

— Pare — ele gritou. — Quanto tempo faz que a sua irmã morreu? Depressa, diga-me logo!

— Dezoito anos — disse o homem. — Por que você quer saber? Que importância tem quantos anos faz?

— Dezoito anos — gargalhou Dorian Gray, com um toque de triunfo na voz. — Dezoito anos! Ponha-me embaixo do lampião e olhe para o meu rosto!

James Vane hesitou por um momento, sem entender o que ele pretendia. Então agarrou Dorian Gray e o arrastou para fora dos arcos.

Mesmo fraca e oscilante com o vento como estava a luz, ainda assim bastou para lhe demonstrar o equívoco tremendo, tal como lhe pareceu, que ele havia cometido, pois o rosto do homem que ele queria matar tinha todo o viço da adolescência, toda a imaculada pureza da juventude. Ele parecia um rapaz de não mais de vinte verões, dificilmente mais do que isso, talvez nem mesmo mais velho que a irmã quando se despediram havia tantos anos. Era óbvio que aquele não era o homem que havia destruído a vida dela.

Ele o soltou e recuou.

– Meu Deus! Meu Deus! – ele exclamou –, e eu quase o matei!

Dorian Gray respirou fundo. – O senhor esteve prestes a cometer um crime terrível – ele disse, olhando para ele muito seriamente. – Que sirva de lição para o senhor não buscar vingança com as próprias mãos.

– Perdão, senhor – murmurou James Vane. – Eu me enganei. Uma palavra ao acaso que ouvi naquele maldito antro me levou pelo caminho errado.

– É melhor você ir embora, e jogue fora essa pistola, ou você pode arranjar mais confusão – disse Dorian, dando-lhe as costas e lentamente descendo a rua.

James Vane ficou parado na calçada horrorizado. Tremia dos pés à cabeça. Algum tempo depois, uma sombra negra que se esgueirava junto à parede úmida veio para a luz e se aproximou dele a passos furtivos. Ele sentiu uma mão em seu braço e se virou assustado. Era uma das mulheres que estavam bebendo no bar.

– Por que você não o matou? – ela sibilou, com o rosto desmazelado muito perto do dele. – Eu sabia que você tinha ido atrás dele quando saiu do Daly's. Seu bobo! Você devia tê-lo matado. Ele tem muito dinheiro, e é tão mau quanto alguém pode ser.

– Ele não é quem eu estou procurando – ele respondeu –, e eu não quero o dinheiro dele. Eu quero a vida. E esse homem cuja vida eu quero deve ter hoje quase quarenta anos. E este é pouco mais que um menino. Graças a Deus não fiquei com o sangue dele em minhas mãos.

A mulher deu uma risada amarga. – Pouco mais que um menino! – ela zombou. – Ora, pois, já faz quase dezoito anos que o Príncipe Encantado fez de mim o que eu sou agora.

– Você está mentindo! – gritou James Vane.

Ela ergueu a mão para o céu. – Juro por Deus que estou dizendo a verdade – ela exclamou.

– Por Deus?

– Que caia um raio se estou mentindo. Ele é o pior que vem aqui. Dizem que ele se vendeu para o diabo em troca de um rosto sempre bonito. Faz quase dezoito anos que eu o conheço. Ele não mudou quase nada de lá para cá. Não foi o meu caso – ela acrescentou, com olhar doentio.

– Você jura que isso é verdade?

– Juro – saiu em eco rouco de sua boca flácida. – Mas não vá me dedurar para ele – ela se queixou –; eu tenho medo dele. Dê-me algum dinheiro para o quarto hoje à noite.

Ele se afastou dela com um xingamento e correu até a esquina, mas Dorian Gray havia desaparecido. Quando ele olhou para trás, a mulher também tinha sumido.

Capítulo XVII

Uma semana depois, Dorian Gray estava no orquidário em Selby Royal conversando com a bela duquesa de Monmouth, que, ao lado do marido, um envelhecido senhor de sessenta anos, estava entre seus convidados. Era hora do chá, e a luz suave do imenso lampião rendado sobre a mesa iluminava a porcelana delicada e a prata lavrada do serviço que a duquesa presidia. Suas mãos brancas se moviam delicadamente entre as xícaras, e seus lábios vermelhos estavam sorrindo voluptuosamente de algo que Dorian lhe sussurrara. Lorde Henry estava recostado em uma poltrona de vime estofada em seda olhando para eles. Em um divã cor de pêssego estava lady Narborough fingindo ouvir a descrição que o duque fazia do último besouro brasileiro que ele acrescentou a sua coleção. Três jovens em sofisticados *smokings* serviam bolo a algumas das mulheres. O grupo consistia de doze pessoas, e havia mais convidados que chegariam no dia seguinte.

— O que vocês dois estão conversando? — disse lorde Henry, aproximando-se da mesa e depositando a xícara. — Espero que Dorian tenha contado do meu plano de rebatizar todas as coisas, Gladys. É uma ideia deliciosa.

— Mas eu não quero ser batizada outra vez, Harry — devolveu a duquesa, olhando para ele com seus olhos magníficos. — Estou bem satisfeita com meu nome e tenho certeza de que o senhor Gray também está satisfeito com o dele.

— Minha querida Gladys, eu não mudaria o nome de vocês. São ambos perfeitos. Eu pensava basicamente em flores. Ontem, cortei uma orquídea para a minha lapela. Era uma coisa maravilhosa, manchada, eficaz como os sete pecados capitais. Em um momento à toa, perguntei ao jardineiro como se chamava aquela flor. Ele me disse que era um belo espécime de *robinsoniana*, ou algo assim pavoroso. É uma triste verdade, mas perdemos a faculdade de dar nomes adoráveis às coisas. O nome é tudo. Jamais discuto com ações. Minha única disputa é com as palavras. É por esse motivo que odeio o realismo vulgar na literatura. Um homem capaz de chamar uma pá de pá deveria ser obrigado a usar pás. É a única coisa para a qual ele serve.

— Então como você deveria se chamar, Harry? — ela perguntou.

— O nome dele é Príncipe Paradoxo — disse Dorian.

— Posso reconhecê-lo instantaneamente por esse nome — exclamou a duquesa.

— Não quero mais falar nisso — riu lorde Henry, recostando-se em uma poltrona. — Não há como escapar de um rótulo. Abdico do meu título.

— A realeza não pode abdicar — saiu como um aviso daqueles belos lábios.

— Então você quer que eu defenda o meu trono?

— Sim.

— Só sei as verdades de amanhã.

— Prefiro os equívocos do agora — ela respondeu.

— Você me desarma, Gladys — ele exclamou, captando a intenção de seu humor.

— De seu escudo, Harry; não de sua lança.

— Jamais investiria contra a beleza — ele disse, com um ademã.

— Eis o seu erro, Harry, acredite em mim. Você valoriza demais a beleza.

— Como você pode dizer isso? Admito que acho melhor ser belo do que ser bom. Mas, por outro lado, ninguém mais do que eu reconhece que é melhor ser bom do que ser feio.

— A feiura, então, é um dos sete pecados capitais? — exclamou a duquesa. — E o que houve com a sua metáfora da orquídea?

— A feiura é uma das sete virtudes capitais, Gladys. Você, como boa tóri, não deveria subestimá-la. A cerveja, a Bíblia e as sete virtudes capitais fizeram da nossa Inglaterra o que ela é hoje.

— Você não gosta, então, do seu país? — ela perguntou.

— Eu moro nele.

— Para poder melhor criticá-lo.

— Você prefere que eu aceite o veredito da Europa sobre ele? — perguntou.

— O que eles dizem de nós?

— Que Tartufo emigrou para a Inglaterra e abriu um comércio.

— Essa frase é sua, Harry?

— Pode ficar para você.

— Eu não saberia usar. É verdadeira demais.

– Não precisa se preocupar. Nossos conterrâneos nunca reconhecem uma descrição.

– Eles são práticos.

– São mais astutos do que práticos. Quando preenchem seus registros, eles compensam a estupidez com a riqueza, e o vício com a hipocrisia.

– Ainda assim, nós fizemos grandes coisas.

– Grandes coisas foram atiradas nas nossas costas, Gladys.

– Nós carregamos esse fardo.

– Mas só até a bolsa de valores.

Ela balançou a cabeça. – Eu acredito em nossa estirpe – ela exclamou.

– Ela representa a sobrevivência do empreendedor.

– Ela teve algum desenvolvimento.

– A decadência me fascina mais.

– E quanto à arte? – ela perguntou.

– É uma doença.

– E o amor?

– Uma ilusão.

– E a religião?

– O substituto elegante da crença.

– Você é cético.

– Jamais. O ceticismo é o começo da fé.

– O que você é?

– Definir é limitar.

– Dê-me uma pista.

– Os fios se partem. Você se perderia no labirinto.

– Você me confunde. Vamos falar de outra pessoa.

– Nosso anfitrião é um tema delicioso. Anos atrás ele foi chamado de Príncipe Encantado.

– Ah! Não me faça lembrar disso – exclamou Dorian Gray.

– Nosso anfitrião está terrível esta noite – respondeu a duquesa, enrubescendo. – Acredito que ele pense que Monmouth se casou comigo por princípios puramente científicos, como se eu fosse o melhor espécime que ele encontrou de uma borboleta moderna.

– Bem, espero que ele não a espete com alfinetes, duquesa – gargalhou Dorian.

– Oh, minha criada já faz isso, senhor Gray, quando ela está irritada comigo.

– E o que a irrita em você, duquesa?

– As coisas mais triviais, senhor Gray, eu lhe garanto. Geralmente, porque eu chego às nove e digo que preciso estar vestida às oito e meia.

– Mas que absurdo da parte dela! Você deveria lhe dar uma advertência.

– Não ouso fazer isso, senhor Gray. Ora, ela inventa chapéus para mim. Você se lembra do que eu estava usando na festa ao ar livre de lady Hilstone? Não lembra, mas é gentil da sua parte fingir que lembra. Bem, esse chapéu ela fez a partir do nada. Todos os bons chapéus são feitos a partir do nada.

– Como todas as boas reputações, Gladys – interrompeu lorde Henry. – Cada efeito que causamos nos confere um inimigo. Para ser popular, é preciso ser medíocre.

– Não com as mulheres – disse a duquesa, balançando a cabeça –, e as mulheres mandam no mundo. Eu lhe garanto que nós não suportamos a mediocridade. Nós, mulheres, como disse alguém, amamos com os ouvidos, assim como vocês, homens, amam com os olhos, se é que chegam a amar.

– Parece-me que nunca fazemos outra coisa além de amar – murmurou Dorian.

– Ah! Então, senhor Gray, o senhor nunca amou de verdade – respondeu a duquesa, fingindo tristeza.

– Minha querida Gladys! – exclamou lorde Henry. – Como você pode dizer isso? O romance vive da repetição, e a repetição transforma um apetite em uma arte. Além disso, toda vez que alguém se apaixona é como se fosse a única vez que amou na vida. A diferença de objeto não altera a singularidade da paixão. Ela meramente a intensifica. Na vida, na melhor das hipóteses, só temos uma única grande experiência, e o segredo da vida é reproduzir essa experiência com a maior frequência possível.

– Mesmo quando a pessoa sai ferida dessa experiência, Harry? – perguntou a duquesa, após uma pausa.

– Especialmente quando a pessoa saiu ferida – respondeu lorde Henry.

A duquesa se virou e olhou para Dorian Gray com uma expressão curiosa nos olhos. – O que o senhor tem a dizer sobre isso, senhor Gray? – ela perguntou.

Dorian hesitou por um momento. Então jogou a cabeça para trás e deu risada. – Eu sempre concordo com o Harry, duquesa.

– Mesmo quando ele está errado?

– O Harry nunca está errado, duquesa.

– E a filosofia dele deixa o senhor feliz?

– Jamais busquei a felicidade. Quem quer felicidade? Eu sempre busquei o prazer.

– E o senhor encontrou o prazer, senhor Gray?

– Muitas vezes. Até demais.

A duquesa suspirou. – Estou em busca de paz – ela disse –, e, se eu não for me trocar logo, não terei nenhuma esta noite.

– Deixe que eu lhe traga algumas orquídeas, duquesa – exclamou Dorian, pondo-se de pé e caminhando pelo orquidário.

– Você está flertando com ele desavergonhadamente – disse lorde Henry a sua prima. – É melhor você tomar cuidado. Ele é muito fascinante.

– Se ele não fosse, não haveria disputa.

– De grego contra grega, então?

– Estou do lado dos troianos. Eles lutaram por uma mulher.

– Eles foram derrotados.

– Existem coisas piores do que ser capturada – ela respondeu.

– Você está galopando com a rédea solta.

– O ritmo dá vida – foi a *riposte*.

– Vou anotar isso no meu diário hoje à noite.

– O quê?

– Que criança queimada adora fogo.

– Não fiquei nem chamuscada. Minhas asas estão intactas.

– Você usa suas asas para tudo, menos para voar.

– A coragem passou dos homens para as mulheres. É uma experiência nova para nós.

– Você tem uma rival.

– Quem?

Ele deu risada. – Lady Narborough – ele sussurrou. – Ela o adora demais.

— Você me deixou apreensiva. O apelo à Antiguidade é fatal para nós, românticas.

— Românticas! Vocês usam todos os métodos da ciência.

— Fomos educadas pelos homens.

— Mas não foram explicadas.

— Descreva-nos enquanto sexo — ela o desafiou.

— Esfinges sem segredos.

Ela olhou para ele, sorrindo. — Como o senhor Gray está demorando! — ela disse. — Vamos ajudá-lo. Ainda não contei a ele a cor do meu vestido.

— Ah! Você deveria escolher o vestido de acordo com as flores que ele lhe trouxer, Gladys.

— Isso seria uma rendição prematura.

— A arte romântica começa pelo clímax.

— Preciso conservar a opção pela retirada.

— À maneira dos partos?

— Eles encontraram segurança no deserto. Eu não seria capaz de uma coisa dessas.

— Nem sempre as mulheres têm escolha — ele respondeu, porém, mal havia terminado a frase, quando, do outro lado do orquidário, ouviu-se um gemido abafado, seguido pelo som surdo de uma queda abrupta. Todos se sobressaltaram. A duquesa ficou imóvel de horror. E, com medo nos olhos, lorde Henry correu por entre as folhas das palmeiras até encontrar Dorian Gray deitado de bruços no piso de lajotas, desacordado, como se estivesse morto.

Ele foi levado imediatamente até a sala azul e deitado em um dos sofás. Após algum tempo, ele recobrou a consciência e olhou ao redor com expressão espantada.

— O que aconteceu? — ele perguntou. — Oh! Lembrei. Estou seguro aqui, Harry? — Ele começou a tremer.

— Meu caro Dorian — respondeu lorde Henry —, você só desmaiou. Só isso. Você deve ter se exigido demais. É melhor você nem descer para o jantar. Posso assumir seu lugar.

— Não, eu consigo — ele disse, esforçando-se para ficar de pé. — Prefiro descer. Não posso ficar sozinho.

Ele entrou em seu quarto e trocou de roupa. Havia uma selvagem alegria descontraída em seus modos quando se sentou à mesa, mas de quando em quando um calafrio de terror o atravessava, ao se lembrar de que, colado ao vidro do orquidário, como um lenço branco, vira o rosto de James Vane olhando para ele.

Capítulo XVIII

No dia seguinte, ele não saiu de casa e, a bem dizer, passou a maior parte do tempo sozinho, sentindo-se mal, com um medo louco de morrer, e, no entanto, indiferente à vida em geral. A consciência de estar sendo perseguido, encurralado, rastreado, começara a dominá-lo. Se a tapeçaria tremulava a qualquer brisa, ele estremecia. As folhas mortas sopradas contra os vitrais tingidos lembravam-lhe suas próprias resoluções fanadas e seus desbragados remorsos. Quando fechava os olhos, via sempre o rosto do marinheiro espiando pelo vidro embaçado e a mão do horror parecia mais uma vez apertar seu coração.

Mas talvez fosse apenas sua fantasia, clamando por vingança no meio da noite, engendrando os vultos hediondos do castigo diante de si. A vida real era o caos, mas havia algo terrivelmente lógico na imaginação. Era a imaginação que fazia o remorso seguir de perto os passos do pecado. Era a imaginação que fazia cada crime gestar sua prole disforme. No mundo comum dos fatos, o ímpio não era castigado, nem tampouco o justo recompensado. O sucesso era concedido aos fortes, e o fracasso, imposto aos fracos. Era só isso. Além do mais, se algum desconhecido estivesse rondando a casa, teria sido visto pelos criados ou pelos vigias. Se houvesse pegadas nos canteiros de flores, o jardineiros teriam avisado. Sim: era mera fantasia. O irmão de Sibyl Vane não havia voltado para matá-lo. Tomara o tal navio, rumo a algum mar invernal. Dele, ao menos, ele estava a salvo. Ora, o sujeito não sabia quem ele era, não teria como saber. A máscara da juventude o salvara.

E, no entanto, se tivesse sido apenas uma ilusão, como era terrível pensar que a consciência era capaz de forjar aqueles fantasmas assustadores, e lhes dar forma visível, fazendo-os se mover diante dele! Que vida seria a sua, se, dia e noite, sombras de seu crime fossem espreitá-lo pelos cantos silenciosos, zombar dele em lugares secretos, sussurrar em seu ouvido em plena festa, acordá-lo com dedos gélidos quando adormecesse! Enquanto esse pensamento passava pela sua cabeça, ele foi ficando pálido de terror, e o ar lhe pareceu ficar subitamente mais frio. Oh! Em que momento extremo de loucura ele matara o amigo! Que horrível lembrar-se da cena! Reviu tudo aquilo de novo. Cada detalhe hediondo voltou com horror renovado. De dentro da caverna negra do tempo, terrível e envolvida em escarlate, erguia-se a imagem de seu pecado. Quando lorde Henry veio às seis, encontrou-o chorando como alguém com o coração partido.

Só no terceiro dia ele arriscou sair do quarto. Havia algo no ar claro, cheirando a pinho, daquela manhã de inverno que parecia levá-lo de volta à sua alegria e seu ardor pela vida. Mas não foram apenas as condições físicas do ambiente que causaram essa transformação. Sua própria natureza havia se rebelado contra o excesso de angústia que tentava mutilar e conspurcar a perfeição de sua serenidade. Com os temperamentos mais sutis e sofisticados, é sempre assim. Suas poderosas paixões devem ferir ou se submeter. Ou elas massacram o homem, ou elas mesmas morrem. As tristezas rasas e os amores rasos sobrevivem. Os amores e as tristezas que forem grandes são destruídos pela própria plenitude. Além disso, ele se convencera de que fora vítima de uma imaginação dominada pelo terror e, retrospectivamente, contemplou seus medos com uma dose de compaixão e nem um pingo de desdém.

Após o desjejum, ele caminhou com a duquesa por uma hora no jardim e depois atravessou o parque de charrete para se juntar aos atiradores. A geada quebradiça se espalhara feito sal sobre a relva. O céu era uma xícara virada de metal azul. Uma fina camada de gelo debruava o lago repleto de juncos.

No canto do pinheiral, ele avistou sir Geoffrey Clouston, irmão da duquesa, tirando dois cartuchos usados de sua espingarda. Ele saltou da charrete e, pedindo ao cavalariço para levar a égua de volta para casa, caminhou em direção a seu convidado através das samambaias murchas e do mato rasteiro.

— Como vai a caçada, Geoffrey? — ele perguntou.

— Não muito bem, Dorian. Creio que a maior parte das aves já voou para o campo aberto. Ouso dizer que será melhor depois do almoço, quando mudarmos de lugar.

Dorian caminhou ao lado dele. O cheiro penetrante do ar perfumado, as luzes marrons e vermelhas que cintilavam no bosque, os gritos roucos dos batedores de quando em quando, e os disparos secos das armas que se seguiam, fascinaram Dorian, enchendo-o de uma deliciosa sensação de liberdade. Sentia-se dominado pela despreocupação da felicidade e pela alta indiferença da alegria.

De repente, de trás de uma touceira de capim velho, cerca de vinte metros à sua frente, com orelhas eretas de pontas pretas e longas patas traseiras a impulsioná-la adiante, surgiu uma lebre. Ela correu para um bosque de amieiros. Sir Geoffrey apontou a espingarda, apoiada no ombro, mas havia algo no gracioso movimento do animal que estranhamente fascinou Dorian Gray, e ele gritou na hora: – Não atire, Geoffrey. Deixe-a viver.

– Que bobagem, Dorian! – riu seu companheiro, e, quando a lebre saltou dentro do bosque, disparou. Ouviram-se dois gritos, o grito de uma lebre ferida, que é pavoroso, e o grito de um homem agonizante, que é pior.

– Santo Deus! Acertei um batedor! – exclamou sir Geoffrey.
– Quem foi o asno que se postou na frente das armas? Parem de atirar aí! – ele gritou com toda força. – Um homem foi atingido.

O guarda-caça veio correndo com um cajado na mão.

– Onde, senhor? Onde ele está? – ele gritou. Ao mesmo tempo, os tiros cessaram.

– Aqui – respondeu sir Geoffrey, irritado, correndo em direção ao bosque. – Por que diabos você não mandou seus homens se afastarem? Estragou minha caçada pelo resto do dia.

Dorian observou-os sumir no bosque de amieiros, afastando os galhos flexíveis que balançavam. No momento seguinte, eles voltaram, arrastando um corpo até a luz do dia. Ele se virou horrorizado. Pareceu-lhe que a desgraça o acompanhava aonde quer que ele fosse. Ouvira sir Geoffrey perguntar se o homem estava realmente morto, e a resposta afirmativa do guarda-caça. O bosque lhe pareceu ficar subitamente vivo e cheio de rostos. Ouviu-se o tropel de milhares de pés, e o burburinho grave de vozes. Um grande faisão acobreado saiu esvoaçando do meio dos galhos.

Momentos depois, que lhe pareceram, em seu estado perturbado, horas intermináveis de dor, ele sentiu uma mão em seu ombro. Sobressaltou-se e olhou para o lado.

– Dorian – disse lorde Henry –, achei melhor avisá-los de que a caçada encerrou por hoje. Não ficaria bem se continuássemos.

— Por mim, estaria encerrada para sempre, Harry — ele respondeu, amargamente. — É tudo muito horrível e cruel. O sujeito está...?

Ele não conseguiu terminar a frase.

— Receio que sim — interveio lorde Henry. — Ele recebeu a carga inteira no peito. Deve ter morrido instantaneamente. Venha; vamos para casa.

Caminharam lado a lado em direção à alameda por quase cinquenta metros sem dizer nada. Então Dorian olhou para lorde Henry e disse, com um suspiro pesado: — É um mau sinal, Harry, muito mau mesmo.

— O que foi? — perguntou lorde Henry. — Oh! Esse acidente, imagino. Meu caro colega, não há o que fazer. Foi culpa dele mesmo. Por que ele ficou na frente das armas? Além do mais, não temos nada a ver com isso. É um tanto estranho da parte de Geoffrey, é claro. Ele não costuma acertar em batedores. Isso lhe dará fama de mau atirador. E Geoffrey não é, ele tem boa pontaria. Mas não adianta falarmos mais nisso.

Dorian balançou a cabeça. — É um mau sinal, Harry. Sinto como se uma coisa horrível fosse acontecer a algum de nós. Comigo, talvez — ele acrescentou, passando a mão sobre os olhos, com um gesto dolorido.

O mais velho deu risada. — A única coisa horrível no mundo é o *ennui*, Dorian. É o único pecado para o qual não existe perdão. Mas não é provável que venhamos a sofrer disso, a não ser que essas pessoas continuem falando sobre o acidente durante o jantar. Vou dizer que esse assunto é tabu. Quanto a maus sinais, não existe isso de mau sinal. O destino não nos envia arautos. É sábio ou cruel demais para isso. Além do mais, o que poderia lhe acontecer, Dorian? Você tem tudo na vida que um homem pode desejar. Não há ninguém que não adoraria trocar de lugar com você.

— Eu trocaria de lugar com qualquer um e de bom grado, Harry. Não ria assim. Estou falando a verdade. O maldito faisão que morreu está melhor que eu. Não tenho nenhum terror da morte. É a chegada da morte que me aterroriza. Suas asas monstruosas parecem estar batendo no ar plúmbeo à minha volta. Santo Deus, você não está vendo um homem se mexendo ali atrás das árvores, olhando para mim, esperando por mim?

Lorde Henry olhou na direção para a qual ele apontava. – Sim – ele disse, sorrindo. – Estou vendo o jardineiro esperando por você. Imagino que ele queira lhe perguntar que flores você quer na mesa hoje à noite. Você está absurdamente nervoso, meu caro colega! Precisa visitar meu médico, quando voltarmos à cidade.

Dorian suspirou aliviado ao ver o jardineiro se aproximar. O homem tocou a aba do chapéu, olhou de relance para lorde Henry de modo hesitante e então sacou uma carta, que estendeu ao patrão. – Sua Graça me pediu para esperar a resposta – ele murmurou.

Dorian guardou a carta no bolso. – Diga à Sua Graça que já estou entrando – ele disse, friamente. O homem se virou e rapidamente se encaminhou para a casa.

– Como as mulheres adoram fazer coisas arriscadas! – riu lorde Henry. – É uma das qualidades delas que eu mais admiro. Uma mulher é capaz de flertar com qualquer um desde que haja outras pessoas olhando.

– Como você adora dizer coisas arriscadas, Harry! Neste caso, você atirou longe. Gosto muito da duquesa, mas não a amo tanto assim.

– E a duquesa o ama muito, mas não gosta tanto, de modo que vocês formam um par perfeito.

– Você está criando um escândalo, Harry, e não há nenhum motivo para escândalo.

– A base de todo escândalo é uma certeza imoral – disse lorde Henry, acendendo um cigarro.

– Você sacrificaria qualquer um, Harry, em troca de um epigrama.

– Quem vai ao altar vai por vontade própria – foi a resposta.

– Quem dera eu fosse capaz de amar – exclamou Dorian Gray, com uma nota grave de paixão na voz. – Mas parece que perdi a paixão e esqueci o desejo. Sou concentrado demais em mim mesmo. Minha própria personalidade se tornou um fardo para mim. Quero fugir, ir embora, esquecer. Foi tolice minha vir até aqui. Acho que mandarei um telegrama a Harvey para preparar o veleiro. A bordo, estarei a salvo.

– A salvo do quê, Dorian? Você está em apuros. Por que não me diz o que é? Você sabe que eu o ajudaria.

– Não posso lhe dizer, Harry – ele respondeu –, infelizmente. E arriscaria dizer que se trata de uma fantasia minha apenas. Esse acidente infeliz me perturbou. Estou com um pressentimento horrível de que algo do tipo pode acontecer comigo.

– Que absurdo!

– Espero que seja, mas não posso evitar de me sentir assim. Ah! Lá vem a duquesa, parecendo uma Ártemis em um vestido sob medida. Veja, estamos de volta, duquesa.

– Estou sabendo de tudo, senhor Gray – ela respondeu. – Pobre Geoffrey, ele está terrivelmente transtornado. E parece que foi você quem pediu para ele não atirar na lebre. Que curioso!

– Sim, foi muito curioso. Não sei o que me fez dizer aquilo. Algum capricho, imagino. Pareceu-me a mais adorável das criaturas. Mas lamento que tenham lhe contado sobre o homem. É um assunto horrível.

– É um assunto irritante – interveio lorde Henry –, não tem nenhum valor psicológico. Ora, se Geoffrey tivesse feito de propósito, seria muito mais interessante! Eu adoraria conhecer alguém que cometeu um assassinato de verdade.

– Que horrível da sua parte, Harry! – exclamou a duquesa. – Não é mesmo, senhor Gray? Harry, o senhor Gray está passando mal outra vez. Ele vai desmaiar.

Dorian se recompôs com esforço e sorriu. – Não é nada, duquesa – ele murmurou –; meus nervos estão terrivelmente abalados. É só isso. Receio ter caminhado demais pela manhã. Não ouvi o que Harry disse. Foi muito grave? Conte-me depois. Acho que preciso ir me deitar agora. Vocês me dão licença?

Haviam chegado ao grandioso lance de escada que levava do orquidário ao terraço. Quando a porta de vidro se fechou atrás de Dorian, lorde Henry se virou e olhou para a duquesa com olhar sonolento. – Você está muito apaixonada por ele? – ele perguntou. – Ela levou algum tempo para responder, mas continuou contemplando a paisagem. – Quem me dera saber – ela disse por fim.

Ele balançou a cabeça. – Sabê-lo seria fatal. É a incerteza que fascina. Um pouco de neblina torna as coisas magníficas.

– E podemos nos perder no caminho.

– Todos os caminhos levam ao mesmo ponto, minha cara Gladys.

— E que ponto é esse?

— À desilusão.

— Foi assim que fiz meu *début* na vida — ela suspirou.

— Essa foi sua coroação.

— Estou farta das folhas de morango desse brasão.

— Elas lhe caem bem.

— Apenas em público.

— Você acabaria sentindo falta delas — disse lorde Henry.

— Farei questão de cobrar cada pétala.

— Monmouth tem ouvidos.

— Os velhos são surdos.

— Ele nunca teve ciúmes?

— Quem dera tivesse.

Ele olhou de relance para os lados, como se procurasse alguma coisa. — O que você está procurando? — ela perguntou.

— A ponta do seu florete — ele respondeu. — Você deixou cair. Ela deu risada. — Conservei a máscara.

— Ela deixa os seus olhos ainda mais lindos — foi a resposta dele.

Ela tornou a rir. Seus dentes pareciam sementes brancas em um fruto escarlate.

No andar de cima, em seu quarto, Dorian Gray estava deitado no sofá, com o terror instaurado em cada fibra tensa de seu corpo. De repente, a vida se tornara um fardo hediondo demais para ele suportar. A morte pavorosa do infeliz batedor, baleado no bosque como um animal selvagem, pareceu-lhe prefigurar sua própria morte. Ele havia quase desmaiado com o que lorde Henry dissera casualmente como brincadeira cínica.

Às cinco, ele tocou a sineta e mandou que o criado aprontasse suas coisas, pois tomaria o expresso noturno para a cidade, e que trouxessem a carruagem às oito e meia. Ele estava decidido a não passar nem mais uma noite em Selby Royal. Era um lugar de maus agouros. A morte andava por lá em plena luz do dia. A relva da floresta fora manchada de sangue.

Então, ele escreveu um bilhete para lorde Henry, dizendo-lhe que estava indo à cidade consultar seu médico e pedindo que entretivesse os convidados na sua ausência. Quando estava guardando o bilhete no envelope, bateram na porta, e seu pajem informou que o guarda-caça desejava vê-lo. Ele franziu o cenho e mordiscou o lábio. — Mande entrar — ele murmurou, após alguns momentos de hesitação.

Assim que o homem entrou, Dorian tirou seu talão de cheques da gaveta e abriu diante dele.

— Imagino que você tenha vindo falar sobre o infeliz acidente desta manhã, Thornton? — ele disse, tomando uma caneta.

— Sim, senhor — respondeu o guarda-caça.

— E o pobre coitado era casado? Tinha alguém que dependia dele? — perguntou Dorian com expressão entediada. — Caso haja alguém, eu não gostaria que passassem dificuldades e enviarei a quantia de dinheiro que você julgar necessária.

— Não sabemos quem ele era, senhor. Era sobre isso que tomei a liberdade de vir lhe falar.

— Não sabem quem ele era? — disse Dorian, com apatia. — O que você quer dizer com isso? Não era um de seus homens?

— Não, senhor. Nunca o vi antes. Parece que era um marinheiro, senhor.

A caneta caiu da mão de Dorian Gray, e ele sentiu como se seu coração de repente fosse parar de bater. — Um marinheiro? — ele exclamou. — Você disse marinheiro?

— Sim, senhor. Parece que era uma espécie de marinheiro; com tatuagens nos dois braços e esse tipo de coisa.

— Não encontraram nada que o identificasse? — disse Dorian, inclinando-se para frente e encarando o sujeito com olhos arregalados. — Nada que contivesse o nome dele?

— Encontramos algum dinheiro, senhor, não muito, e um revólver de seis balas. Não havia nenhuma identificação. Era um sujeito de aparência decente, senhor, mas um tanto rústico. Achamos que devia ser uma espécie de marinheiro.

Dorian se pôs rapidamente de pé. Uma terrível esperança pairou sobre ele. Ele se agarrou a ela enlouquecidamente. — Onde está o corpo? — ele exclamou. — Depressa, preciso vê-lo agora.

— Está em um estábulo vazio na fazenda, senhor. O povo não gosta desse tipo de coisa dentro de casa. Dizem que defunto dá azar.

— Na fazenda! Vá para lá imediatamente e espere por mim. Mande um cavalariço trazer minha égua. Não. Não se preocupe. Vou ao estábulo sozinho. Poupará tempo.

Em menos de quinze minutos, Dorian Gray estava galopando pela longa alameda o mais depressa que podia. As árvores pareciam passar por ele em uma procissão espectral, e sombras descontroladas se atiravam em seu caminho. A certa altura, a égua desviou diante de um portão branco e quase o lança no chão. Ele a açoitou no pescoço com o chicote. Ela cruzou o ar do crepúsculo feito uma flecha. Os seixos voavam debaixo de seus cascos.

Por fim, ele chegou à fazenda. Dois homens aguardavam no terreiro. Ele saltou da sela e entregou as rédeas a um deles. No último estábulo, havia uma luz acesa. Algo parecia lhe dizer que o cadáver estava ali, e ele correu para a porta e pôs a mão no trinco.

Ali parou por um momento, sentindo-se prestes a fazer uma descoberta que salvaria ou estragaria para sempre sua vida. Então, ele escancarou a porta e entrou.

Sobre uma pilha de sacas, no canto, jazia o corpo morto de um homem vestindo camisa rústica e calças azuis. Um lenço de bolinhas fora colocado sobre o rosto. Uma vela irregular, enfiada em uma garrafa, derretia ao lado.

Dorian Gray estremeceu. Sentiu que não seria capaz de remover o lenço com as próprias mãos e chamou um funcionário da fazenda.

— Tire essa coisa do rosto. Quero olhar para ele — ele disse, apoiando-se no umbral da porta.

Depois que o funcionário removeu o lenço, ele deu um passo à frente. Um grito de alegria escapou de seus lábios. O homem que havia sido baleado no bosque era James Vane.

Ele ficou ali parado por alguns minutos olhando para o cadáver. Enquanto cavalgava de volta para casa, seus olhos ficaram cheios de lágrimas, pois ele sabia que agora estava salvo.

Capítulo XIX

— Não adianta você me dizer que será bom — exclamou lorde Henry, mergulhando os dedos em uma tigela de cobre cheia de água de rosas. — Você já é perfeito o bastante, não mude.

Dorian Gray balançou a cabeça. — Não, Harry, já fiz muitas coisas horríveis na vida. Não quero tornar a fazê-las. Minhas boas ações começaram ontem.

— Onde você estava ontem?

— No campo, Harry. Fiquei sozinho em uma pequena hospedaria.

— Meu caro menino — disse lorde Henry, sorrindo —, no campo, qualquer um consegue ser bom. Não há tentações por lá. É por isso que as pessoas que moram fora da cidade absolutamente não são civilizadas. A civilização está longe de ser algo fácil de alcançar. Só existem dois modos de chegar a ela. Um deles é sendo culto, o outro é sendo corrupto. No campo, as pessoas não têm oportunidade de nenhuma das duas coisas, de modo que ficam estagnadas.

— Cultura e corrupção — repetiu Dorian. — Conheci um bocado de ambas. Agora me parece terrível que tenham um dia se fundido. Pois agora tenho um novo ideal, Harry. Vou mudar. Acho que já estou mudado.

— Você ainda não me contou que boa ação foi essa. Ou você quis dizer que já fez mais de uma? — perguntou seu companheiro, servindo em seu prato uma piramedezinha carmesim de morangos e, usando uma colher perfurada em forma de concha do mar, nevou açúcar branco sobre eles.

— Eu posso lhe contar, Harry. Não é uma história que eu possa contar a mais ninguém. Eu poupei uma pessoa. Pode parecer fútil, mas você entende o que eu quero dizer. Ela era muito bonita, e maravilhosamente parecida com Sibyl Vane. Acho que foi o que me atraiu a princípio. Você se lembra da Sibyl, não? Parece que foi há tanto tempo! Bem, Hetty não era alguém da nossa classe, é claro. Era simplesmente uma garota da província. Mas eu realmente fiquei apaixonado por ela. Tenho plena certeza disso. Ao longo de todo esse maravilhoso maio em que estamos, eu me acostumei a correr para lá e me encontrar com ela duas ou três vezes por semana. Ontem ela me encontrou em um pequeno pomar. As flores das macieiras ficavam caindo no cabelo dela, e ela estava rindo. Era para fugirmos juntos hoje de madrugada. De repente, resolvi abandoná-la, em flor, tal como a conheci.

— Imagino que a novidade dessa emoção deva ter lhe dado um frenesi de genuíno prazer, Dorian — interrompeu lorde Henry. — Mas permita que eu termine o seu idílio por você. Você deu bons conselhos a uma moça e partiu seu coração. Esse foi o começo da sua regeneração?

— Harry, como você é horrível! Você não devia dizer essas coisas pavorosas. Hetty não ficou com o coração partido. Claro que chorou, e tudo mais. Mas ela não sofreu nenhuma desgraça. Ela poderá viver, como Perdita, em seu jardim de hortelãs e malmequeres.

— E chorar por um Florizel infiel — disse lorde Henry, às gargalhadas, recostando-se na poltrona. — Meu querido Dorian, você pensa curiosamente como um menino. Você acha que essa menina um dia se contentará agora com alguém da própria classe? Imagino que um dia ela acabará se casando com um carroceiro rústico ou com algum lavrador sorridente. Pois bem, o fato de havê-lo conhecido e amado lhe ensinará a desprezar o marido, e ela será infeliz. Do ponto de vista moral, não posso dizer que admiro muito a sua grande renúncia. Até mesmo como um primeiro passo, é pouco. Além do mais, como você sabe que Hetty não está agora flutuando em algum lago à luz das estrelas entre adoráveis lírios-d'água, como Ofélia?

— Não suporto mais isso, Harry! Você zomba de tudo e depois sugere as tragédias mais sérias. Agora me arrependo de ter lhe contado isso. Não importa o que você diga. Sei que agi certo. Pobre Hetty! Quando passei pela fazenda hoje cedo, vi seu rosto branco na janela, como um ramo de jasmim. Não vamos mais falar sobre isso e não tente me convencer de que a única boa ação que faço em anos, o primeiro mísero sacrifício que jamais conheci, é na verdade uma espécie de pecado. Quero ser melhor. E serei melhor. Agora fale de você. O que está acontecendo na cidade? Não vou ao clube há dias.

— As pessoas ainda estão falando sobre o desaparecimento do pobre Basil.

— Eu imaginei que já estariam cansados desse assunto a essa altura — disse Dorian, servindo-se de vinho e franzindo brevemente o cenho.

— Meu caro menino, as pessoas estão falando disso apenas há seis semanas, e o público inglês realmente não se dispõe ao esforço mental de falar sobre mais de um assunto antes de três meses. Ultimamente, no entanto, eles tiveram muita sorte. Além do meu divórcio, tiveram também o suicídio de Alan Campbell. Agora, esse misterioso desaparecimento de um artista. A Scotland Yard continua insistindo que o homem de sobretudo cinza que partiu para Paris no expresso da meia-noite de nove de novembro era o pobre Basil, e a polícia francesa afirma que Basil nunca chegou a Paris. Imagino que daqui a quinze dias vamos descobrir que ele foi visto em San Francisco. É muito engraçado, mas todo mundo que desaparece dizem que foi visto em San Francisco. Deve ser uma delícia de cidade e possuir todas as atrações do futuro.

— O que você acha que aconteceu ao Basil? — perguntou Dorian, erguendo sua taça de borgonha contra a luz e se perguntando como era capaz de abordar o assunto com tamanha calma.

— Não faço a menor ideia. Se Basil preferiu se esconder, não é assunto meu. Se ele morreu, não quero mais pensar nele. A morte é a única coisa que me aterroriza. Odeio a morte.

— Por quê? — disse o mais jovem, languidamente.

— Porque — disse lorde Henry, passando entre as narinas a treliça dourada de uma caixa aberta de sais aromáticos — pode-se sobreviver a tudo hoje em dia, exceto à morte. A morte e a vulgaridade são os dois únicos fatos do século XIX que não se podem explicar. Vamos beber nosso café na sala de música, Dorian. Você tem que tocar Chopin para mim. O sujeito com quem minha esposa fugiu tocava Chopin divinamente. Pobre Victoria! Eu gostava muito dela. A casa ficou solitária sem ela. Claro que a vida conjugal é meramente um hábito, um mau hábito. Mas eis que lamentamos a perda até dos nossos piores hábitos. Talvez sejam os que mais lamentamos. São parte essencial da nossa personalidade.

Dorian não disse nada, mas se levantou da mesa e, passando à sala ao lado, sentou-se ao piano e deixou seus dedos percorrerem o marfim branco e preto das teclas. Depois que o café foi servido, ele parou e, olhando para lorde Henry, disse: – Harry, já lhe ocorreu que o Basil pode ter sido assassinado?

Lorde Henry bocejou. – Basil era muito popular e sempre usava um relógio Waterbury. Por que ele teria sido assassinado? Ele não era inteligente o bastante para ter inimigos. É claro que ele tinha um gênio maravilhoso para a pintura. Mas a pessoa pode pintar como Velásquez e ser tão tacanho quanto é possível. Basil era na verdade um tanto tacanho. O único momento em que me interessei por ele foi quando ele me disse, anos atrás, que ele tinha uma louca adoração por você, e que você era o motivo dominante em sua arte.

– Eu gostava muito do Basil – disse Dorian, com um tom de tristeza na voz. – Mas as pessoas não estão cogitando que ele tenha sido assassinado?

– Oh, alguns jornais. Não me parece nada provável. Sei que existem lugares terríveis em Paris, mas Basil não era o tipo de homem que os frequenta. Ele não tinha curiosidade. Era o seu principal defeito.

– O que você diria, Harry, se eu lhe falasse que eu matei o Basil? – disse o mais jovem. E ficou olhando fixamente para ele depois de falar.

– Eu diria, meu caro colega, que você está posando de um personagem que não lhe fica bem. Todo crime é vulgar, assim como toda vulgaridade é um crime. Não está em você, Dorian, cometer assassinato. Sinto muito se feri sua vaidade ao dizer isso, mas lhe garanto que é verdade. O crime é algo exclusivo das classes inferiores. Não os culpo minimamente por isso. Eu ousaria até dizer que o crime é para eles o que a arte é para nós, simplesmente um método de obter sensações extraordinárias.

– Um método de obter sensações? Você acha então que alguém que cometeu assassinato poderia voltar a cometer o mesmo crime? Não me diga isso.

– Oh! qualquer coisa pode se tornar um prazer. Se feita com muita frequência – exclamou lorde Henry, às gargalhadas. – Esse é um dos segredos mais importantes da vida. Eu diria, no entanto, que o assassinato é sempre um erro. Ninguém jamais deveria fazer nada que não possa comentar depois do jantar. Mas deixemos o pobre Basil de lado. Eu adoraria acreditar que ele tenha tido esse fim realmente romântico que você sugere; mas não posso. Eu diria que ele caiu de um ônibus no Sena, e que o condutor abafou o escândalo. Sim: eu diria que esse foi seu fim. Posso vê-lo agora deitado embaixo daquelas águas verdes opacas com as barcas pesadas passando por cima dele, e longas algas enganchando em seu cabelo. Sabe, não creio que ele fosse fazer mais boas pinturas. Nos últimos dez anos, a pintura dele piorou muito.

Dorian soltou um suspiro profundo, e lorde Henry deu alguns passos e começou a acariciar a cabeça de um curioso papagaio de Java, um pássaro grande de plumagem cinza, de crista e cauda cor-de-rosa, que se equilibrava em um poleiro de bambu. Quando seus dedos afilados tocaram a ave, ela fechou os flocos brancos de suas pálpebras enrugadas sobre os negros olhos vítreos e começou a se balançar para trás e para frente.

– Sim – ele continuou, virando-se e tirando o lenço do bolso –; a pintura dele piorou muito. Parece que perdeu alguma coisa. Perdeu um ideal. Quando você e ele deixaram de ser grandes amigos, ele deixou de ser um grande pintor. O que foi que os separou, afinal? Imagino que você tenha se entediado com ele. Aliás, onde está aquele retrato maravilhoso que ele fez de você? Acho que nunca mais o vi desde que ele o terminou. Oh! Lembro que você me contou anos atrás que o mandara para Selby, e que o quadro se perdeu ou foi roubado no caminho. Você nunca o recuperou? Que pena! Era uma verdadeira obra-prima. Lembro que eu quis comprá-lo. Quem dera eu o tivesse hoje em dia. Foi a melhor fase do Basil. Depois disso, a pintura dele virou essa curiosa mistura de má pintura e boas intenções que sempre qualifica o pintor a ser chamado de artista inglês representativo. Você registrou a ocorrência? Pois deveria.

– Eu me esqueci – disse Dorian. – Acho que me esqueci. Mas na verdade nunca gostei daquele retrato. Lamento ter posado para ele. É uma lembrança odiosa para mim. Por que você tocou nesse assunto? Ele me lembrava aquela frase curiosa de uma peça... *Hamlet*, se não me engano... Como era mesmo?

> Como a pintura de uma tristeza,
> Um rosto sem coração.
> [Claudius a Laertes, *Hamlet*, ato IV, cena 7.]

– Sim, é isso mesmo.

Lorde Henry deu risada. – Se a pessoa lida artisticamente com a vida, seu cérebro é seu coração – ele respondeu, afundando em uma poltrona.

Dorian Gray balançou a cabeça e dedilhou alguns acordes suaves ao piano. – Como a pintura de uma tristeza – ele repetiu –, um rosto sem coração.

O amigo mais velho se recostou e olhou para ele, de olhos quase fechados. – Por falar nisso, Dorian – ele disse, após uma pausa –, "de que adianta ao homem ganhar o mundo inteiro e perder" – como é o resto da citação? – "a própria alma"?

A música destoou e Dorian Gray teve um sobressalto e encarou o amigo. – Por que você me pergunta isso, Harry?

– Meu caro colega – disse lorde Henry, erguendo as sobrancelhas de surpresa –, eu pergunto porque talvez você possa me dar uma resposta. Só por isso. Eu ia passando pelo parque domingo passado, e, perto de Marble Arch, havia uma pequena multidão de gente de aparência humilde, ouvindo um pregador de rua bem vulgar. Quando passei, ouvi o homem berrando essa pergunta ao público. Aquilo me pareceu um tanto dramático. Londres é muito farta nesse tipo de efeito curioso. Um domingo chuvoso, um pobre cristão de sobretudo, um círculo de rostos pálidos e doentios embaixo de guarda-chuvas quebrados e gotejantes, e uma frase maravilhosa lançada no ar por lábios estridentes e histéricos – foi realmente uma frase muito boa à sua maneira, uma sugestão e tanto. Pensei em dizer ao profeta que a arte tinha uma alma, mas o homem não. Receio, contudo, que ele não fosse me entender.

– Não, Harry. A alma é uma realidade terrível. A alma pode ser comprada, e vendida, e trocada. Pode ser envenenada, ou aperfeiçoada. Em cada um de nós, existe uma alma. Eu sei disso.

– Você tem mesmo certeza disso, Dorian?

– Absoluta certeza.

– Ah! Pois então deve ser uma ilusão. As coisas das quais temos absoluta certeza nunca são verdade. Isso é uma fatalidade da fé, e a lição do romance. Como você está sério! Não seja tão grave. O que você ou eu temos a ver com as superstições da nossa época? Não: nós desistimos de acreditar na alma. Toque alguma coisa. Toque-me um noturno, Dorian, e, enquanto toca, diga-me, em voz baixa, como conservou sua juventude. Deve haver algum segredo. Sou apenas dez anos mais velho que você, e estou enrugado, exausto, amarelado. Você continua realmente maravilhoso, Dorian. Nunca esteve mais encantador que esta noite. Você me lembra do dia em que o vi pela primeira vez. Você tinha o rosto mais cheio, era muito tímido e absolutamente extraordinário. Você mudou, é claro, mas não na aparência. Queria que você me contasse o seu segredo. Para voltar à minha juventude, eu faria qualquer coisa no mundo, menos exercício, acordar cedo ou ser respeitável. Juventude! Não há nada igual. É um absurdo falar da ignorância da juventude. As únicas pessoas cujas opiniões eu respeito hoje em dia são muito mais jovens do que eu. Elas parecem mais avançadas. A vida lhes revelou sua última maravilha. Quanto aos velhos, sempre os contradigo. Contradigo-os por princípio. Se você perguntar a um velho sua opinião sobre alguma coisa que aconteceu ontem, ele solenemente lhe dará as opiniões correntes em 1820, quando as pessoas usavam meias longas, acreditavam em tudo e não sabiam absolutamente nada. Que adorável isso que você está tocando! Imagino se Chopin escreveu isso em Maiorca, com o mar varrendo o vilarejo, e a maresia salgada batendo contra as janelas, é maravilhosamente romântico. É uma bênção que ainda nos reste uma arte que não seja imitativa! Não pare. Hoje à noite eu quero música. Parece-me que você é o jovem Apolo, e eu sou Marsias a ouvi-lo tocar. Tenho tristezas, Dorian, de que você nem desconfia. A tragédia da idade não é que ficamos velhos, mas que ainda somos jovens. Fico espantado às vezes com minha própria sinceridade. Ah, Dorian, como você é feliz! Que vida magnífica você teve! Você bebeu tudo profundamente. Você esmagou as uvas contra o palato. Nada ficou oculto dos seus olhos. E para você é como se tivesse sido música para os seus ouvidos. Nada o abalou. Você continua o mesmo.

— Não sou mais o mesmo, Harry.

— Sim: você continua o mesmo. Eu me pergunto como será pelo resto da sua vida. Não estrague tudo com renúncias. Neste momento, você é um tipo perfeito. Não se torne incompleto. Você não tem nenhum defeito assim como está. Não precisa balançar a cabeça: você sabe que é. Além do mais, Dorian, não se engane.

A vida não se deixa dominar pela vontade ou pela intenção. A vida é uma questão de nervos, e fibras, e células que se constroem lentamente, onde o pensamento se esconde e a paixão tem seus sonhos. Você pode se julgar a salvo e achar que é forte. Mas um tom casual da cor de um quarto ou de um céu pela manhã, um perfume em particular que um dia você amou e que traz de volta lembranças sutis, um verso de um poema esquecido com o qual você se depare, uma cadência de uma peça musical que você deixou de tocar, estou lhe dizendo, Dorian, é dessas coisas que a nossa vida depende. Browning escreveu sobre isso em algum lugar; mas os nossos próprios sentidos imaginarão tudo isso por nós. Há momentos em que o aroma do *lilas blanc* passa subitamente por mim, e tenho que viver novamente o mês mais estranho da minha vida. Queria trocar de lugar consigo, Dorian. O mundo gritou contra nós dois, mas sempre o idolatrou. O mundo sempre há de idolatrá-lo. Você representa tudo o que nossa época está buscando e tudo aquilo que ela teme já haver encontrado. Fico tão contente por você nunca ter feito nada, nunca esculpiu uma estátua, ou pintou um quadro, ou produziu qualquer coisa além de você mesmo! A vida foi a sua arte. Você se transpôs em música. Seus dias são seus sonetos.

Dorian se levantou do piano e passou a mão pelos cabelos. — Sim, foi uma vida magnífica — ele murmurou —,mas não levarei mais a mesma vida, Harry. E você não precisa dizer essas extravagâncias para mim. Você não sabe tudo a meu respeito. Acho que se soubesse, até você me daria as costas. Você ri. Pois não ria.

— Por que você parou de tocar, Dorian? Volte a tocar e me dê outra vez aquele noturno. Veja que lua imensa, cor de mel, pairando no céu opaco. Ela está esperando que você a embale, e, se você tocar, ela chegará mais perto da Terra. Não vai mais tocar? Então vamos ao clube. Foi uma noite deliciosa, e devemos encerrá-la deliciosamente. Há uma pessoa no White's que deseja imensamente conhecê-lo — o jovem lorde Poole, filho mais velho do Bournemouth. Ele já copia as suas gravatas e me implorou para apresentá-lo. Ele é muito agradável e me lembra até você.

— Espero que não — disse Dorian, com olhos tristonhos. — Mas hoje já estou cansado, Harry. Não vou ao clube. São quase onze, e quero me deitar cedo.

— Fique mais. Você nunca tocou tão bem quanto esta noite. Havia algo no seu toque que foi maravilhoso. Tinha mais expressão do que nunca.

— É porque agora serei bom — ele respondeu, sorrindo. — Já estou um pouco diferente.

— Você não será capaz de me transformar, Dorian — disse lorde Henry. — E você e eu seremos sempre amigos.

— No entanto, você me envenenou com um livro um dia. Isso não poderei perdoar. Harry, prometa-me que jamais você emprestará esse livro a mais ninguém. Ele me fez mal.

— Meu caro menino, você realmente está começando a ser moralista. Logo você estará por aí como um convertido, um revivalista, alertando as pessoas sobre os pecados dos quais você se cansou. Você é encantador demais para fazer isso. Além do mais, não adianta. Você e eu somos o que somos, e seremos o que seremos. Quanto ao envenenamento por livros, isso não existe. A arte não tem nenhuma influência sobre a ação. Ela aniquila o desejo de agir. É extremamente estéril. Os livros que o mundo chama de imorais são livros que mostram ao mundo a sua própria vergonha. Só isso. Mas não vamos discutir literatura. Vá me ver amanhã. Vou cavalgar às onze. Podemos ir juntos, e, depois, vou levá-lo para almoçar com lady Branksome. É uma mulher encantadora e quer consultá-lo sobre algumas tapeçarias que ela pretende comprar. Espero que você venha. Ou almoçamos com a nossa duquesinha? Ela disse que nunca mais o encontrou. Será que você se cansou da Gladys? Eu imaginei que você fosse se cansar dela. Ela tem uma língua que dá nos nervos da gente. Bem, seja como for, esteja aqui às onze.

— Eu preciso mesmo ir, Harry?

— Sem dúvida. O parque está delicioso agora. Não me lembro de ter visto lilases assim desde aquele ano em que nos conhecemos.

— Muito bem. Estarei aqui às onze — disse Dorian. — Boa noite, Harry. — Quando chegou à porta, ele hesitou por um momento, como se fosse dizer mais alguma coisa. Então suspirou e foi embora.

Capítulo XX

Fazia uma noite adorável, tão quente que ele tirou o paletó e nem sequer envolveu o pescoço com sua echarpe de seda. Enquanto caminhava de volta para casa, fumando seu cigarro, dois rapazes em traje de noite passaram por ele. Ouviu um deles sussurrar ao outro, "aquele é Dorian Gray." Lembrou-se de como costumava gostar de ser reconhecido na rua, ou encarado, ou que falassem dele. Agora estava cansado de ouvir o próprio nome. Metade do encanto do pequeno vilarejo que ele costumara frequentar ultimamente era o fato de que ninguém sabia quem ele era. Amiúde dizia à garota que seduzira para que o amasse que ele era pobre, e ela acreditara nele. Dissera-lhe um dia que ele era mau, e ela deu risada, e disse que as pessoas más eram sempre muito velhas e muito feias. Que risada ela tinha! – parecia o trinado de um tordo. E como era bonita naqueles vestidos de algodão e seus chapéus largos! Ela não sabia nada, mas tinha tudo o que ele havia perdido.

Ao chegar em casa, ele encontrou o criado à sua espera. Mandou-o dormir, e se atirou no sofá da biblioteca, e começou a pensar nas coisas que lorde Henry lhe dissera.

Será que era mesmo verdade que as pessoas não podiam nunca mudar? Sentiu uma louca nostalgia da pureza imaculada de sua infância – da rosa branca de sua infância, como lorde Henry um dia dissera. Sabia que havia se desgraçado, enchido a cabeça de corrupções e causara horrores a seu bel-prazer; que havia sido uma má influência para os outros e experimentado uma alegria terrível ao fazê-lo; e que, das vidas que cruzaram seu caminho, apenas as mais belas e mais cheias de promessa ele envergonhara. Mas será que era tudo irreversível? Haveria esperança para ele?

Ah! que momento monstruoso de orgulho e paixão, aquele em que suplicara que o retrato portasse o fardo de seus dias, e ele mantivesse o esplendor intacto da eterna juventude! Todo o seu fracasso se devia àquilo. Teria sido melhor para ele se cada pecado de sua vida tivesse trazido consigo um castigo certo e rápido. Havia uma purificação no castigo. Não "perdoai as nossas ofensas", mas "espancai-nos pelas nossas iniquidades", deveria ser a oração de um homem para um Deus mais justo.

O espelho de moldura curiosamente esculpida que lorde Henry lhe dera, tantos anos atrás, estava sobre a mesa, e os alvíssimos cupidos riam ao seu redor como antigamente. Ele ergueu o espelho, como fizera naquela noite de horror, quando notara pela primeira vez a transformação do fatídico quadro, e de olhos arregalados, marejados de lágrimas, olhou para o escudo polido. Um dia, alguém que o amara terrivelmente escrevera-lhe uma carta enlouquecida, que terminava com essas palavras idólatras: "O mundo mudou porque você foi feito de marfim e de ouro. As curvas dos seus lábios reescrevem a história." As frases lhe voltaram à lembrança, e ele as repetiu diversas vezes para si mesmo. Então odiou a própria beleza e, atirando o espelho no chão, estilhaçou-o em lascas prateadas com o salto do sapato. Fora sua beleza que o arruinara, sua beleza e sua juventude pelas quais suplicara. Não fossem essas duas coisas, sua vida poderia ter sido isenta de máculas. Sua beleza fora apenas uma máscara; sua juventude, mero escárnio. Na melhor das hipóteses, o que era a juventude? Um tempo verde, imaturo, de humores fúteis e pensamentos doentios. Por que vestira a libré da juventude? A juventude só fizera estragá-lo.

Era melhor não pensar no passado. Nada poderia mudar aquilo. Era em si mesmo, e em seu próprio futuro, que ele precisava pensar. James Vane estava escondido em uma lápide sem nome no cemitério de Selby. Alan Campbell se matara com um tiro uma noite em seu laboratório, mas sem revelar o segredo que fora obrigado a saber. A excitação, ao que parecia, sobre o desaparecimento de Basil Hallward logo passaria. Já estava diminuindo. Ele ficaria perfeitamente seguro então. Nem tampouco era a morte de Basil Hallward o que mais pesava em seu espírito. Era a morte em vida de sua própria alma que o perturbava. Basil pintara o retrato que arruinara sua vida. Não poderia perdoá-lo por isso. Fora o retrato o culpado de tudo. Basil lhe dissera coisas insuportáveis e que, no entanto, ele suportara com paciência. O assassinato fora apenas um loucura momentânea. Quanto a Alan Campbell, suicidara-se sozinho. Decidira assim. Ele não tinha nada com isso.

Vida nova! Era isso que ele queria. Era isso que ele estava esperando. Decerto já havia começado. Já havia poupado, ao menos, uma criatura inocente. Jamais tentaria a inocência outra vez. Ele seria bom.

Ao pensar em Hetty Merton, ele começou a se perguntar se o retrato no sótão trancado estaria alterado. Será que não estaria mais tão horrível quanto antes? Talvez, se sua vida se tornasse pura, ele pudesse expurgar todos os sinais de paixões más do rosto. Talvez as marcas da maldade já tivessem sumido. Ele subiria para verificar. Pegou o lampião da mesa e subiu lentamente as escadas. Enquanto destrancava a porta, um sorriso de alegria percorreu seu semblante estranhamente jovem e pairou por um momento em seus lábios. Sim, doravante seria bom, e aquela coisa hedionda que escondera não seria mais um terror para ele. Sentiu como se um fardo já tivesse sido retirado de seus ombros.

Entrou silenciosamente, trancando a porta atrás de si, como de costume, e retirou o manto roxo do retrato. Um grito de dor e indignação escapou de sua boca. Ele não notou nenhuma mudança, exceto pelos olhos, onde havia uma expressão de astúcia, e pela boca, curvada com a ruga da hipocrisia. A imagem ainda era odiosa – ainda mais odiosa, se possível, do que antes – e a mancha escarlate da mão pareceu-lhe mais vívida e mais semelhante a sangue recém-derramado. Então ele estremeceu. Teria sido apenas a vaidade que o levara àquela única boa ação? Ou o desejo de uma nova sensação, como havia intuído lorde Henry, com sua risada zombeteira? Ou aquela paixão por interpretar um papel que às vezes nos faz fazer coisas melhores do que nós mesmos? Ou, quem sabe, tudo isso junto? E por que a mancha vermelha estava maior do que antes? Parecia se espalhar como uma doença horrível sobre os dedos enrugados. Havia sangue nos pés da pintura, como se a imagem tivesse derramado sangue até mesmo da mão sem a faca. Confessar? Será que aquilo significava que devia confessar? Entregar-se e ser condenado à morte? Ele riu. Sentiu que era uma ideia monstruosa. Além disso, mesmo que confessasse, quem acreditaria nele? Não havia nenhum sinal do homem assassinado em parte alguma. Todos os seus pertences haviam sido destruídos. Ele mesmo havia incinerado o que restara no andar de baixo. O mundo simplesmente diria que ele estava louco. Acabaria sendo internado se insistisse nessa história... No entanto, era seu dever confessar, sofrer a vergonha pública e fazer a reparação pública. Havia um Deus que conclamava os homens a confessar os pecados tanto à Terra quanto ao céu. Nada que ele fizesse o limparia enquanto ele não confessasse seu pecado. Seu pecado? Ele deu de ombros. A morte de Basil Hallward pareceu-lhe muito pouco. Ele estava pensando em Hetty Merton. Pois era um espelho injusto, esse espelho de sua alma, para o qual estava olhando. Vaidade? Curiosidade? Hipocrisia? Não haveria nada mais em sua renúncia além disso? Havia, sim, algo mais. Ao menos, ele achava que sim. Mas quem poderia dizer?... Não. Não havia nada além disso. Por vaidade, ele a havia poupado. Por hipocrisia, ele vestira a máscara da bondade. Por pura curiosidade, ele havia experimentado a negação de si mesmo. Agora ele admitia.

Mas aquele assassinato – será que o perseguiria pelo resto da vida? Viveria para sempre com o fardo do passado? Será que devia realmente confessar? Jamais. Havia apenas uma única evidência contra ele. O quadro em si – eis a prova. Ele o destruiria. Por que afinal o guardara por tanto tempo? Antes tivera algum prazer observando-o mudar e envelhecer. Ultimamente, já não lhe dava prazer algum. Mantinha-o acordado à noite. Quando saía de casa, vivia aterrorizado que outros olhos pudessem vê-lo. Trouxera melancolia a todas as suas paixões. Sua mera lembrança arruinara muitos momentos de alegria. O quadro havia sido como a consciência para ele. Sim, fora sua consciência. Ele o destruiria.

Olhou para os lados e viu a faca que usara em Basil Hallward. Ele a limpara muitas vezes, até que não restasse nenhuma nódoa. Estava polida e reluzente. Assim como fora usada para matar o pintor, seria usada para matar sua obra, e tudo o que ela significava. Mataria o passado e, quando o passado estivesse morto, ele estaria livre. Mataria aquela monstruosa vida anímica, e, sem seus alertas horríveis, ele ficaria em paz. Segurou firme a faca e esfaqueou o retrato.

Ouviu-se um grito e um baque. O grito foi tão horrível em sua agonia que os criados assustados acordaram e saíram lentamente de seus quartos. Dois cavalheiros, que passavam pela praça, pararam e olharam para a casa grandiosa. Caminharam até encontrar um policial e voltaram com ele. O homem tocou diversas vezes a campainha, mas ninguém atendeu. Exceto por uma luz acesa em uma janela do último andar, a casa inteira estava às escuras. Após algum tempo, ele foi embora, parou sob um pórtico vizinho e ficou observando.

– Quem mora aí, seu guarda? – perguntou o mais velho dos dois cavalheiros.

– O senhor Dorian Gray, senhor – respondeu o policial.

Eles se entreolharam e foram embora com expressão de desprezo. Um deles era tio de sir Henry Ashton.

Lá dentro, na ala dos criados da casa, as empregadas estavam se vestindo, conversando aos sussurros. A velha senhora Leaf estava chorando e entrelaçando os dedos. Francis estava pálido como a morte.

Depois de cerca de quinze minutos, ele chamou o cocheiro e um dos lacaios e subiram lentamente as escadas. Bateram na porta, mas não houve resposta. Gritaram. Tudo parecia imóvel. Enfim, depois de tentar em vão forçar a porta, subiram no telhado e desceram pela sacada. As janelas cederam com facilidade: os ferrolhos eram velhos.

Ao entrarem no sótão, encontraram, pendurado na parede, um esplêndido retrato do patrão tal como eles o haviam visto pela última vez, em todo esplendor de sua juventude e beleza extraordinárias. Deitado no chão, havia um homem morto, em traje de noite, com uma faca no coração. Estava seco, enrugado, com um rosto odioso. Só quando examinaram seus anéis reconheceram quem era.

FIM

Oscar Wilde: o poeta de *Salomé**

Por James Joyce

Oscar Fingal O'Flahertie Wills Wilde. Foram esses os altissonantes títulos que com arrogância juvenil ele imprimiu no frontispício de sua primeira reunião de poemas, e, nesse gesto orgulhoso, com o qual ele tentou granjear nobreza, estão os sinais de suas vãs pretensões e a sina que já o aguardava. Seu nome o simboliza: Oscar, sobrinho do rei Fingal e filho único de Ossian na amorfa *Odisseia* celta, que foi morto à traição pela mão de seu anfitrião ao se sentar à mesa. O'Flahertie, uma tribo irlandesa selvagem cujo destino era atacar os portões das cidades medievais; um nome que incitava terror em homens pacíficos, que ainda recitam, entre as pragas, a ira de Deus, e o espírito da fornicação, na antiga litania dos santos: "dos selvagens O'Flaherties, *libera nos Domine*". Como aquele outro Oscar, ele encontraria a morte pública na flor de seus anos ao se sentar à mesa, coroado com as falsas folhas de videira e discutindo Platão. Como aquela tribo selvagem, ele haveria de partir a lança de seus fluentes paradoxos contra o corpo das convenções práticas e de ouvir, como um exilado desonrado, o coro dos justos recitar seu nome entre os nomes dos impuros.

Wilde nasceu na modorrenta capital irlandesa há cinquenta e cinco anos. Seu pai era um importante cientista, que foi considerado o pai da moderna otologia. Sua mãe, que tomou parte no movimento literário-revolucionário de 1848, escreveu para o jornal nacionalista *The Nation* sob o pseudônimo de Speranza e incitou o público, em seus poemas e artigos, à tomada do Castelo de Dublin. Existem circunstâncias relativas à gravidez de lady Wilde e à infância de seu filho que, aos olhos de alguns, explicam em parte a infeliz mania (se é que se pode chamar assim) que mais

---

* Em março de 1909, quando vivia em Trieste, James Joyce assistiu à montagem da ópera *Salomé*, de Richard Strauss, inspirada na peça teatral homônima de Oscar Wilde. No dia 24, Joyce escreveu, em italiano, este artigo para o jornal *Il Piccolo della Sera*. Mais tarde, no mesmo ano, os restos mortais de Wilde seriam transferidos para o cemitério Père Lachaise de Paris, onde se encontram até hoje, e a inscrição seria substituída por um verso da *Balada do cárcere de Reading*. (N.T.)

tarde o levaria à ruína; e ao menos é certo que a criança cresceu em uma atmosfera de insegurança e prodigalidade.

A vida pública de Oscar Wilde começou na Universidade de Oxford, onde, na época de sua matrícula, um pomposo professor chamado Ruskin conduzia uma multidão de adolescentes anglo-saxões rumo à terra prometida da sociedade do futuro – levando um carrinho de mão. O temperamento suscetível de sua mãe reviveu no jovem rapaz, e, a começar por si mesmo, ele decidiu pôr em prática uma teoria do belo que era em parte original e em parte derivada dos livros de Pater e de Ruskin. Ele provocaria o escárnio do público ao proclamar e praticar uma reforma na indumentária e na aparência dos lares. Fez turnês de palestras nos Estados Unidos e nas províncias inglesas e se tornou o porta-voz da escola estética, enquanto à sua volta se formava a fantástica lenda do Apóstolo da Beleza. Seu nome evocaria na opinião pública uma vaga ideia de tons pastéis delicados, de uma vida embelezada pelas flores. O culto do girassol, sua flor favorita, espalhou-se entre as classes ociosas, e a arraia-miúda ouviria falar de sua famosa bengala branca de marfim reluzente de turquesas e de seu penteado neroniano.

O modelo desse quadro reluzente era mais miserável do que julgavam os burgueses. De tempos em tempos, suas medalhas, troféus de sua juventude acadêmica, seriam penhoradas, e algumas vezes a jovem esposa do autor de epigramas precisaria pedir dinheiro emprestado ao vizinho para comprar sapatos. Wilde foi obrigado a aceitar um emprego como editor de um jornal bastante inexpressivo, e apenas com a encenação de suas brilhantes comédias ele entraria na breve fase final de sua vida – de luxo e riqueza. *O leque de lady Windermere* tomou Londres de assalto. Na tradição dos comediógrafos irlandeses, que vai desde Sheridan e Goldsmith a Bernard Shaw, Wilde se tornaria, como eles, um bobo da corte dos ingleses. Ele se tornaria o padrão de elegância na metrópole, e os rendimentos anuais de seus escritos chegariam a quase meio milhão de francos. Ele esbanjou seu ouro com uma série de amizades indignas. A cada manhã, ele comprava duas flores caríssimas, uma para si mesmo e outra para seu cocheiro; e, até o dia de seu julgamento sensacionalista, ele foi conduzido ao tribunal em uma carruagem de dois cavalos por um cocheiro brilhantemente trajado e um pajem empoado.

Sua decadência foi saudada com uivos de alegria puritana. Diante da notícia de sua condenação, a multidão reunida do lado de fora do tribunal começou a dançar uma pavana na rua enlameada. Repórteres de jornais tiveram acesso à prisão, e pela janela de sua cela alimentaram o espetáculo de sua vergonha. Faixas brancas cobriram seu nome nos cartazes dos teatros. Seus amigos o abandonaram. Seus manuscritos foram roubados, enquanto ele recontava na prisão a dor que lhe fora infligida por dois anos de trabalhos forçados. Sua mãe morreu na obscuridade. Sua esposa morreu. Foi declarada sua falência e seus bens foram vendidos em leilão. Seus filhos lhe foram tomados. Quando ele saiu da prisão, capangas contratados pelo nobre marquês de Queensbury esperavam-no em uma emboscada. Perseguiram-no de casa em casa, como cães atrás de um coelho. Todas as portas se fecharam, todos lhe recusaram pão e teto, e, ao anoitecer, enfim, ele acabou indo parar embaixo da janela de seu irmão, chorando e balbuciando como uma criança.

O epílogo rapidamente chegou ao fim, e não vale a pena acompanhar o infeliz dos cortiços de Nápoles até seu quarto pobre no Quartier Latin, onde ele morreria de meningite no último mês do último ano do século xix. Não vale a pena seguir cada um de seus passos, como os espiões franceses fizeram. Ele morreu católico romano, agregando outra faceta à sua vida pública ao repudiar sua doutrina rebelde. Depois de zombar dos ídolos do mercado, ele se ajoelhou, triste e arrependido por ter sido um dia o cantor da divindade da alegria, e fechou o livro da rebelião de seu espírito com um ato de devoção espiritual.

Este não é o lugar para examinar o estranho problema da vida de Oscar Wilde, nem para determinar até que ponto a hereditariedade e a tendência epiléptica de seu sistema nervoso podem desculpar aquilo que foi imputado a ele. Se era inocente ou culpado das acusações que lhe foram feitas, sem dúvida ele foi um bode expiatório. Seu maior crime foi ter causado um escândalo na Inglaterra, e sabe-se muito bem que as autoridades inglesas fizeram o possível para convencê-lo a fugir antes que emitissem sua ordem de prisão. Um funcionário do Ministério do Interior afirmou durante o julgamento que, apenas em Londres, existiam mais de 20 mil pessoas vigiadas pela polícia, mas que viviam soltas enquanto não causassem escândalo. As cartas de Wilde a seus amigos foram lidas no tribunal, e o autor foi denunciado como um degenerado obcecado por perversões exóticas: "O tempo tem ciúmes de você e está em guerra contra os seus lírios e rosas. Adoro vê-lo caminhando pelos vales cheios de violetas, com o brilho de seus cabelos cor de mel". Mas a verdade é que Wilde, longe de ser um monstro pervertido surgido de forma inexplicável da civilização da Inglaterra moderna, é o produto lógico e inevitável do sistema escolar e universitário anglo-saxão, com seus segredos e suas restrições.

A condenação de Wilde pelo povo inglês se origina de muitas causas complexas; mas não foi simples reação de uma consciência limpa. Qualquer um que analise os *graffiti*, os desenhos eróticos e os gestos licenciosos daquelas pessoas hesitará em acreditar que tenham um coração puro. Qualquer um que acompanhe de perto a vida e a linguagem dos homens, seja nas casernas dos soldados ou nas grandes casas comerciais, hesitará em acreditar que aqueles que atiraram pedras em Wilde fossem imaculados. Na verdade, todos nos sentimos desconfortáveis ao falar sobre esse assunto com as outras pessoas, com receio de que o ouvinte possa saber mais do que nós a respeito. A defesa que o próprio Oscar Wilde fez de si mesmo, no *Scots Observer*, deveria permanecer válida ao juízo de um crítico objetivo. Cada um de nós, ele escreveu, vê seu próprio pecado em *Dorian Gray* (o romance mais conhecido de Wilde). Qual foi o pecado de Dorian Gray, isso ninguém diz e ninguém sabe. Quem o reconhece é porque o cometeu.

Aqui tocamos o pulso da arte de Wilde – o pecado. Ele enganou a si mesmo ao acreditar ser o portador da boa-nova do neopaganismo para um povo escravizado. Suas próprias qualidades mais distintas, as qualidades, talvez, de sua raça – perspicácia, generosidade e um intelecto assexuado –, ele as pôs a serviço de uma teoria do belo que, segundo ele, traria de volta a Idade de Ouro e a alegria da juventude do mundo. Mas se alguma verdade permanece de suas interpretações subjetivas de Aristóteles, de seu pensamento irrequieto que procede por sofismas mais do que por silogismos, de suas assimilações de naturezas tão diferentes da sua quanto o delinquente é do humilde, em seu verdadeiro fundamento, é a verdade inerente à alma do catolicismo: a de que o homem não pode alcançar o coração divino senão através dessa noção de separação e perda chamada pecado.

Em seu último livro, *De profundis*, ele se ajoelha diante de um Cristo gnóstico, ressuscitado das páginas apócrifas da *Casa das Romãs*, e então sua verdadeira alma, trêmula, tímida e contrita, brilha através do manto de Heliogábalo. Sua lenda fantástica, sua *opera* — uma variação polifônica sobre a relação entre arte e natureza, mas ao mesmo tempo uma revelação de sua própria psique —, seus livros brilhantes cintilando de epigramas (que fizeram dele, na opinião de algumas pessoas, o orador mais penetrante de seu século), estes são agora um butim dividido.

Um versículo do livro de Jó foi entalhado em sua lápide no empobrecido cemitério de Bagneux. É um elogio de sua eloquência, *eloquium suum* — o grande manto lendário que hoje é um butim dividido. Talve o futuro entalhe também outro verso, menos orgulhoso, porém mais piedoso:

— *Partiti sunt sibi vestimenta mea et super vestem meam miserunt sortis.*

[Repartem entre si as minhas roupas
e sobre elas tiram a sorte.]

Este livro foi impresso pela Gráfica Grafilar
em fonte Adobe Jenson Pro sobre papel Pólen Bold 70 g/m²
para a Via Leitura.